殺人の門 —— 살인의 문

SATSUJIN NO MON
ⓒ Keigo HIGASHINO 2003
First published in Japan in 2003 by KADOKAWA CORPORATION, Tokyo.
Korean translation rights arranged with KADOKAWA CORPORATION, Tokyo
through TUTTLE-MORI AGENCY, INC., Tokyo in association with EntersKorea Co., Ltd., Seoul.

이 책의 한국어판 저작권은 ㈜엔터스코리아를 통해 저작권자와 독점 계약한 도서출판 재인에 있습니다.
저작권법에 의해 한국 내에서 보호를 받는 저작물이므로 무단 전재와 무단 복제를 금합니다.

살인의 문 2

초판 1쇄 펴낸 날 2018년 8월 31일 4쇄 펴낸 날 2018년 10월 16일
지은이 히가시노 게이고 **옮긴이** 이혁재 **펴낸이** 박설림 **펴낸곳** 도서출판 재인 **디자인** 오필민디자인
등록 2003. 7. 2. 제300-2003-119 **주소** 서울시 강남구 언주로30길 13 대림아크로텔 1812호
전화 02-571-6858 **팩스** 02-571-6857

ISBN 978-89-90982-73-5 04830 Copyright ⓒ 재인, 2018 Printed in Korea.

책값은 뒤표지에 표시되어 있습니다. 잘못된 책은 바꿔 드립니다.

살인의 문 2

히가시노 게이고

이혁재 옮김

재인

21

 이따위 일은 하루빨리 집어 치워야 한다, 생각만 그런 채로 하루하루가 지나갔다. 고백하자면 사실은 꼬박꼬박 월급을 손에 쥘 수 있는 생활을 포기하기 어려웠을 것이다. 하지만 좀 더 빨리 결단을 내렸어야 했다.

 동서 상사의 영업 방식은 아무래도 수상했다. 금을 판다면서 현물은 넘겨주지 않고 예치 증서라며 종잇조각만 주니 사기라고 해도 과언이 아니었다. 하지만 피해자들이 당장 들고일어나지 않는 이유는 처음 한두 번은 이자라는 명목으로 푼돈이 피해자들의 계좌에 들어왔기 때문이다. 통장에 찍힌 숫자를 본 순진한 노인들이 적이 안심했던 것이다.

 한번은 구라모치가 감기에 걸려 쉬는 바람에 다른 세일즈맨과 한 조가 되어 움직인 적이 있었다. 이시하라라는 이름의 무표정한 그 세일즈맨은 나를 보더니 이렇게 말했다.

 "자네가 다지마로군. 구라모치가 말한 그대로야."

 무슨 뜻인가 싶어 고개를 갸웃거리자 이시하라가 입술을 살짝 비틀고 웃으며 말했다.

 "노인을 안심시키는 캐릭터래. 별다른 장점은 없어도 그 점이 큰 무기일 수 있거든. 오늘은 내 옆에서 간간이 맞장구를 좀 쳐 줘. 알았지?"

나 자신이 그렇게 비친다는 건 몰랐던 사실이었다. 칭찬으로 들리지 않았다. 착잡한 심정으로 이시하라와 회사를 나섰다.

이번에도 홀로 사는 노파의 집을 찾았다. 노파는 귀가 어두웠고, 이시하라는 물론 그 사실을 알고 있었다.

"금을, 사는 게, 좋아요."

이시하라가 노파의 귀에 대고 소리쳤다.

"예금이, 많으면, 연금을, 못 받아요."

한 마디 한 마디 끊어서 외쳤지만 그녀는 알아듣는지 못 알아듣는지 아무 말이 없었다. 이시하라가 다시 소리를 질렀다.

"예금 통장이랑 생명 보험 증서, 있으세요? 있으면, 가져와 보세요. 봐 드릴게요."

말을 알아들을 수 있는 것만으로도 기뻤는지 모른다. 아마 평소에는 말 상대조차 없었을 것이다. 노파는 시키는 대로 통장과 보험 증서를 가져왔다.

"인감은요?"

이시하라가 물었다. 그러나 이번에는 목소리가 작았다.

"뭐라고?"

노파가 되물었다. 이시하라는 손가락으로 도장 모양을 만들어 보이며 "인감은요?"라고 다시 물었다. 역시 목소리는 크지 않았다. 노파가 애가 타는 표정으로 귀를 이시하라 쪽으로 가져갔다.

"인감!"

이번에는 큰 소리로 외쳤다.

"아아!"

노파가 고개를 끄덕이며 집 안으로 들어갔다.

교묘한 작전이었다. 처음부터 통장과 인감을 함께 요구했다면 그런 것들이 왜 필요한지 노파가 의심했을 것이다. 하지만 이시하라는 두 가지를 따로따로 요구했고, 게다가 인감이 필요하다는 사실을 이해시키는 데 일부러 시간을 들여 노파의 판단력을 흐려 놓았다.

그녀가 인감을 가지러 간 사이 이시하라는 통장과 보험 증서를 살펴봤다.

"예금은 얼마 안 되네. 이 정도면 위험을 무릅쓸 가치가 별로 없는데."

통장에 적힌 숫자를 보며 그가 중얼거렸다.

노파가 도장을 갖고 오자 이시하라는 예금 통장을 돌려줬다. 대신 도장을 받아 들고 보험 증서에 찍힌 것과 같은지 확인했다. 그런 다음 보험 증서와 도장을 내게 넘겼다.

"회사로 돌아가서 구로사와 씨에게 전해 줘. 그리고 구로사와 씨의 말에 따르도록 해."

작은 소리로 재빨리 말해 노인에게는 들리지 않았을 것이다.

"네? 이걸 가져가라고요?"

"그래. 빨리! 집에서 나갈 때 할머니한테 웃어 주는 거 잊지 말고."

 영문도 모른 채 나는 이시하라가 시키는 대로 했다. 당연히 노파는 어리둥절해하며 이시하라에게 무슨 일인지 물었다. 이시하라가 괜찮다며 노파를 달래는 소리를 들으며 집을 나왔다.

 구로사와라는 사람은 세일즈 여사원이었지만 실제로 외근하는 모습은 본 적이 없었다. 대개는 공용 책상에 앉아 담배를 피웠다. 쉰이 넘은 그녀는 내가 보건대 세일즈 여사원 가운데 보스 같은 존재였다.

 회사로 돌아와 보니 그날도 그녀는 담배를 피우며 주간지를 읽고 있었다. 보험 증서와 인감을 건네면서 이시하라의 말을 전했다. 그녀는 거만한 태도로 듣다가 증서를 보면서 중얼거렸다.

 "70세라…… 뭐, 어떻게 되겠지."

 그녀는 증서에 적힌 주소와 이름, 생년월일 등을 입속에서 반복해서 되뇌었다. 그러고 나서 자리에서 일어나 화장실로 향했다.

 몇 분 뒤 돌아온 그녀를 보고 나는 경악했다. 화장을 지우고 머리를 헝클어뜨린 그녀의 모습에서 조금 전까지의 카리스마는 전혀 느낄 수 없었다. 졸지에 열 살 이상 늙어 버린 모습이었다. 자세도 미묘하게 달라 보였다. 어디서 가져왔는지 수수한 카디건까지 걸치고 있었다.

 "자, 갈까."

 목소리마저 달라져 있었다.

 "어딜 말입니까?"

"보험 회사지 어디야. 꾸물거리지 말고 빨리 움직여."

보험 회사로 가면서 구로사와는 내게 자신의 친척인 것처럼 연기하라고 지시했다. 나머지는 그저 입 다물고 앉아 있기만 하면 된다는 것이었다.

건물 1층에 보험 고객용 접수창구가 있었다. 그곳에서 구로사와는 보험 증서와 인감을 내밀며 해약 신청을 했다. 창구 여직원이 살갑게 미소를 지으며 해약하는 이유를 물었다. 구로사와가 구부정한 자세로 대답했다.

"그게 말이에요, 갑자기 목돈이 필요하지 뭐예요. 그런데 액수가 큰 보험을 해약하기는 뭐해서 미안하지만 이 회사 보험을 해약하려는 거예요."

나는 깜짝 놀랐다. 느릿한 말투하며 생기 없는 목소리가 영락없이 70대 할머니였다. 창구 여직원은 전혀 의심하지 않고 "그렇군요. 어쩔 수 없죠."라며 해약 수속을 진행했다.

먼저 해약 신청서에 주소와 이름, 생년월일 등을 적어야 했는데 구로사와는 잠시 머뭇거리는 시늉을 하더니 거침없이 펜을 움직였다. 환급금 입금 계좌란에는 메모를 참고해 가며 계좌 번호 하나를 적었다. 아들의 월급 계좌라고 구로사와는 설명했다.

수속은 30분도 채 걸리지 않았다. 보험 회사에서 나오자 구로사와는 내게 서류 한 장을 건넸다. 금 예탁 증서였다.

"이걸 가지고 이시하라 씨에게 돌아가요. 나머지 작업은 내가 여기서 할 테니까."

구로사와의 목소리는 어느새 원래대로 돌아와 있었다.

이시하라에게 돌아가 보니 그는 여전히 노파의 집 현관 입구에 걸터앉아 있었다. 그 옆에는 노파가 불안한 표정으로 앉아 있었다. 그래도 이시하라 옆에 찻잔이 놓여 있는 걸 보면 노파가 소란을 피우지는 않은 듯했다. 이시하라가 감언이설로 구슬려 놓았을 것이다.

"수고했어."

이시하라가 만족스런 표정으로 내가 건넨 '선물'을 받았다.

"저…… 보험은?"

노파가 물었다.

"죄송합니다."

이시하라가 그녀의 귀에 대고 말했다.

"저 사람이 할머니가 금을 사려는 줄 알고 보험을 해약해 버렸지 뭐예요. 하지만 걱정하지 마세요. 대신 이 금 예탁 증서를 가져왔으니까, 마찬가지예요. 보험보다 이게 이득이고요."

"정말 괜찮을까?"

"괜찮다니까요. 마음 놓으세요."

이시하라는 자리에서 일어서면서 내게도 가자고 눈짓했다.

노파가 부르는 것도 모른 체하고 우리는 그 집을 나왔다. 이시하라는 어느새 무표정으로 돌아와 있었다.

퇴근한 나는 구라모치에게 그날 있었던 일을 얘기했다. 열이 약간 있던 그는 내가 얘기를 마칠 때쯤 히죽히죽 웃기 시작했다.

"이시하라가 자주 쓰는 수법이야. 노인들은 귀가 잘 안 들리는 경우가 많아서 다소 무리하게 밀어붙이더라도 나중에 자신이 오해했다며 넘어갈 수 있다는 거지."

"하지만 설마 대역까지 쓸 줄은 몰랐어."

"구로사와 아줌마는 그런 일을 위해서 채용된 전문가나 마찬가지야. 변장을 상당히 잘하지? 85세로 변장한 적도 있다고 자랑하더라."

"그건 사기 아니야? 도둑질이나 마찬가지잖아."

"훔친 게 아니라 금을 판 거니까 도둑질이라고 할 수는 없어. 하지만 강매라고 하면 할 말이 없지. 나도 그렇게까지는 못하겠더라."

구라모치가 고개를 절레절레 흔들었다. 나는 '너도 똑같은 놈이야'라고 속으로 외쳤다. 어떤 면에서 보면 구라모치의 수법이 더 비열하다고 볼 수도 있었다. 가장 대표적인 사례가 가와모토 후사에의 경우였다.

가와모토 후사에는 내가 구라모치와 방문한 첫 고객이다. 구라모치는 그녀를 방문하기 전에 나더러 사업 얘기를 꺼내지 말라고 신신당부했었다. 이유는 설명하지 않았다.

그 후로도 우리는 뻔질나게 그녀의 집을 방문했고 구라모치는 그때마다 조그만 선물을 준비했다. 선물은 전통 과자일 때가 많았지만 가끔은 케이크나 과일도 있었다. 그걸 같이 먹으면서 세상 돌아가는 얘기를 하는 게 습관처럼 되어 있었다. 그러던 중에 가와모토 후사에에게 우리 또래의 손자가 있었다는 사실을 알게 됐다. 그런데 그 손자가 중학교 3학년 여름에 나쁜 친구들과 무면허로 오토바이를 타다가 전신주에 부딪쳐 죽었다고 했다. 그녀는 손자의 비행을 방치했다며 며느리를 힐난했지만 얼마 후 손자가 할머니와 엄마의 고부 갈등 때문에 집에 있기를 싫어했고 그것이 그 아이가 비뚤어진 원인이라는 사실이 드러났다. 그때까지 가와모토 후사에는 아들 부부와 함께 살고 있었다.

진실을 알게 된 가와모토 후사에의 아들은 어머니와 떨어져 살기로 결심했다. 그는 아들의 죽음을 계기로 자신의 아내와 어머니의 사이가 좋아질 것이라고 기대할 만큼 낙천가가 아니었다.

그런 경위로 가와모토 후사에는 아들 가족과 거의 교류 없이 살게 되었다. 자신이 먼저 아들을 만나러 가는 건 그녀의 자존심이 허락지 않았다. 또한 그녀의 자존심은 자신이 그동안 별로 친하지 않았던 이웃에게 다가서는 것마저 방해했다.

고독하고 따분한 나날을 보내던 그녀는 나와 구라모치가 찾아가면 "금은 안 살 거예요."라고 농담 섞인 말투로 거절하면서도 콧노래라도 부를 듯한 표정으로 우리를 집에 들였다. 마음속으로는 우리의 방문을 반겼던 것이다.

말할 것도 없이 이 모든 상황은 구라모치의 계산에 의한 것이었다. 그러나 구라모치는 자신은 그저 야마시타에게 배운 대로 할 뿐이라고 했다. 요컨대 동서 상사에 전해지는 테크닉의 하나라는 것이었다.

장마철에 들어선 지 얼마 안 됐을 때의 일이다. 가는 비가 촉촉이 내리던 날이었다. 그날 구라모치는 선물을 사지 않았다. 대신 내게 묘한 얘기를 했다.

"오늘은 평소와 다르게 할 거야. 절대 웃지도 말고, 내오는 과자나 음료수에도 손대지 마. 알았지?"

"그건 또 왜?"

"옆에서 그냥 보고 있으면 알게 돼. 너는 내 말에 장단만 맞춰. 알겠어?"

나는 고개를 끄덕이면서도 그가 뭘 하려는지 알 것 같아 마음이 불안했다. 지금까지는 가와모토 후사에의 집을 방문하는 게 즐거웠지만 이제부터는 그렇지 않을 것이라는 예감이 들었다.

인터폰으로 구라모치의 목소리를 듣고 소녀처럼 들떠서 나온 가와모토가 우리 모습을 보고 이내 표정이 흐려졌다.

"왜 그래요, 무슨 일 있어요?"

그녀가 구라모치에게 물었다.

"아아, 실은 말씀드릴 것이 있습니다."

구라모치가 목덜미를 긁적거리며 말했다.

"그래요? 일단 들어오세요. 아유, 다 젖었네. 두 사람, 우산이 없어요?"

"죄송합니다. 서두르다가 그만."

거짓말이었다. 차 안에 우산이 두 개나 있었다. 우산을 쓰지 말라는 것도 구라모치의 지시였다.

가와모토 후사에는 평소처럼 우리더러 들어오라고 했지만 구라모치는 구두를 벗으려 하지 않았다. 그리고 현관에 선 채 "그냥 여기서 말씀드리겠습니다."라고 했다.

"왜요, 옷이라도 말리는 게 낫지 않겠어요?"

"아닙니다. 괜찮습니다."

"대체 무슨 일이에요? 다지마 군도 우울해 보이고……."

내 경우는 연기가 아니었다. 구라모치가 그녀에게 하려는 짓을 상상하니 실제로 몹시 우울했다.

"사실은 별로 즐겁지 않은 얘기를 해야 해서요."

구라모치가 서두를 꺼냈다.

"즐겁지 않은 얘기라니, 뭐지?"

"저도 다지마도 어르신을 찾아뵙는 건 오늘이 마지막입니다."

가와모토 후사에의 입에서 "아아." 하고 신음 같은 소리가 나왔다. 그녀가 어쩔 줄 모르는 표정으로 나를 보았다.

"정말이에요?"

뭐라고 대답해야 할지 몰라 구라모치를 봤다. 그는 약속한 대로 하라는 듯이 내게 눈짓을 했다.

"사실입니다."

하는 수 없이 그렇게 대답했다.

"왜요?"

그녀가 이번에는 구라모치를 바라봤다.

"무슨 일이 있었어요? 아니면 전근?"

"아니, 그런 게 아니라……."

구라모치가 혀로 입술을 핥았다.

"근무 시간에 계약자도 아닌 사람의 집을 정기적으로 드나든다고 질책을 받았습니다."

"네? 하지만……."

가와모토 후사에가 낭패스러운 표정을 지었다. 그녀의 호흡이 가빠졌다.

"우리 집에는 계약을 권유하러 오는 것으로 되어 있지 않나요?"

"그렇긴 하지만……, 실은 저희가 불시 감사를 받았습니다."

"불시 감사가 뭐예요?"

"말하자면 제대로 일을 하고 있는지 몰래 감시하는 겁니다. 저희가 이 댁을 자주 드나든다고 알려져 있는데 계약은 전혀 따 내지 못하는 게 이상하다고……."

구라모치가 말하면서 천천히 고개를 수그렸다. 말하기가 무척 괴로워 보였다. 참 대단하다고 나는 감탄했다.

불시 감사 따위는 들어 본 적도 없었다. 계약을 따 내지 못하는 사원에게는 급여를 지급하지 않는다는 규정이 벌칙의 전부였다.

그러나 가와모토 후사에는 구라모치의 말을 의심하지 않았다.

"그랬군요."

그녀가 눈초리를 늘어뜨리며 힘없이 고개를 숙였다.

"제가 계약을 하지 않아서 그런 거군요. 저는 두 분이 괜찮다고 해서……."

"아니요, 신경 쓰실 필요 없습니다. 어르신께는 소중한 돈이잖아요. 내키지도 않는데 계약하실 일은 아닙니다. 저희가 해고되는 것도 아닌데요, 뭐. 다만 앞으로는 이렇게 찾아뵙지 못할 것 같습니다."

"하지만 계속 감시당하는 것도 아니잖아요."

"그건 그렇지만, 더는 저희 마음대로 가고 싶은 곳에 갈 수 없습니다. 저와 다지마는 팀이 해체돼 각자 다른 사람과 파트너가 될 겁니다. 그래서 그 파트너 지시에 따라야 해요. 게다가 담당 구역도 바뀔 거고요."

"그럼 일이 없는 날이라든가……."

"그럴 수 있으면 좋겠지만 저나 다지마나 하도 바빠서 말이죠."

"그렇게 바빠요?"

그녀가 눈썹을 찌푸렸다.

"둘 다 아직 신참이라 그렇습니다."

구라모치가 쓴웃음을 웃으며 머리를 긁적였다.

가와모토 후사에의 얼굴에 고민하는 기색이 역력했다. 그녀의 마음속 동요가 내게까지 전해지는 느낌이었다.

"그런 이유로 아마도 오늘이 마지막이 될 것 같습니다. 길지 않은 시간이었지만 신세 많이 졌습니다."

구라모치가 밝은 목소리를 냈다. 억지로 명랑한 척하는 연기를 참 잘도 하는구나 싶었다. 억지로 만들어 낸 척하는 미소도 수준급이었다.

그럼 갈까, 하고 그가 내게 물었다. 나는 고개를 끄덕였다.

"잠깐만요."

가와모토 후사에가 말했다. 그 순간 구라모치의 눈이 빛났지만 67세의 노파는 눈치채지 못한 듯했다.

"내가 계약만 하면 되는 거죠? 금을 사면 말이에요."

"아니요. 그건 안 됩니다."

구라모치는 손을 저었다.

"왜요?"

"왜냐면, 어르신께서는 전부터 그런 일에 손대지 않는다고 하셨잖습니까."

"그야 경우에 따라서 다르죠. 두 분이 그 문제로 회사에서 질책받는 걸 알았다면 가만있지 않았을 거예요. 내가 계약하면 회사의 처분은 없었던 일이 되는 거지요?"

"그야 그렇겠지만……."

"그럼 잠깐 기다려요."

가와모토 후사에가 안으로 사라지는 걸 확인한 구라모치가 나를 보며 고개를 까딱했다. 나는 불쾌함을 드러내려고 한숨을 크게 내쉬었다. 구라모치는 그걸 어떻게 받아들였는지 "거의 다 됐으니까 힘내."라고 속삭였다.

잠시 후 가와모토 할머니가 조그만 가방을 들고 돌아왔다.

"얼마나 계약하면 되지요? 50만 엔? 아니면 백만 엔 정도?"

"어르신, 정말 괜찮아요. 다지마 너도 뭐라고 말씀 좀 드려."

구라모치의 갑작스러운 말에 나는 약간 당황하며 "저, 무리하지 마세요. 계약하시지 않는 게 나을 것 같아요."라고 말했다.

"맞습니다. 자제분도 그런 데 절대 손대지 말라고 당부했다면서요."

구라모치도 거들었다.

"이래 봬도 자유롭게 쓸 수 있는 돈이 약간 있어요. 자, 정확하게 말해 봐요, 얼마나 계약하면 되는지."

우리가 만류하자 가와모토 후사에는 오히려 마음을 굳힌 듯했다. 그런 것도 구라모치의 계산에 모두 들어 있었을 것이다.

하지만 구라모치는 곤혹스러운 듯 머리를 양손으로 벅벅 긁어대다가 후, 숨을 내뱉었다.

"정 그러시다면 솔직하게 말씀드리겠습니다. 그러잖아도 회사에서는 계약만 따오면 지난 실수를 덮겠다고 했습니다. 다만 그럴 경우 최저 계약액이란 것이 있는데, 그게 상당히 고액입니다. 저는 무리라고 항의했지만 받아들여지지 않았습니다."

그의 말에 가와모토 후사에는 조금 불안해지는 듯했다.

"고액이라면 얼마쯤을 말하는 건가요? 백만 엔으로는 어려울까요?"

그러자 구라모치가 난감하다는 듯이 어깨를 축 늘어뜨렸다. 그리고 시선까지 떨어뜨린 채 힘없는 목소리로 말했다.

"최저 3백만 엔……, 그게 회사의 요구입니다."

"3백만……"

"죄송합니다. 쓸데없는 말씀을 드렸네요. 저희는 어르신을 상대로는 영업하지 않기로 했습니다. 그럼 저희는 이만 가 보겠습니다."

"잠깐만요. 3백만 엔짜리 계약을 하면 된다 이거죠?"

할머니가 손에 들고 있던 가방을 열어 통장을 꺼냈다. 그리고 통장에 적힌 액수를 들여다본 후 말했다.

"여기 딱 3백만 엔짜리 정기 예금이 있네요. 이걸 해약하면 되겠어요."

"하지만 그토록 소중한 돈을……"

구라모치의 말에 가와모토 후사에가 고개를 저었다.

"저축을 한다면 은행보다 금이 한결 든든할 거라고 했잖아요. 그건 틀림없죠?"

"그야 그렇습니다만."

"그럼 문제없겠네요. 생각해 보니 조금 더 빨리 계약했더라면 좋았을 걸 그랬어요. 그랬다면 이런 일도 벌어지지 않았을 텐데……. 정말 미안해요."

"아닙니다. 어르신께서 사과하실 일이 아니에요."

"하여간 3백만 엔으로 계약하겠어요. 그럼 되는 거죠?"

그러자 구라모치가 통장을 바라봤다가 한숨을 내쉬었다가 하더니 고개를 숙인 자세 그대로 그녀를 올려다봤다.

"정말 괜찮으시겠어요?"

"괜찮아요. 문제없을 거라면서요."

"만일 계약하실 거라면 오늘 중으로 해 주시면 좋을 텐데……."

"오늘 중으로요? 알았어요. 뭘 어떻게 하면 되지요?"

"일단 은행에 가서 정기 예금을 해약하신 다음 저희가 지정하는 계좌에 입금하시면 내일이라도 정식 계약서를 가지고 오겠습니다. 회사에서 입금 여부를 확인해야 하니까요."

"알았어요. 그럼 지금 당장 은행으로 가요."

가와모토 후사에가 자리에서 일어서는 모습을 바라보며 온순한 표정을 짓고 있는 구라모치의 뱃속으로부터 '한 건 했다'는 소리가 들려올 것만 같았다.

젊은이 둘에게 힘이 되었다는 생각 때문인지 가와모토 후사에는 들뜬 것처럼 보였다. 인간이란 나이가 들면 스스로를 그 누구에게도 쓸모없는 존재라고 여겨 외로운 모양이다. 가와모토 후사에는 그 뒤로도 두 번이나 더 구라모치의 읍소에 넘어가 거금을 빼앗겼다.

동서 상사 내에서 '할머니 후리기'라고 회자되는 이 수법은 원래 세일즈 여사원들이 노인을 상대로 자행하던 '할아버지 후리기'를 참고한 것이다. 양쪽 모두 노인들의 고독감에 편승한 것으로, 보기에 따라서는 완력으로 통장을 빼앗는 것 이상으로 폭력적이다.

하지만 내게는 구라모치를 비난할 자격이 없었다. 그들의 악행을 빤히 보면서도 수수방관했기 때문이다. 노인들을 속여 그들이 한 푼 두 푼 모은 쌈짓돈을 빼앗는 장면을 손 놓고 지켜봤을 뿐이다. 한마디로 공범자였던 것이다. 나는 구라모치를 원망하는 한편으로 나 자신의 무력함을 증오했다. 내가 이렇게까지 추악한 인간이 되어 버렸다는 사실이 괴로웠다.

당시 나는 방문 저편에서 자고 있는 구라모치의 숨소리를 들으며 지금이야말로 그를 죽일 절호의 기회가 아닐까 스스로에게 묻곤 했다. 그의 인간성에 대해서 더는 의문의 여지가 없다. 이제는 그를 쉽게 죽일 수 있을 것 같았다. 저 문을 살그머니 열고 그의 목을 힘껏 조르기만 하면 그만이었다. 아니면 젖은 종이로 그의 입과 코를 막든지 말이다. 몇 분 후면 그가 숨을 멈출 터였다.

그러나 그것은 늘 상상에 그쳤다. 행동으로 옮길 만큼의 살의가 끓어오르지 않았다. 어린 시절부터 살인에 흥미가 있었고 구라모치를 죽일 만한 충분한 이유가 있는데도 왜 나의 증오는 살의에 이르지 못하는 걸까.

그런 생각을 할 때면 늘 후지타가 떠올랐다. 그의 내면에는 어떤 증오가 있었기에 나를 죽이겠다고 결심하고 실행에 옮겼을까. 살의라는 도화선에 불을 붙이려면 무언가 필요하다. 그 무언가의 정체를 알고 싶었다.

어느 날 저녁 무렵이었다. 구라모치와 함께 지금까지 해 온 것에 결코 뒤지지 않는 악랄한 수법으로 새로운 계약을 따 내고 회사에 돌아와 보니 안내 데스크 앞에 젊은 여자 하나가 서 있었다. 언뜻 들으니 사무실 안에서 야마시타와 언쟁을 벌이다가 포기하고 나와 버린 모양이었다.

그런데 그 옆을 스쳐 지나려는 찰나 그녀가 우리를 불렀다.

"아니, 댁들은……."

고개를 돌려 여자의 얼굴을 봤다. 본 기억은 있는데 누군지 떠오르지 않았다. 탤런트가 아닐까 잠깐 생각했다. 그 정도로 미인이었다.

"아! 그러고 보니……."

구라모치가 먼저 알아보았다.

"히가시 구루메의 마키바 씨 이웃 분이시죠?"

그 말을 듣고서야 기억이 떠올랐다. 마키바 노인 집에 닭 꼬치를 가져왔던 여자였다.

그녀가 먼저 꾸벅 인사했다. 그러나 그 표정은 어두웠다.

"이야, 몰라봤어요. 그때와는 느낌이 달라서 말이죠."

나도 구라모치와 같은 생각이었다. 그때는 운동복 상의에 청바지 차림이었고 화장도 하지 않았었는데 지금은 어른스러운 원피스 차림인 데다가 화장까지 해서 그때보다 훨씬 미인으로 보였다.

하지만 구라모치의 말 따위는 그녀의 귀에 들어오지 않는 듯했다.

"도대체 어떻게 된 일이죠?"

그녀가 날카로운 말투로 쏘아붙였다.

"왜 돈을 돌려주지 않는 거예요? 이상하잖아요."

"잠깐만요. 무슨 말씀인지 모르겠네요."

구라모치가 사무실 쪽을 힐끔 보며 말했다.

"일단 내려가시죠. 내려가서 차분히 얘기하는 게 좋을 것 같아요."

우리 세 사람은 1층으로 내려와 건물 밖으로 나갔다. 구라모치가 앞장서서 들어간 곳은 동서 상사 직원들이 올 일이 없는 찻집이었다.

"그 돈, 돌려받지 못하면 곤란해요. 마키바 할아버지의 전 재산이거든요."

커피에는 손도 대지 않은 채 그녀가 말했다. 애초에 안 마시겠다는 걸 구라모치가 굳이 주문한 것이었다.

"어디 급히 쓸데라도 있나요?"

구라모치가 물었다.

"그런 건 아니지만 할아버지가 혹시 무슨 일이 생길 때를 대비해서 소중히 간직하고 계신 돈이에요. 그런 돈을 금 같은 데다……."

그녀가 우리를 노려보았다.

"이건 너무하잖아요. 뽑기에 당첨됐다는 구실로 회사까지 데려와서 계약할 때까지 돌려보내지도 않고 협박이나 하다니 말이에요."

"하지만 저희는 한낱 영업 사원에 불과해서 그저 회사에서 시키는 대로 했을 뿐입니다. 뽑기에 당첨된 분이 있으면 회사까지 안내하라는……."

"그 뽑기 말인데요."

그녀가 눈을 치켜뜨고 구라모치를 보았다.

"꽝이 없죠? 백 퍼센트 당첨 아닌가요?"

나는 가슴이 두근거렸지만 구라모치는 침착했다.

"그렇지 않습니다. 꽝도 있죠, 물론. 적어도 우리는 그렇게 들었습니다."

그는 그렇게 말하고 나를 보며 "맞지?" 하고 동의를 구했다.

나는 고개를 끄덕일 수밖에 없었다. 그러면서 또 사기 치는 데 한몫하고 있다는 생각이 들었다.

"할아버지가 아는 사람한테 들었는데 동서 상사에서 금을 샀다가 엄청난 피해를 본 사람이 많대요. 계약금을 돌려받지 못한 사람이 한둘이 아니라는 거예요. 그래서 할아버지가 해약하려고 회사에 전화를 했더니 이런저런 핑계를 대면서 안 된다고 하더래요. 할아버지가 말도 못 하게 걱정하다가 끝내는 자리에 드러누우셨어요."

"그래서 할아버지 대신 오신 건가요?"

내가 물었다.

"네. 그런데 역시 돌려주지 않는군요. 계약 위반이라느니 본인이 아니면 안 된다느니 하면서 말이에요. 할아버지가 움직일 형편이 못 돼서 대신 왔다고 해도 아랑곳하지 않더군요."

야마시타의 냉혹한 표정과 말투가 눈에 선했다.

"왜 돈을 안 돌려주는 거죠? 돈으로 돌려주기 어렵다면 할아버지가 산 금이라도 내놓으세요."

그녀의 말에 틀린 구석이라고는 없었다. 구라모치가 이번에는 어떻게 빠져나가는지 궁금해 그를 지켜봤다. 이윽고 그가 입을 열었다.

"실은 저도 요즘 뭔가 좀 이상하다고 생각하고 있었어요."

그의 말에 나는 눈을 휘둥그렇게 떴다.

22

구라모치의 말솜씨에는 익숙해질 만큼 익숙해졌다고 생각했다. 그런데도 그때 내가 받은 충격은 상당했다. 어떻게 그렇게 태연한 얼굴로 그토록 뻔뻔스러운 거짓말을 하는지, 두개골을 잘라 그 안을 들여다보고 싶은 심정이었다.

항의하는 고객을 적당히 눙치는 건 그로서는 일도 아니었다. 그럴 때마다 그는 자신은 아무것도 모른다며 빠져나갔다. 그런데 이번에는 그러지 않았다.

"지극히 단순한 계기였어요. 이상하다고 생각하게 된 건요."

구라모치는 진지한 얼굴로 말을 꺼냈다.

"금괴라는 걸 내 눈으로 한번 보고 싶었어요. 그 왜, 영화나 텔레비전 드라마 같은 데 나오는 금덩어리 말이에요."

마키바 할아버지를 대신해서 찾아온 여자는 흥미가 이는 표정으로 구라모치를 바라봤다. 순식간에 상대의 마음을 사로잡는 기술에 관한 한 구라모치는 가히 천재적이었다.

"그래서 회사 사람들에게 물어봤죠. 금을 어디다 보관하냐고 말이에요."

"그랬더니 뭐래요?"

구라모치는 고개를 가로저으며 배우마냥 양손을 펼쳤다.

"아무도 확실히 말해 주지 않았어요. 오히려 세일즈맨은 그런 것까지 알 필요 없다고 혼을 내더군요."

처음 듣는 얘기였다. 게다가 금을 보관하는 장소라니, 거기까지는 생각해 본 적도 없었다.

그녀가 미간을 찌푸렸다.

"이상하네요. 금을 판다면 어딘가 반드시 금을 보관하는 장소가 있어야 할 텐데요. 마키바 할아버지가 산 금도 어딘가에는 있어야 하는 거 아닌가요?"

"그러게 말입니다."

구라모치가 고개를 갸우뚱했다.

"안 그래도 그게 이상해서 저도 한번 알아보려고 해요. 회사에 들키지 않고 알아봐야 하니까 시간이 좀 걸릴지도 모릅니다."

"부탁드려요. 할아버지는 요즘 잠도 제대로 못 주무시는 것 같아요."

"가급적이면 서두르겠습니다. 뭐라도 알게 되면 즉시 연락드리죠."

그리고 구라모치는 수첩을 꺼냈다.

"아아, 그러고 보니 성함도 모르네요."

그러자 그녀도 아차 하는 표정을 지었다.

"죄송해요. 우에하라예요."

"우에하라…… 한자로 이렇게 쓰나요?"

구라모치가 수첩에 한자를 적어 보였다.

"네, 맞아요."

"성 말고 이름도 알려 주세요. 그리고 전화번호도요."

그러자 그녀는 우에하라 유키코라는 이름과 전화번호를 알려줬다. 마키바 노인이 그녀를 '유키 쨩'이라고 부르던 생각이 났다.

"해약이 가능할까요?"

"불가능하다는 건 말이 안 되죠. 저도 고객들에게 그렇게 설명해 왔어요."

구라모치가 또 내 동의를 구했다. 나는 또 고개를 끄덕였다.

우에하라 유키코와 헤어진 우리는 곧장 회사로 돌아왔다. 엘리베이터를 기다리는 동안 그에게 물었다.

"어떻게 그런 말을 할 수 있어?"

"그런 말이라니, 뭐 말이야?"

그가 엘리베이터의 층수 표시에서 눈을 떼지 않은 채 되물었다.

"우리 회사가 이상하다는 말 말이야. 지금까지 그런 말은 한 적이 없잖아."

"하면 좀 어때서. 우리는 우리가 맡은 일을 할 뿐이야."

그러는 사이 엘리베이터가 도착했다. 다행히 우리 외에는 타는 사람이 없었다.

"이상한 걸 알면서도 고객에게 권유했단 말이야? 그것도 그렇게 더러운 수법을 써 가면서……."

그가 화를 내도 어쩔 수 없다고 생각하며 말했다. 하지만 그는 가볍게 미소를 지으며 층수 버튼을 눌렀다.

"세일즈에는 깨끗한 것도 더러운 것도 없어. 처음에 뭐라고 교육을 받았지? 쓸데없는 생각 말고 어떻게 하면 금을 많이 팔 수 있을까만 생각해라. 잊었어?"

"그럼 그 여자한테는 왜 그런 식으로 말했어? 정말로 조사할 작정이야, 아니면 단지 그 자리를 모면하려고 그런 것뿐이야?"

"뭐가 그렇게 심각해?"

구라모치가 한심하다는 표정을 지었다.

"아하, 너, 그 여자한테 반했구나? 하긴 되게 미인이더라."

"너야말로 그 여자 마음에 들려고 되잖은 소리를 한 거 아니야?"

내 물음에 구라모치는 미소를 머금은 채 어깨를 으쓱했다.

사무실에 들어가자마자 그는 내게 잠시 기다리라고 하더니 어딘가로 사라졌다. 나는 공용 책상에 앉아 그를 기다렸다. 다른 직원들의 모습은 보이지 않았다. 외근 담당자들은 회사에 있어 봐야 할 일이 없다. 유일한 예외가 변장 담당인 구로사와였다.

잠시 후 구라모치가 돌아왔다.

"잠깐 따라와 봐. 좋은 거 보여 줄게."

"뭔데?"

"따라와 보면 알아."

그가 히죽거리며 말했다.

엘리베이터를 탄 그는 한 층 위의 버튼을 눌렀다. 그 층에는 가 본 적이 없었다.

"위층도 동서 상사가 사용해. 몰랐지?"

나는 고개를 끄덕였다. 건물 1층에 층별 안내판이 있었지만 그 층에는 아무것도 적혀 있지 않았다.

엘리베이터를 내리자 살풍경한 복도가 나왔다. 복도 중간이 막혀 있고 거기에 조그만 철문이 나 있었다. 문에는 계산기처럼 생긴, 버튼을 눌러 여는 자물쇠가 붙어 있었다.

"왠지 무시무시하네."

"그렇게 보여?"

"그렇게 보이면 안 되는 거야?"

"아니, 그렇게 보이는 게 정답이야. 그러라고 이렇게 해 놓은 거니까."

구라모치는 들고 있던 열쇠 꾸러미에서 열쇠 하나를 골라 구멍에 밀어 넣고 버튼 몇 개를 눌렀다. 그러자 '지~' 하는 소리와 함께 철컥, 잠금장치가 풀렸다. 구라모치가 손잡이를 잡아 힘껏 돌리자 희미하게 삐거덕 소리가 들리면서 문이 열렸다.

"자, 들어가."

"들어가도 돼?"

"응."

다소 좁은 입구를 지나 안으로 들어가니 어두컴컴한 방에 붉은 조명이 어슴푸레하게 켜져 있었다. 잠시 후 어둠에 눈이 익자 눈앞에 철창 같은 것이 보였다. 그 철창에도 문이 있었다.

"여긴 뭐 하는 데야?"

"보관실."

구라모치가 대답했다.

"손님에도 여러 종류가 있어. 개중에는 우리가 강요하지 않아도 금을 사면 어떨까 생각하는 사람도 있지. 그런데 그런 사람들은 회사에 대한 관심도 많아서 금을 어떤 식으로 보관하는지 보고 싶어 해. 만약 보여 주지 않으면 VIP를 놓치게 되지. 그런 경우 이곳에 데려오는 거야. 오늘은 없었지만 고객을 안내할 때는 아까 들어온 문 옆에 경비원을 세워 둬."

그리고 그는 쿡쿡 웃었다.

"물론 경비원 복장을 한 아르바이트생이지만."

"그러니까 이 안에 금이 보관돼 있다 이 말이야?"

내가 철창을 가리키며 물었다. 철창 안쪽에는 복도가 이어져 있고 그 복도 양편에 각각 문이 있었다.

"고객님!"

구라모치가 느닷없이 크게 외쳤다.

"고객님이 구매하신 금은 모두 이 앞 창고에 보관됩니다. 경비원이 24시간 경비를 서는 이곳은 들어오면서 보신 바와 같이 이중으로 차단되어 있습니다. 첫 번째 문은 컴퓨터에 등록된 비밀번호가 없으면 절대 열 수 없고, 이 철창에도 특수 자물쇠가 설치되어 있습니다. 또한 현재 고객님이 계시는 장소에서 안쪽의 보관 창고까지 전부 감시 카메라가 모니터링하고 있습니다. 그리고 철창에는 적외선 감시 장치가 둘러쳐져 있어 무단 침입자가 한 발이라도 내디디면 그 순간 경보가 울리도록 되어 있습니다. 그러므로 안전에 관한 한 완벽하다고 자신 있게 말씀드립니다."

그는 손짓 발짓을 해 가며 설명한 뒤 내게 하얀 이를 드러내며 웃어 보였다.

"안내는 전용 복장을 한 가이드 여성이 하지. 그 여직원을 컴패니언이라고 불러. 물론 그녀 역시 아르바이트생이지만 말이야."

나는 주위를 한 바퀴 둘러봤다. 벽 한쪽 구석에 카메라가 설치되어 있었다. 그러나 제대로 작동하는지 확인할 방법은 없었다.

"그런 설명만으로 고객들이 납득할까?"

"대개는 납득하지 못하지."

구라모치는 철창으로 다가가며 다시 열쇠 꾸러미를 꺼냈다.

그리고 아까와는 다른 열쇠를 골라 열쇠 구멍에 넣고 돌렸다. 철컥, 철창문이 열렸다.

"그 자물쇠는 어떤 점이 특수한 거야?"

"글쎄다, 나도 잘 몰라. 자, 들어가자."

구라모치가 문을 열었다.

안으로 들어서려던 나는 문득 생각나는 것이 있어 걸음을 멈췄다.

"적외선 장치가 있다면서. 한 발이라도 내디디면 경보가 울린다고 했잖아."

그러자 구라모치는 등을 쭉 펴고 다시 가이드 말투로 설명을 시작했다.

"현재는 경비실에 연락해서 감시 장치의 스위치를 꺼 놨습니다. 따라서 고객님이 들어가셔도 경보는 울리지 않을 테니 안심하셔도 됩니다."

바보가 된 기분으로 나는 철창 안에 발을 들여놓았다. 당연히 아무 일도 일어나지 않았다. 벽을 유심히 살펴봤지만 적외선 감시 장치라는 게 어디 붙어 있는지 알 수 없었다.

"보통은,"

구라모치가 말했다.

"여러분의 발 쪽에 적외선이 흐릅니다. 거기에 물체가 닿으면 침입자가 들어온 것으로 간주해 차단 장치가 작동하죠."

"차단 장치는 어떤 거야?"

"경보가 울리면서 이제까지 지나온 문들이 모두 자동으로 닫힙니다. 계단의 셔터도 내려지고 엘리베이터도 정지됩니다. 즉, 침입자가 여기 갇히는 거죠. 경보는 경비실에도 울리므로 당연히 경비원이 달려옵니다. 동시에 가까운 파출소에도 연락이 가도록 되어 있습니다."

"그 이상한 말투 좀 집어치울 수 없어?"

"질문은 더 없으십니까?"

"감시 장치랑 차단 장치는 알겠어. 그런데 정작 금은 어디 있는 거야? 아니 그보다……."

나는 구라모치를 바라봤다.

"왜 너만 이런 사실을 알지? 아니, 나만 몰랐던 건가?"

그 질문에 구라모치가 얼굴을 살짝 찡그리며 머리를 긁어 댔다. 설명하기 난감한 듯했다.

"너만 모르는 게 아니야. 일부 세일즈맨만 아는 사실이지. 물론 이런 시설이 있다는 걸 모르면 고객이 금 보관 창고를 보여 달라고 했을 때 당황하겠지만, 지금까지 우리가 상대한 고객 중에는 그런 요구를 하는 사람이 없었어. 그래서 너한테 가르쳐 줄 기회가 없었던 거야."

"적극적으로 가르쳐 주지는 않는다는 말로 들리는데."

구라모치가 고개를 끄덕였다.

"맞아. 되도록 가르쳐 주지 말라는 게 회사 방침이야. 당연하잖아. 세일즈맨이 회사를 그만둔 뒤에 보관 창고에 대해 지껄여

대면 골치 아프지 않겠어?"

"그러니까 회사의 신임이 두터운 세일즈맨에게만 가르쳐 준다 이 말이군."

"그 표현이 맞을지도 모르지."

"너는 신임이 두터운 거고?"

"그렇게 되나."

구라모치가 다시 주머니에서 열쇠 꾸러미를 꺼냈다.

"금을 보고 싶지?"

"그 여자…… 우에하라 유키코에게 거짓말을 했구나? 금 보관 장소를 모른다고 했잖아. 왜 안 알려 주지?"

"알려 줬으면 보고 싶다고 했을 거야, 아마."

"그야 그렇겠지."

"그게 싫어서 그랬어."

왜냐고 물으려 했을 때 구라모치가 문에 열쇠를 꽂았다. 그 문역시 철제로 보였다. 구라모치가 뒤를 돌아봤다.

"자, 마음껏 보시죠. 보고 싶다고 하신 물건입니다."

그 안을 들여다본 순간 나는 숨을 헉 삼켰다.

어둠 속에 층층이 쌓인 금괴가 밖에서 들어온 희미한 불빛에 어슴푸레 윤곽을 드러냈다. 자세히 보니 금괴 앞에 유리로 된 칸막이가 있어 금에 직접 손을 댈 수는 없었다. 금괴 더미 뒤쪽으로는 은색 금고가 보였다.

"고객님의 금은 저 안쪽에 있는 금고에 보관되어 있습니다. 앞에 있는 금은 당사가 보유한 금의 극히 일부분에 지나지 않습니다."

구라모치가 뒤에서 설명했다.

"엄청나네. 정말 있긴 있구나."

내심 금이 없을 거라고 생각했기 때문에 정말 뜻밖이었다.

"좀 더 가까이 가서 보시죠, 고객님. 진짜 금입니다."

"그 말투 좀 집어치우라니까."

나는 유리 칸막이 가까이 다가갔다. 조명이 거의 없는데도 금의 광채가 눈부셨다. 몇 번이고 눈을 깜빡거렸다. 대단하다는 말이 절로 나왔다.

하지만 그렇게 감탄하는 사이에 뭔지 모를 위화감이 들기 시작했다. 그리고 그 느낌은 서서히 커져 내 머릿속 한구석을 점령했다.

다음 순간 나는 그 위화감의 정체가 무엇인지 깨달았다.

"어떻게 우리 둘만 여기까지 들어올 수 있었지? 아무리 신임이 두터워도 그 정도는 아닐 텐데."

구라모치는 대답하지 않았다. 그는 내 시선을 외면했다.

"가령,"

내가 계속했다.

"지금 이 유리를 두드려 깨고 안에 있는 금을 가져갈 수도 있잖아. 물론 곧 잡히기는 하겠지만. 그런데도 우리 둘만 여기까지 들어오게 놔두는 건 너무 부주의하지 않아? 경보 장치도 꺼 놓았다면서 말이야."

"유리를 깰 필요도 없어."

그가 열쇠 꾸러미를 들어 보였다.

"안으로 들어가는 열쇠도 여기 있어."

나는 흠칫했다.

"그런 열쇠를 어떻게 그렇게 쉽게 가져왔지? 좀 더 복잡한 절차가 있어야 하는 거 아니야?"

"이 열쇠 꾸러미, 야마시타의 책상에서 허락 없이 가져온 거야."

"야마시타가 열쇠 관리자야? 그렇다면 관리가 너무 허술하잖아."

"괜찮아."

"어째서?"

구라모치는 열쇠 꾸러미를 짤랑거리며 유리 칸막이로 다가갔다. 그리고 열쇠 하나를 집어 그 끝으로 유리 표면을 콩콩 두드렸다.

"이 유리는 두께 2센티미터의 방탄유리입니다. 미국 FBI가 추천하는 제품이죠. 1미터 거리에서 권총으로 쏴도 꿈쩍도 안 합니다."

거기까지 말한 후 그는 콧방귀를 뀌었다.

"2센티미터짜리 방탄유리 좋아하시네. 그랬다면 이렇게 싸구려 같은 소리가 나겠어?"

그리고 다시 유리를 콩콩 두드렸다.

"아니란 말이야?"

"당연히 아니지."

그가 내 쪽으로 천천히 고개를 돌렸다.

"있잖아, 다지마. 내가 가이드 흉내를 낸 건 어디까지나 우리 회사가 고객들에게 그렇게 설명한다는 걸 보여 주려고 그랬어. 그리고 그 설명이 사실이라고는 말하지 않았어."

"그럼 전부 거짓말이란 말이야?"

"거짓말이지. 거짓말이고말고. 다 거짓말이야. 웬만한 도둑은 문마다 달린 자물쇠를 여는 데 1분도 안 걸릴 거야. 적외선 감시 장치 따위도 없어. 경보가 울린다는 것도 새빨간 거짓말이고. 애초에 경비실 자체가 없어. 이 유리도 보통 유리야. 네 말대로 쉽게 깨뜨릴 수도 있지."

"그런데 이런 데다 금을 보관하는 거야? 저게 금이란 말은 사실이지?"

나는 유리 칸막이 너머를 손가락으로 가리켰다.

구라모치가 금괴를 바라보며 팔짱을 끼었다.

"글쎄, 저 안에 있는 금을 전부 모으면 새끼손가락 한 마디 정도나 될까."

그 말이 무슨 뜻인지 금방 와닿지 않았다. 그러나 유리 칸막이 안쪽을 가만 바라보는 동안 알게 되었다.

"모조품이야?"

내가 신음하듯 물었다.

"아마도. 종이 박스나 스티로폼에 금분을 입혔겠지. 진짜 금괴를 이런 데 방치할 리 있겠어? 저건 금을 보러 온 사람들을 납득시키기 위한 소품일 뿐이야. 어린애 속임수, 아니 노인네 속임수지. 그러잖아도 노안인데 조명까지 저렇게 낮춰 놨으니……."

"그럼 금고 안도 비어 있겠군."

"진짜 금고이기나 한지 의심스러워. 베니어판에 알루미늄 도료 같은 걸 발라서 금고처럼 보이게 만들었을 거야. 복도의 그럴싸해 보이는 차단벽이나 이 방은 마음만 먹으면 몇 시간 안에 철거할 수 있을 테고. 여차하면 증거를 인멸해야 하니까."

"이런 사실을 다른 직원들도 알아?"

"글쎄, 다른 직원과는 그런 사실에 대해 얘기를 나눠 본 적이 한 번도 없어서 모르겠어. 지금까지 말한 건 전부 내가 스스로 알아냈어. 다른 사람한테 들은 게 아니라."

"누가 가르쳐 주지도 않았는데 어떻게 알았어?"

내 말에 구라모치가 쓴웃음을 지었다.

"모르는 게 이상하지. 조금만 신경 써서 보면 수상한 것투성이인걸. 대표적인 예가 이 산더미같이 쌓인 금괴야. 너, 금의 비중이 얼마인지 알아?"

"비중이라, 얼마였더라……."

비중이라는 단어를 입에 올린 것조차 고등학교 졸업 후 처음이었다.

"20 정도야. 즉 같은 체적일 때 무게가 물의 20배지. 사방 10

센티미터짜리 정육면체 금의 무게가 20킬로그램이란 말이야. 그렇다면 여기 쌓여 있는 금만 해도 1톤이 넘는다는 얘기잖아. 만일 금이 저 금고 안을 다 채우고 있다고 치면 그 무게는 수십 톤에 달할 거야. 거기에 금고 무게까지 더해 봐. 이 방 하나만 해도 무게가 얼마겠어. 그런데 과연 이 건물이 그런 엄청난 무게를 견딜 수 있도록 설계되었을까? 평범한 사무용 건물이 말이야. 아마 진짜 금이라면 바닥이 뚫리고 기둥이 뒤틀렸을걸."

듣고 보니 그랬다. 그러나 나 자신의 우매함을 감추려고 소심한 반론을 펼쳤다.

"금고를 설치하려면 당연히 그 나름의 공사를 했을 거라고 생각했지."

"이 아래층에 뭐가 있지? 바로 우리 사무실이잖아. 기둥도 몇 개 없는 널따란 사무실 말이야."

나는 입을 다물었다.

"하지만 그런 사실을 알아채지 못했다고 해서 기죽을 필요는 없어. 이건 애초에 사람을 속이려고 만든 장치니까 속는 게 당연해. 다만 몇 번 반복해서 보다 보면 모순을 눈치채게 되어 있어. 너도 언젠가는 눈치챘을 거야."

나는 아무 말도 하지 않았다. 나를 위로하려는 듯한 그의 말에 오히려 자존심이 상했다.

"너는 언제 알았어?"

"언제였더라……."

구라모치가 고개를 갸우뚱거렸다.

"선배와 함께 몇 번인가 고객을 여기로 안내한 적이 있어. 아마 작년일 거야. 그때 이상하다는 생각이 들었어."

"그럼 그 후로는 사기라는 걸 알면서 금을 팔았단 말이야?"

말하고 나서 나는 고개를 흔들었다.

"아니, 금을 판 게 아니라 금 예탁 증서인가 뭔가 하는 종잇조각을 팔았지. 게다가 너는 그런 일에 나까지 끌어들였어. 사기에 가담하도록 말이야."

목소리가 점점 거칠어지고 있었다.

구라모치는 벽에 기댄 채 주르륵 미끄러져 내리다가 바닥에 엉덩이가 닿자 두 다리를 앞으로 쭉 뻗고 앉았다.

"사기 칠 생각은 없었어."

"이게 사기가 아니고 뭐야? 있지도 않은 금이나 팔고."

"내가 확실히 말할 수 있는 건 이 보관 창고에 진짜 금이 없다는 사실뿐이야. 동서 상사가 어딘가 다른 장소에 숨겨 두었을지도 몰라. 금이 없다고 말한 사람은 아무도 없으니까. 그러니까 금이 없다는 증거도 없단 말이야. 나는 그저 시키는 대로 일했을 뿐이고. 그걸 어떻게 사기라고 할 수 있지?"

"이상하다고 생각했으면 확인해 봤어야지. 이 보관 창고가 가짜라는 사실을 알아챘을 때도 마찬가지고."

"내가 왜 그래야 하지? 나는 세일즈맨이지 경찰이 아니야. 모르는 걸 모르는 채로 놔두면 안 되나?"

"피해자가 늘어나잖아. 우리가 피해자를 만들고 있단 말이야."
"왜 피해자라고 단정하지? 금을 사겠다고 계약한 것뿐인데."
"하지만 금이 계약자들 손에 없잖아. 해약하겠다고 나서도 돈을 돌려받을 수 없어. 그게 피해가 아니고 뭔데?"
"나는 그런 거 몰라. 그건 회사와 고객 사이의 문제야."
"우리도 회사의 일부야."
구라모치가 살래살래 고개를 저었다.
"회사에 고용된 건 사실이지만 회사의 일부는 아니야. 그리고 나는 금이 존재하지 않는다는 말을 들은 적이 없어. 만일 존재하지 않는다면 피해자는 고객만이 아니야. 존재하지도 않는 걸 팔도록 지시받은 우리도 피해자지. 설사 문제가 된다 해도 우리한테까지 책임을 묻는 일은 없을 거야. 우리 역시 아무것도 몰랐으니까."
"계약에 관여한 책임이 있잖아."
"무슨 책임? 계약서에 찍힌 도장은 동서 상사와 고객의 것뿐이야. 너, 네 도장을 찍은 적이 있어? 없지? 우리는 계약과 무관한 제3자일 뿐이야. 그걸 모르겠어?"
"노인들이 목숨과도 같은 돈을 날릴 걸 뻔히 알면서 강제로 계약을 맺게 했잖아. 그런데도 제3자라는 거야?"
"누가 그래, 돈을 날릴 걸 알았다고? 몇 번이나 말해야 알아듣겠어? 확실한 건 이 보관 창고에는 금이 없다는 사실뿐이란 말이야. 그 이상은 나도 몰라. 모르기 때문에 교육받은 매뉴얼대로 권할 수밖에 없고. 그리고 내가 언제 강제로 계약을 맺게 했어? 이시하라는 귀가 잘 안 들리는 할머니를 상대로 강도 같은 짓을 했지만 나는 한 번도 그런 적이 없어. 가와모토 할머니에게 내가 어떻게 했는지 잊었어? 그때 나는 금을 사 달라는 말을 한마디도 하지 않았어. 그 할머니가 자진해서 사겠다고 했지."

"사겠다고 하도록 만들었잖아."

"그게 강제로 계약을 맺게 한 거랑 같냐? 내가 가와모토 할머니를 빠져나갈 수 없는 상황으로 몰아넣었느냐 이 말이야."

"그럼 삼각 뽑기는 뭔데? 당첨 뽑기를 뽑을 수밖에 없도록 만들어서 회사로 데려오지 않았어?"

"그건 세일즈의 수단일 뿐이야. 일단 회사로 데려오라고 명령받았으니까 그걸 따른 거지. 그리고 삼각 뽑기로 데려온 고객과의 계약은 우리 두 사람의 실적으로 치지도 않아. 야마시타의 실적에 들어가지."

처음 듣는 말이었지만 그런 건 아무래도 상관없었다.

"아무리 발뺌하려 해도 속인 건 사실이야. 동서 상사가 수상한 회사라는 사실을 네가 몰랐을 리도 없고."

그 말을 뱉은 순간 온몸에서 힘이 쭉 빠지는 걸 느꼈다. 나는 고개를 떨어뜨렸다.

"하지만 나도 너랑 다르지 않아. 처음에는 뭐가 뭔지 몰랐지만 시간이 지나면서 진실을 알게 됐어. 그런데도 그만두지 못했어. 고객보다 나 자신이 중요해서 말이지."

"누구나 자기 자신이 우선이야."

구라모치의 말에 다시 분노가 끓어올랐다. 얼굴을 들고 구라모치를 노려보았다. 내 표정에 기가 눌렸는지 그가 시선을 내리깔더니 그 자리에서 일어서며 엉덩이를 툭툭 털었다.

"좀 전에도 말했듯이 소송에 휘말리더라도 우리에게 책임을 물을 일은 없어. 우리는 톱니바퀴의 한 부분에 지나지 않으니까. 다만 원한을 살 우려는 있겠지. 우에하라 유키코의 눈빛 봤지? 처음에는 우리를 원수라도 되는 것처럼 보더라."

"원한을 살 만도 하지."

"나는 그렇게 생각하지 않아. 아니 뭐, 그건 그렇다 치고."

구라모치는 가짜 금을 등지고 섰다.

"윗사람들이 우리에게는 쉬쉬하고 있지만 요즘 회사에 클레임이 늘고 있어. 개중에는 변호사를 앞세워 돈을 돌려받으려는 사람도 있나 봐. 우에하라도 그런 사람들 중 하나라고 할 수 있어."

"이런 사기 수법이 오래갈 리 만무해."

"그래, 아무래도 사기라는 네 말이 맞는 것 같아. 동서 상사는 침몰 직전의 배라고 할 수 있어. 침몰하는 배에 탄 쥐새끼 신세인 우리가 할 수 있는 일은 하나밖에 없어."

구라모치가 소리를 낮추었다.

"슬슬 도망칠 때가 됐어."

23

 동서 상사가 위기 상황이라는 건 회사 사람이면 누구나 아는 사실이었다. 구라모치의 말처럼 쥐새끼들, 즉 임시 고용원에 지나지 않는 말단 사원들은 침몰의 기색을 감지하고 잇달아 사표를 냈다. 회사는 계약 위반이라는 구실로 마지막 달 월급을 주지 않으려 했지만 그걸 감수하고라도 튀는 게 상책이라는 분위기였다.

 나도 보관 창고의 금이 가짜라는 사실을 알게 된 날 퇴직을 결심하고 그 사흘 후에 사표를 제출했다. 야마시타는 못마땅한 표정을 지었지만 말리지는 않았다.

 그리고 결심한 것이 또 하나 있었다. 구라모치의 집에서 나가자는 것이었다. 그 사실을 구라모치에게 알리자 그는 납득이 안 간다는 듯이 고개를 저었다.

 "그럴 필요가 있겠어? 회사를 그만뒀다고 여기 있으면 안 된다는 법은 없어."

 "내가 부담스러워서 그래. 신세를 그만 지고 싶어. 이대로 있다가는 망가지고 말 것 같단 말이야."

 "망가지다니, 뭐가?"

 "사람이."

 나는 구라모치를 보며 말했다.

 "그따위 회사에 들어가지 않는 건데 그랬어."

"말이 너무 심한걸."

그러면서도 구라모치는 화를 내지 않고 쓴웃음을 지었다.

"너도 알겠지만 나 역시 속았어."

"글쎄, 과연 그럴까."

"뭐, 어떻게 생각하든 상관없어. 굳이 나가겠다면 말리지 않을게. 하지만 말이야 다지마, 이것만은 기억해 둬."

구라모치의 눈빛이 다소 진지해졌다.

"네가 바라던 일이 아니었는지는 모르겠지만, 네가 오늘까지 이렇게 살아온 건 네가 그토록 혐오하는 회사 덕분이야. 조금이나마 저축할 수 있었던 것도 그 악랄한 사업에 손을 댔기 때문이고. 다른 누가 너를 도와줬어? 네가 아무리 아니라고 우겨도 이미 네 몸에는 그 회사의 독이 퍼져 있어. 하지만 부끄러워할 필요는 없어. 사회란 그런 거니까."

"내 생각은 달라."

나는 고개를 저었다.

"손가락질을 받지 않고 사는 방법도 있을 거야."

"누가 우리에게 손가락질을 한다는 거야? 살기 위해 발버둥질 쳤을 뿐인데."

"됐어. 그만하자."

나는 일어서서 짐을 챙기기 시작했다.

구라모치도 더는 말리지 않았다. 하는 수 없다는 듯 양손을 펼쳐 보인 후 텔레비전 오락 프로그램으로 눈길을 돌렸다.

구라모치의 아파트를 나온 뒤 살 곳을 찾기까지 상당히 힘이 들었다. 무직자에게는 아무도 방을 빌려주려 하지 않았다. 그래서 나는 우선 일자리를 구했다. 대형 가구점의 하청 운송업체에서 고객에게 가구를 배달하고 설치하는 일이었다. 비록 육체는 혹사당했지만 마음은 만족스러웠다. 적어도 거짓말을 하지 않아도 되는 일이었기 때문이다.

그런 다음 에도가와구에 있는 낡은 아파트에 방을 얻었다. 아파트라고는 하지만 단층 건물에 1.5평 정도 되는 방이 죽 늘어서 있는 곳으로 화장실과 취사장을 공동으로 사용했다. 수세식이 아닌 화장실에, 취사장이래야 수돗물이 나오는 싱크대가 달랑 하나 놓여 있을 뿐이었고 욕실 따위는 없었다. 그곳에 사는 사람의 태반은 일용직 노동자였고 나머지는 외국인이었다.

업무에 적응하느라 필사적으로 노력한 끝에 3개월 정도 후에는 시간적 금전적으로 약간 여유가 생겼다. 가와모토 후사에 할머니를 떠올린 것은 그렇게 마음의 여유가 생겼기 때문일지도 모른다.

어느 날 혼례용 가구 세트를 배달하러 운전기사와 함께 호야에 있는, 지은 지 얼마 안 된 아파트에 가게 되었다. 장롱 세 칸에 거실 장, 책장, 식탁 세트 등등 넌더리가 날 정도로 많은 가구를 단둘이 날랐다. 일이 끝났을 때는 주위가 어둑어둑했다.

회사로 들어가야 했지만 나는 갈 데가 있다면서 트럭을 타지 않았다.

"이거?"

차에 시동을 걸던 운전기사가 새끼손가락을 세워 보였다.

"아니요."

"그래? 호야로 온다는 말을 들었을 때부터 안절부절못하는 것 같던데……."

"전에 신세를 졌던 분이 이쪽에 사시거든요."

"흠, 그런 걸로 해 두지. 근무 카드는 찍어 놨어?"

"아니요. 죄송하지만 부탁드립니다."

트럭이 사라지는 걸 지켜본 후 주위를 두리번거리며 걷기 시작했다. 얼마 안 가 눈에 익은 거리가 나왔다.

세일즈맨 시절에는 고객을 찾아갈 때마다 우울했다. 이번에는 무슨 속임수를 쓰게 될까, 어떤 사기 행각에 가담하게 될까 하는 생각이 머리에 가득했다.

그런데 이 거리에 올 때만은 달랐다. 이곳을 걷는 일은 가와모토 후사에의 집에 갈 때뿐이었다. 그녀에게는 아무 짓을 안 해도 괜찮았다. 그저 집을 방문해서 차를 마시고 대화 상대가 되어 주는 것이 전부였다. 가와모토 후사에도 우리의 방문을 반겼다.

물론 그 유일한 휴식처도 결국은 파괴되고 말았다. 구라모치 오사무는 그 이상 잔혹할 수 없는 수법으로 그녀를 덫으로 몰아넣었다.

구라모치가 그녀로부터 돈을 얼마나 갈취했는지는 모른다. 그걸 알게 되는 것 자체가 두려웠다.

가와모토 후사에의 집은 전에 왔을 때와 마찬가지로 쓸쓸해 보였다. 한 가지 다른 점이 있다면 집 앞에 자전거가 놓여 있다는 것이었다. 그녀가 자전거 타는 모습을 본 기억이 없어 그 광경이 낯설었다.

나는 숨을 고른 뒤 인터폰을 눌렀다. 가와모토 후사에가 동서 상사의 악행을 눈치챘는지 어떤지는 모르지만 어쨌든 만나서 사과하고 싶었다. 만약 아직 눈치채지 못했다면 즉시 법적인 조치를 취하라고 조언할 작정이었다.

스피커에서 네, 하는 대답이 들렸다. 남자 목소리였다. 예상치 못한 일이어서 일순 당황스러웠지만 대답하지 않으면 수상하게 여길 것 같아 마이크에 대고 말했다.

"저는 다지마라고 합니다. 가와모토 후사에 씨 계십니까?"

"무슨 일이시죠?"

침착한 음성이었다.

"저……, 예전에 가와모토 씨께 신세를 졌던 사람입니다."

상대가 잠시 침묵했다. 찾아온 사람이 누구일지 생각해 보는 듯했다.

"잠깐 기다리세요."

인터폰 꺼지는 소리가 들리더니 조금 후 현관문이 열리고 중년 사내가 모습을 드러냈다. 뒤로 깔끔하게 빗어 넘긴 머리에 백발이 듬성듬성 섞여 있었다. 가와모토 후사에도 우아한 백발이었다는 사실이 생각났다.

"무슨 일이시죠?"

사내가 물었다.

나는 그가 가와모토 후사에의 아들일 거라고 짐작하며 꾸벅 인사했다.

"전에 여러모로 신세를 졌던 다지마라고 합니다. 요 근처에 온 김에 인사라도 드리려고 왔습니다."

"아아······."

난감한 표정으로 나를 바라보던 그의 눈길이 내 가슴께를 향했다.

"가구 회사에서 일하시는군요."

내 작업복 가슴 부위에는 회사 로고가 새겨져 있었다. 일하던 차림 그대로 간 것이다.

"아, 네, 가구 회사에 들어가기 전에 가와모토 어르신께서 이런저런 상담을 해 주시곤 했습니다."

동서 상사 얘기는 꺼내고 싶지 않았다. 눈앞에 있는 사내는 유능한 비즈니스맨 분위기를 풍겼다. 경제 문제에도 밝을 것이 틀림없었다. 가와모토 후사에에게 금을 강매한 일에 악의가 없었다고 아무리 변명해도 소용없을 것 같았다.

"어머니와는 어떻게 알게 되셨습니까?"

경계심을 품은 말투였다.

"아, 그게······."

나는 머리를 긁적거렸다. 둘러댈 말이 생각나지 않았다. 이럴 때 구라모치라면 미꾸라지처럼 잘도 빠져나가겠지만 내게는 그런 능력이 없었다.

구라모치를 떠올려서인지 나도 모르게 이런 말이 나왔다.

"친구 소개로……."

"친구요? 소개라고요?"

사내가 눈썹을 찌푸렸다. 의아해하는 것도 당연했다. 스무 살 전후로밖에 안 보이는 청년이 친구 소개로 노부인과 알게 되었다는 설명을 그 누가 납득하겠는가.

"아니, 그게……. 친구가 어떻게 가와모토 씨를 알게 됐는지는 모르겠지만,"

나는 계속 머리를 긁어 댔다.

"평소에 친절하게 대해 주시는 할머니가 있는데 상담도 잘해 주신다고……, 그래서 나도 뵙고 싶다고 했더니 소개해 주겠다고 해서……."

갈피를 못 잡고 횡설수설했다.

도저히 안 되겠다고 판단한 나는 뒤로 물러섰다.

"저, 안 계시는 모양인데 다음에 다시 오겠습니다."

그러고서 발길을 돌려 그 자리를 빠져나오려고 했다.

"아, 잠깐만요."

부르는 것을 무시하고 달아났더라면 좋았을 텐데, 나는 그만 걸음을 멈췄다.

"어머니는 안 계십니다."

"그래서 그냥 돌아가겠다고······."

사내가 살짝 눈을 감으며 고개를 저었다.

"집을 비우셨다는 얘기가 아니라 이 세상에 안 계시다는 겁니다."

"네에?"

심장이 쿵 내려앉았다. 침을 삼키자 커다란 덩어리가 목구멍을 통과하는 느낌이 들었다. 쓴맛이 입안 전체로 퍼져 나갔다.

"돌아가셨다는 말씀입니까?"

"네, 지난달에요."

"그랬군요. 그러니까, 저······."

삼가 조의를 표합니다, 라는 말이 입 밖으로 나오지 않았다.

"모처럼 오셨는데 분향이라도 하고 가시지 않겠습니까? 어머니가 기뻐하실 겁니다."

"하지만······."

"부탁드립니다."

내 의사는 개의치 않겠다는 듯한 위압감이 사내의 전신에 흘렀다. 나도 모르게 고개를 끄덕였다.

그를 따라 눈에 익숙한 현관으로 들어가서 신발을 벗었다. 그런데 현관에 여자 신발은 하나도 없고 모두 남자 구두와 샌들뿐이었다.

집 안으로 들어서고 나서 중요한 걸 묻지 않았음을 깨달았다.

"병으로 돌아가셨나요?"

앞서가는 사내의 등에 대고 물었다.

"아닙니다."

그가 앞을 향한 채 말했다.

"그럼 사고라도?"

"아니요, 그것도 아닙니다."

그는 대답할 생각이 없는 것처럼 보였다.

사내가 안내한 곳은 세 평짜리 다다미방이었다. 옆방과는 장지문으로 나뉘어 있었다. 옆방이 거실로 사용되었다는 사실을 나는 익히 알고 있었다. 거기서 몇 번이나 가와모토 후사에와 차를 마시고 과자를 먹었다.

방 한쪽에 조그만 불단이 있고 그 위에 영정이 놓여 있었다.

"앉으시죠."

사내가 방석을 권했다. 나는 그 위에 무릎을 꿇고 앉았다. 남자가 내 옆에 책상다리를 하고 앉아 한숨을 쉬었다.

"이 집을 부모님이 지었어요. 한 40년 됐죠. 부분적으로 개축하기는 했지만 낡은 일본 전통 가옥이라는 점에는 변함이 없습니다."

왜 그런 말을 하는지 몰라 그의 얼굴을 빤히 바라보았다.

"저렇게 문 위를 가로지르는 각목이 있는 집을 요즘은 찾아보기 힘들죠."

사내가 시선을 위로 향하길래 나도 그를 따라 문 위쪽을 봤다.

"어머니는 말이죠, 저기다 목을 매 돌아가셨습니다."

그저 세상 돌아가는 얘기를 하는 듯이 가벼운 말투였다. 그렇기 때문에 더더욱 그 말은 완전히 무방비 상태였던 내 가슴을 예리하게 관통했다. 몸이 굳어지고 말이 나오지 않았.

"아실지 모르겠지만 우리 부부는 어머니와 교류가 거의 없었어요. 아주 가끔 전화 통화를 할 뿐이었죠. 그러다가 지난달에 하루는 퇴근해서 집에 오니 아내가 그러더군요. 저녁 무렵에 어머니가 전화를 하셨다고요. 용건이 뭐였냐고 물었더니 그걸 잘 모르겠다는 거예요. 아내 말로는 어머니가 저녁 반찬이 뭐냐고 물으셨다는 겁니다. 아직 정하지 않았다고 하니까 그럼 닭고기 전골로 하지 그러냐고 하시더래요. 내가 좋아하는 거라면서요. 그게 전부였어요."

같이 살다가 고부간에 사이가 안 좋아서 헤어졌다는 얘기를 들은 기억이 났다.

"어쩐지 마음에 걸려서 전화해 봤어요. 밤 9시가 넘어서였을 거예요. 그런데 안 받으시는 겁니다. 목욕이라도 하시나 해서 조금 있다가 다시 해 봤지만 마찬가지였어요. 외출하기에도 늦은 시간이고, 아무리 노인이지만 주무시기에도 이른 시간이잖아요. 게다가 어머니는 항상 머리맡에 전화기를 놓고 주무셨거든요. 그때부터 30분마다 전화를 걸었지만 받지 않았습니다. 다음 날 다시 걸까 하다가 아무래도 마음에 걸려서 한밤중이지만 차를 몰고 왔어요."

그때 그가 목격했을 장면을 상상하니 온몸에 소름이 돋았다.

"정말 놀랐어요."

그는 차분히 말을 이어 갔다.

"부끄러운 얘기지만 비명을 질렀습니다. 나이 오십이 넘어 그렇게 꼴사나운 모습을 보이리라고는 생각도 못했어요. 하지만 솔직히 말해 무서웠습니다. 슬픔을 느낀 건 시간이 상당히 흐른 후부터였죠. 그때까지는 그저 무서울 뿐이었어요. 어머니의 사체를 두려워한 자신이 부끄럽게 느껴진 것도 한참 시간이 흐른 다음이었습니다."

"무엇으로……"

그때야 소리를 낼 수 있었다. 무의식중에 나온 말이었다.

"네?"

"저, 무엇으로 목을……"

"아아."

그는 허를 찔린 표정이었다.

"기모노 끈이었습니다. 연지색이었죠."

"그렇군요."

"그건 왜 물으시죠?"

"아닙니다."

나는 고개를 저었다. 왜 그런 걸 물었는지 나 자신도 알 수 없었다.

"그 뒤로는 경찰 조사다 뭐다 해서 정신없었습니다. 조사 결과 자살임에는 의심할 여지가 없었던 모양입니다. 경찰이 자살 동기에 대해 묻기에, 굳이 찾자면 외로워서가 아니었겠느냐고 대답했어요. 저희가 분가한 이래 어머니 혼자 살아오셨으니까요. 유서 같은 건 없었지만 사정을 듣고 경찰도 납득하는 것 같았습니다. 뭐, 그들의 입장에서야 살인 사건이 아니라 단순 자살이라면 수사할 필요도 없으니 빨리 마무리 짓고 싶기도 했을 겁니다."

유감입니다, 라고 나는 중얼거렸다. 아주 작은 소리여서 그가 들었는지는 확실치 않았다.

"그런데 말이죠,"

그가 말을 이었다.

"장례식 준비를 하던 도중에 이상한 사실을 알게 됐어요. 이웃 사람들 말이, 이 집에 종종 드나들던 젊은 남자가 있었다는 겁니다. 설마 어머니가 남자를 끌어들였으리라고는 생각하지 않았지만, 그 남자가 세일즈맨풍이었다는 말에 신경이 쓰였어요. 그것도 둘이서 오곤 했다는 거예요. 현관 앞에서 즐겁게 얘기 나누는 걸 들었다는 사람도 있으니 꽤 친밀한 사이였던 것 같더군요."

온몸이 달아오르는 것 같았다. 쌀쌀한 계절임에도 땀이 흐르기 시작했다.

"이상한 게 또 있었어요. 어머니 예금 통장에서 여러 번 돈이 인출되거나 송금되었더군요. 몇 차례에 걸쳐 수백만 엔이 말이죠. 정기 예금도 해약되어 있었고요."

나는 고개를 수그린 채 그의 이야기를 들었다. 나를 생판 모르는 사람으로 생각한다면 이런 얘기를 할 까닭이 없었다. 도망치고 싶었지만 방석을 깔고 앉은 하반신이 마법에라도 걸린 듯이 움직이지 않았다.

"계좌를 조사해 보고서야 돈이 어디로 갔는지 알게 됐습니다. 동서 상사라는 회사였어요. 그 이름을 들은 나는 귀를 의심했습니다. 그 회사를 알고 있었으니까요. 하지만 설마 어머니가 걸려들 줄은 꿈에도 몰랐어요. 당연히 어머니가 자살한 이유도 알게 되었습니다. 그 돈은 어머니의 전 재산이었어요. 그걸 빼앗긴 어머니는 살아갈 힘을 잃었을 겁니다."

다시금 죄책감이 물밀듯이 밀려왔다. 당시 가와모토 후사에는 우리와 계약한 돈이 자신의 예금 중 극히 일부라고 했다. 그러나 그건 우리를 안심시키려는 거짓말이었던 것이다.

"그 즉시 동서 상사에 연락했죠. 하지만 도무지 말이 안 먹히더군요. 무조건 발뺌만 하려고 했어요. 전화로는 해결이 안 될 것 같아서 직접 찾아가기로 했습니다. 그런데 금 예탁 증서가 보이지 않는 거예요. 아무리 집을 샅샅이 뒤져도 나오지 않았습니다. 대체 어떻게 된 일인지……"

금 예탁 증서가 없다니, 왜일까. 구라모치가 분명히 그녀에게 넘겨주었을 텐데 왜 없는지 의아했다.

"내 생각에는 어머니가 예탁 증서를 없애 버린 게 아닐까 싶습니다."

고개를 들다가 사내와 눈이 마주쳤다.

"가와모토 씨 스스로 말입니까?"

"그래요."

"왜죠?"

"글쎄요. 지금도 그 이유를 확실히는 모르겠지만 두 가지 추측이 가능합니다. 첫째, 사기에 걸려들었다는 사실을 세상에 알리고 싶지 않았을지 모릅니다. 어머니는 자존심이 세서 자신이 죽은 뒤 남들의 비웃음을 살 걸 생각하면 참을 수 없었을 겁니다."

가능한 일이라고 생각했다.

"또 하나는 말이죠,"

사내가 혀로 입술을 축였다

"감싸려고 한 게 아닐까……."

"감싸다니요?"

"어머니에게 사기 친 녀석들을 말입니다. 어머니가 믿었을 정도라면 이만저만 환심을 산 게 아닐 겁니다. 그렇다면 속았다는 걸 안 후에도 어머니는 그 사람들을 미워할 수 없지 않았을까요. 뿐만 아니라 자신이 죽어서 그들이 곤란에 처하거나 괴로움을 당하는 일이 없도록 증거를 모조리 없애 버린 것 아닐까요. 은행 기록이야 어쩔 수 없다 해도 말입니다."

설마 하고 생각했다. 자신을 속인 인간들을 감싼다는 것이 가능한 일일까. 하지만 한편으로는 그럴지도 모른다는 생각이 들었다. 구라모치와 대화를 나눌 때 가와모토 후사에가 보여 준 행복한 얼굴이 눈앞에 어른거렸다. 그녀는 그 환한 미소를 내게도 지어 보였다.

"나는 말이죠, 포기하지 않을 겁니다."

사내가 나지막하지만 날이 선 음성으로 말했다.

"어머니가 그 세일즈맨을 얼마나 아꼈는지는 모르지만 내게는 어머니를 괴롭힌 악마일 뿐입니다. 절대 그냥 놔둘 수 없어요. 그 사람에게도 나름대로 사정이 있었겠지만 사전에 계략을 몰랐을 리 없으니 동서 상사라는 회사와 똑같은 책임이 있다고 봅니다. 어떤 형태로든 기필코 복수하고 말 거예요. 단단히 각오하라고 말해 두고 싶습니다."

내게 하는 말이었다. 그는 내가 그 세일즈맨 중 하나라는 사실을 간파했고 동시에 다른 한 세일즈맨에게 자신의 말을 전하라고 명령하고 있었다.

"후우."

그가 숨을 내뱉으면서 엷게 미소를 지었다.

"흥분하는 바람에 말이 많아졌군요. 어쩌면 댁한테 얘기해 봤자 아무 소용이 없을지도 모르죠. 댁은 아무래도 가구 회사 직원 같아 보이니 말입니다. 지금 다니는 회사에는 언제부터 근무했나요?"

"3개월 됐습니다."

"그래요."

뭔가 알겠다는 표정으로 그는 고개를 끄덕거렸다.

"용케도 여기 올 생각을 했군요."

"근처에 배달할 일이 있어서요."

"그렇군요. 이렇게 왔으니 향이라도 올리고 가지 그래요."

그가 불단 쪽을 가리켰다.

나는 고개를 숙인 채 불단으로 다가가 합장했다. 뭔가 가슴을 짓누르는 느낌이었다. 향을 올리고 다시 한 번 손을 모은 뒤 영정을 봤다. 거기에 그리운 얼굴이 있었다. 가와모토 후사에의 잘 정돈된 백발이 여전히 우아해 보였다.

갑자기 심한 현기증이 몰려왔다. 속이 울렁거려 가만히 있기가 힘들었다. 도망치듯 그 자리를 물러났다.

"왜 그래요?"

남자가 물었지만 대답할 정신이 없었다. 나는 서둘러 인사하고 현관으로 향했다. 그리고 신발을 발에 대충 꿴 채 밖으로 나왔다.

문을 나서서 몇 걸음 걸었을 때 맹렬한 토기가 몰려왔다. 그 자리에 주저앉아 토했다. 맹물 같은 것이 끝없이 나왔다.

겨우 구토가 멈춘 다음에도 일어설 수가 없었다. 쭈그리고 앉은 채 거친 숨을 몰아쉬었다.

머릿속에 괴로운 기억이 되살아났다. 할머니 장례식 때의 일이었다. 관 속을 들여다보다가 꽃향기를 맡은 순간 정신없이 토했었다. 그때와 똑같다고 생각했다.

그로부터 며칠 후 나는 히가시 구루메에 갔다. 만나고 싶은 사람이 있어서였다. 말할 것도 없이 마키바 노인이다. 그가 그 후 어떻게 됐는지 신경이 쓰여 견딜 수 없었다.

물론 신경 쓰이는 사람은 그 외에도 많았다. 동서 상사에 다닌 그 얼마 안 되는 기간에 상당수의 노인을 속였기 때문이다. 나는 악의가 없었고 모두 구라모치 탓이라는 변명은 통하지 않을 것이다. 그들의 수법에 의혹을 느끼면서도 나는 회사를 그대로 다녔다.

여러 불쌍한 노인 중에서도 마키바 노인이 유독 인상에 남은 이유는 그가 가장 불운했다고 생각하기 때문이다. 그는 원래 동서 상사가 노리던 먹잇감이 아니었다. 그의 이웃집 노파가 집을 비우는 바람에 구라모치가 즉흥적으로 그에게 말을 걸었다. 우리를 만나지 않았다면 그는 유유자적하게 노후를 보내고 있었을 것이다.

하나 더 고백하자면 우에하라 유키코가 마음에 걸리기도 했다. 두 번밖에 보지 않았지만 그녀는 늘 내 기억 속에 있었다. 그 결의에 찬 진지한 표정을 떠올리면 금세 가슴이 뜨거워졌다.

마키바 노인이 사는 아파트에는 딱 한 번 가 보았지만 가는 길이 생생히 기억났다. 헤매지 않고 그 낡은 아파트 앞에 도착했다. 1층 중간쯤에 '우에무라'라는 문패가 달린 집이 있었다. 원래 우리는 그 집에 사는 노파에게 계약을 권유할 작정이었다. 그 노파는 지금도 자신이 얼마나 놀라운 행운을 만났는지 모를 것이다.

우에무라의 옆집이 마키바 노인이 사는 집이었다. 나는 심호흡을 한 번 한 후 벨을 눌렀다.

안에서 인기척이 들리고 문이 살짝 열렸다. 머리숱이 별로 없는 주름투성이의 야윈 노인이 문틈으로 얼굴을 내밀었다.

"누구세요?"

노인은 내 얼굴을 기억하지 못했다.

꾸벅 절을 한 후 전에 동서 상사에 다니던 사람이라고 솔직하게 말했다. 노인이 기억을 떠올린 듯 아아, 하고 입을 벌렸다.

"저희 회사 때문에 큰 폐를 끼쳐 정말 죄송합니다."

"그 말을 하러 여기까지 왔나?"

"사과 말씀이라도 드리고 싶어서요."

"허허!"

노인이 얼떨떨한 모양이었다.

나는 가지고 온 종이봉투를 내밀었다.

"이거, 별것 아닙니다만……."

백화점에서 사 온 과자였다.

노인은 종이봉투와 나를 번갈아 본 후 턱을 문질렀다.

"일단 들어오게."

"그래도 괜찮겠습니까?"

"그냥 가라고 할 수는 없지 않은가. 혹시 더 들를 곳이 있나?"

"아닙니다. 그럼 실례하겠습니다."

집은 조그만 다다미방과 부엌이 전부였다. 전에 왔을 때보다 더 협소하게 느껴지는 건 이불을 개지 않고 그대로 깔아 두었기 때문일지도 몰랐다. 노인이 그 이불을 한쪽으로 밀치고 두 사람이 앉을 만한 자리를 만들었다.

"자네는 아직도 그 회사에 다니나?"

"아닙니다. 3개월 전에 그만뒀습니다."

"그래? 도망쳤군."

노인의 말뜻이 이해되지 않아 입을 다물고 있자 그가 말을 계속했다.

"그걸 뭐라 말해야 하나…… 정말 엄청난 일을 당했어."

"죄송합니다."

나는 다시 고개를 숙였다.

"자네한테 사과를 받아 봐야 무슨 소용이 있겠나. 그때는 자네도 그 회사가 무슨 사기를 치는지 잘 몰랐을 테지."

나는 고개를 들 수 없었다.

"그래서, 피해자들의 집을 죄다 찾아다니고 있는 건가?"

"다는 아닙니다."

"그래, 고생이 많군."

"저, 몸은 괜찮으십니까? 전에 우에하라 씨 말로는 몸져누우셨다고 하던데요."

"응, 괜찮았다가 또 나빠졌다가 했는데 최근 들어 많이 좋아졌어."

"다행입니다."

"지금은 무슨 일을 하지?"

"가구 운송 일을 합니다."

"힘쓰는 일이군. 그게 좋아. 좋고말고."

노인은 몇 번이나 고개를 끄덕였다. 그러고 나서 목을 긁는데, 손등에 검버섯이 피어 있었다.

"그런데, 저, 해약은 잘 됐나요?"

내내 마음에 두고 있던 걸 물었다.

"아, 그거. 아직도 이리저리 알아보고 있어."

"변호사와 상담은 해 보셨어요?"

"아니, 그럴 만한 일도 아니고……."

왠지 노인의 말투가 모호했다. 그런데 자세히 물어보려는 참에 노크 소리가 들렸다.

"네."

노인이 대답하자 문이 열리고 하얀 니트를 입은 우에하라 유키코가 모습을 드러냈다.

24

미소를 띠었던 우에하라 유키코의 얼굴이 나를 보자 그대로 굳어졌다. 마치 정지 화면 같았다.

내가 인사하자 그녀도 머리를 숙였지만 그저 반사적인 동작에 불과했을 것이다.

"무슨 일인가요?"

유키코가 경계심 가득한 표정으로 마키바 노인에게 물었다.

"동서 상사 일로 사과하러 온 모양이야."

"아아……."

그녀가 고개를 끄덕이고 다시 나를 보았다. 그러나 무슨 말을 해야 좋을지 모르겠다는 듯 입을 다물어 버렸다. 노인이 그녀에게 내 근황을 설명했다. 그녀는 고개를 끄덕이며 듣고 있었지만 아무 관심이 없는 표정이었다.

"마키바 씨에게 들으니 해약 문제가 아직 해결되지 않은 모양이던데요."

내가 먼저 그 말을 꺼냈다. 그녀가 고개를 끄덕했다. 그 모습을 보고 내가 다시 물었다.

"변호사에게 의뢰하지 않았다면서요. 그래도 괜찮을까요? 혹시 제가 할 수 있는 일이 있다면 돕겠습니다."

그러자 유키코가 눈을 잠시 감았다 뜨며 고개를 들었다.

"하지만 다지마 씨가 할 수 있는 일이 있겠어요? 회사도 그만둔 마당에 말이에요."

"그건 그렇습니다만……."

그녀의 날카로운 지적에 할 말이 없었다. 난처한 나머지 "옛 동료들에게 상황을 물어본다든지 해서 힘이 되어 드릴 수 있을 겁니다."라고 말해 보았다.

그녀가 고개를 저었다.

"적당히 둘러대지 마세요. 말로야 뭔들 못하겠어요."

"아니, 그런 게 아니라……."

"됐어요. 말씀은 고맙지만 저희 힘으로 할아버지를 도울 방법을 찾을 거예요."

그리고 그녀는 나를 외면하듯 시선을 아래로 떨어뜨렸다.

한마디로 거절이었다. 나는 할 말이 없었고 동시에 그 집에 더 머무를 이유도 없어졌다.

"그럼 저는 이만 가 보겠습니다."

두 사람은 나를 붙잡지 않았다.

내가 신발을 신고 현관을 나설 때까지 유키코는 문 옆에 서서 마치 전염병 환자를 보듯 나를 지켜보았다. 그녀가 그러는 것도 무리는 아니었지만 그 정도로 내가 역겨운가 싶어 비참한 기분이 들었다.

"믿기 힘드시겠지만, 진심으로 힘이 되어 드리고 싶습니다. 제가 할 수 있는 일이 있으면 연락 주세요."

그녀에게 명함을 건넸다. 하지만 내 명함이 아니라 회사 상사의 명함이었다.

"여기로 전화하시면 연결해 줄 겁니다. 혹시 자리에 없더라도 메모를 남겨 주시면 연락드리겠습니다."

그녀가 아무 말 없이 명함을 받아 들었다. 연락할 생각은 추호도 없지만 얘기가 길어질까 봐 받는다고 얼굴에 쓰여 있었다.

내가 밖으로 나오자마자 쾅, 문 닫히는 소리가 났다.

그 이후로 한동안은 평범한 나날이 계속됐다. 유키코로부터도 연락이 없었다. 예상은 했지만 낙담이 됐던 것도 사실이다. 근무 시간에도 집에서 싸구려 술을 마실 때도 그녀가 떠올라 괴로웠다. 생각했던 것 이상으로 그녀를 향한 마음이 컸던 것이다.

그런 와중에 동서 상사에 대한 수사가 시작됐다. 세일즈맨 하나가 강제 계약으로 문제를 일으켰던 것이다. 그 세일즈맨은 '구청에서 나왔다'면서 노인들을 안심시킨 뒤 예금 통장과 건강 보험 증서, 도장 등을 빼앗아 가다시피 했다고 한다. 범행이 발각된 이유는 은행에 예금을 해약하러 갔을 때 그를 수상하게 여긴 은행 직원이 예금주에게 연락했기 때문이다. 그 세일즈맨은 사기 혐의로 체포됐고, 경찰은 범행이 회사 차원에서 이루어졌다고 판단하고 수사를 확대한 듯했다.

뉴스를 보는데 소름이 돋았다. 체포된 세일즈맨이 한 짓이 내가 맡았던 역할과 한 치도 다르지 않았기 때문이다. 자칫하면 체포된 사람이 나였을 수도 있었다.

동서 상사는 완전히 무너질 거라고 나는 생각했다. 그렇게 되면 마키바 노인도 어느 정도 돈을 돌려받을 수 있을지 몰랐다. 사건이 일단락되면 다시 한 번 노인을 찾아가 보리라고 마음먹었다.

그러나 현실은 내 낙관과는 달랐다.

압수 수색이 시작됐다는 기사가 나온 지 열흘쯤 지난 어느 휴일, 오랜만에 오후 늦게 낮잠을 자려고 했을 때였다. 누군가 거칠게 문을 두드리며 "다지마 씨, 다지마 씨!" 하고 불렀다. 처음 듣는 남자 목소리였다. 택배가 왔나 생각하며 문을 여니 인상이 험악한 남자 둘이 서 있었다. 둘 다 30대 중반 정도로 보였다.

"다지마 가즈유키 씨?"

티셔츠를 잠옷 대신 입은 내게 얼굴이 네모난 남자가 물었다.

그런데요, 라고 대답하자 남자는 웃옷 안주머니에서 경찰수첩을 꺼냈다. 손때 묻은 수첩 겉장이 검게 번들거렸다.

"저희와 함께 경찰서로 가 주셨으면 합니다. 여쭤보고 싶은 게 있어서요."

예기치 못한 일이라 당황스러웠다.

"무슨 일입니까?"

"가 보시면 압니다. 오래 걸리지 않을 겁니다."

"그렇지만 적어도 왜 가는지는 알아야 하지 않습니까."

나는 두 형사를 번갈아 바라보았다.

얼굴이 네모난 형사가 웃는 얼굴로 대답했다.

"동서 상사 건입니다."

"동서……, 아아."

"들으셨을 줄로 압니다."

형사는 그렇게 말하고 나를 한 번 훑어봤다.

"옷을 갈아입으실 동안 여기서 기다리겠습니다."

"하지만 저는……, 저는 이미 몇 개월 전에 그만뒀는데, 이제 와서 할 얘기가 있겠습니까? 들어 봐야 도움이 안 될 겁니다."

"그건 우리가 판단해요."

이번에는 옆에 서 있던 마른 체형의 형사가 말했다.

"어서 옷 갈아입고 나오시지."

마치 피의자를 대하는 듯한 말투였다. 나는 항의도 못하고 꾸물꾸물 옷을 갈아입기 시작했다. 그러는 동안 형사들은 집 안을 두리번거렸다.

나를 데려간 곳은 이케부쿠로 경찰서였다. 조그만 책상을 사이에 두고 두 형사와 마주 앉았다. 먼저 네모 얼굴 형사가 서류 한 장을 내밀었다.

"이거 본 기억 있나?"

기억이 있을 뿐 아니라 두 번 다시 보고 싶지 않은 서류였다.

"동서 상사의 금 예탁 증서네요."

"맞아. 정식 명칭도 알지?"

"아마…… 순금 패밀리 증권이었던 것 같아요."

"정답."

형사가 만족스러운 듯 끄덕였다.

"언제 입사했지? 지금 다니는 회사 말고 동서 상사 말이야."

"작년에요."

형사들은 내가 동서 상사에 다닐 때 있었던 일을 꼬치꼬치 물었다. 그중에서도 권유 방법에 대해 아주 자세히 물었다. 나는 내가 한 일들을 가능한 한 얼버무리며 얘기했다. 앞서 체포된 세일즈맨에 관한 기사가 떠올랐다.

"사실대로 말하고 싶지 않은 심정은 알겠지만 솔직히 말하는 게 신상에 좋아."

초조해진 형사가 말했다.

"위증죄라는 죄목도 있으니까."

내가 긴장한 표정을 짓자 형사는 의미심장하게 웃었다.

"아아, 걱정하지 않아도 돼. 우리는 당신 같은 조무래기한테는 관심이 없어. 그렇게 다 잡아들이려면 형사가 몇이라도 모자라게? 우리가 노리는 건 회사 그 자체야. 아니, 회사를 뒤에서 움직인 녀석이라고 하는 게 맞겠지. 그러니까 뭐든지 솔직하게 얘기하면 돼. 그렇게만 하면 자네는 건드리지 않을 거야."

형사들의 말을 들으며 나는 이 사람들이 세일즈맨이 되면 틀림없이 아주 잘할 것이라고 생각했다.

형사의 말처럼 사기죄 등을 걸어 나를 체포하는 것이 경찰의 목적은 아닌 듯했다. 나는 세일즈맨 당시 내가 저질렀던 강제 계약 수법을 하나하나 털어놓기 시작했다. 형사들은 내 얘기에 "호오!"라든가 "지독하네!" 같은 감탄사를 연신 내뱉었다. 그러나 진심으로 놀라는 눈치는 아니었다. 아마도 다른 세일즈맨들에게 이미 들었기 때문일 것이다.

동서 상사는 그로부터 얼마 지나지 않아 파산 선고를 받았다. 신문과 텔레비전에서 연일 이 사건을 상세히 보도했다. 피해자 약 4만 명, 피해 총액은 1천 5백억 엔대에 이른다고 했다. 그 회사에 근무했던 나조차 깜짝 놀랄 정도로 엄청난 숫자였다. 피해자 대다수가 연금에 의지해 생활하던 고령자라는 것이 그 사건의 큰 특징이었다.

더 나아가 동서 상사를 총괄하는 회사가 있고, 그 총괄 회사 아래 동서 상사와 유사한 사기 행각을 벌이는 계열사들이 있다는 사실을 새로이 알게 되었다.

동서 상사의 고위직 간부들은 행방을 감춘 지 오래였다. 회사 금고에는 순금은커녕 고객들이 맡긴 현금조차 남아 있지 않았다. 도산하기 직전에 간부들이 서둘러 정리한 것으로 보였다. 피해자들은 자신들의 재산을 되찾으려고 집단 소송을 벌였지만 과연 얼마나 되찾을 수 있을지는 의심스러웠다.

지바에 있는 신혼집으로 혼수 가구 일습을 배달하고 녹초가 되어 집에 돌아와 보니 예의 얼굴이 네모난 형사가 또 집 앞에서 기다리고 있었다. 나를 본 그는 "고생이 많군."이라고 말을 건넸다.

"아직도 볼일이 남았나요? 그만하면 충분히 말씀드렸잖아요."

"사건이 종료되지 않아서 말이지."

"더는 할 얘기도 없어요."

나는 주머니에서 열쇠를 꺼냈다. 하지만 그걸 열쇠 구멍에 꽂기도 전에 형사가 문손잡이를 잡아당겼다. 문이 슥 열렸다.

내가 문 잠그는 걸 잊었을 리 없었다. 어리둥절해하며 안으로 들어섰다.

누군가 침입했던 것이 분명했다. 집 안이 흐트러지지는 않았지만 곳곳에 누군가 손을 댄 흔적이 있었다.

"낮에 수색을 좀 했어."

형사가 말했다.

"물론 영장도 있었고. 열쇠는 건물 주인에게서 빌렸지."

"도대체 왜 우리 집을 뒤진 거죠?"

"그건 나중에 설명하지. 하여간 같이 가 줘야겠어."

그는 길가에 세워 둔 자동차를 가리켰다.

이케부쿠로 경찰서에 도착해 다시 작은 책상을 사이에 두고 형사들과 마주 앉았다.

"회사가 도산한 건 알지? 자네에게 연락이 있었나?"

"아니요, 없었습니다."

"같이 근무했던 사람들은 어때, 지금도 만나나?"

"아니요, 아무도 안 만납니다."

문득 구라모치의 얼굴이 떠올랐지만 이내 지워 버렸다. 사실 그의 아파트를 나온 뒤 전화도 한 적이 없었다.

형사가 손가락으로 책상을 톡톡 두드렸다.

"얼마 전에 알게 된 일인데 말이야, 자네 사표가 아직 수리되지 않은 모양이더군."

"네에?"

"다시 말해서 회사가 도산했을 때 자네는 그 회사에 몸담은 상태였단 말이야."

"그럴 리가요. 저는 분명히 사표를 냈습니다. 야마시타란 사람에게요."

"야마시타…… 판매 담당 부장 말이군."

야마시타의 직책이 판매 담당 부장이었다는 사실을 그제야 알았다.

"그런데 사실은 수리되지 않았단 말이지. 그리고 월급도 계속 지급된 걸로 돼 있어. 어디까지나 장부상의 기록이긴 하지만 말이야."

"저는 그런 돈을 받은 적이 없습니다. 조사해 보면 알 수 있을 거예요."

의자에서 벌떡 일어서서 소리치는 나를 형사가 "됐어, 됐어," 하고 웃으며 달랬다.

"그건 우리도 알아. 그래서 장부상의 기록이라고 했잖나. 그리고 자네 같은 유령 사원이 어디 한둘이어야 말이지. 아마도 간부들이 회사 자금을 나누어 가지려고 자네들의 이름을 도용했을 거야. 머지않아 파산할 걸 알았을 테니 말이야."

"이런 나쁜……."

"확인하고 싶은 게 또 하나 있어."

형사가 검지를 세웠다.

"계약 절차 말인데, 자네 말에 따르면 두 가지 방식이 있다고 했지? 하나는 우선 고객에게 현금을 회사 계좌로 입금하게 한 다음 입금이 확인된 시점에서 금 예탁 증서, 아, 패밀리 증권이라고 했나. 하여튼 그걸 계약자에게 우송하거나 세일즈맨이 직접 전한다. 또 하나는 계약자가 현금을 직접 맡겼을 경우 그 돈을 회사로 가져온 세일즈맨이 증권을 발급받아 계약자에게 직접 전달한다. 맞아?"

"네, 맞습니다."

"문제는 두 번째 경우야. 그런 식이라면 세일즈맨이 다른 방법으로 증권만 확보해 두면 고객의 현금을 슬쩍할 수 있단 말이야."

"네에?"

순간적으로 무슨 소리인가 싶었지만 이내 그 의미를 이해할 수 있었다.

"그야 그렇지만, 고객이 회사에 전화해서 확인하면 그 즉시 들통날 텐데요."

"평상시라면 그랬겠지. 하지만 자네가 그만둔 후로 그 회사는 정상적인 상태가 아니었어. 평소라면 엄격하게 관리됐을 증권 발행도 엉망이었고 말이야. 요컨대 내부 사정을 조금이라도 아는 사람이라면 증권쯤은 쉽게 만들었을 거야. 왜 그렇게 엉망이었는지는 굳이 설명할 필요도 없겠지? 동서 상사 간부들은 증권이 머지않아 휴지 조각이 될 것을 알았을 거야. 금을 맡긴 대신 받는 증서라는 명목이었지만 애초에 금 자체가 존재하지 않았어. 그런 휴지 조각으로 누가 무슨 짓을 하든 간부들로서야 아무 상관이 없었겠지."

"그럼 실제로 그런 식으로 돈을 가로챈 녀석이 있다는 말인가요?"

"그런 것 같아. 정확히 말하자면 그런 흔적이 있어."

형사가 책상에 복사지 한 장을 올려놨다. 서류를 복사한 것 같았다. 본 적 있는 서식이었다.

"이게 뭔지 알겠어?"

"현금 예탁 증서입니다."

"맞아. 계약자가 현금을 내면 증권을 발급해 주기 전에 우선 돈을 받았다는 증거로 세일즈맨이 계약자에게 주는 증서야. 이걸 보고 생각나는 거 없나?"

서류를 자세히 들여다보던 나는 눈이 휘둥그레졌다.

"아니, 이건 제 도장인데……."

"그래, 자네 도장이 찍혀 있지. 우리가 조사한 바로 동서 상사에 다지마라는 사원은 자네밖에 없어."

"하지만 이건 제가 찍은 게 아닙니다. 저는 도장 같은 걸 찍은 적이 없어요. 늘 보좌 역할만 했거든요. 이렇게 책임이 있는 일을 한 적이 없습니다."

"그럼 인감 이외에 눈에 띄는 점은 없나?"

또 뭐가 있나 싶어 다시 복사지로 눈을 돌렸다. 한참 들여다본 끝에 가장자리에 있는 조그만 활자를 발견했다.

"날짜가…… 제가 그만두고 한 달이나 지난 후인데요."

"그렇지? 즉, 누군가 자네를 사칭해서 세일즈 활동을 하고 현금을 갈취했어. 그 인물이 다지마라는 이름으로 도장을 찍고 현금 예탁 증서를 건네고 부정한 방법으로 확보한 증권을 가져다 준 거야."

"하지만 그렇다면,"

나는 복사된 종이를 보며 말했다.

"증권과 현금 예탁 증서를 교환하도록 되어 있으니 예탁 증서가 남아 있다는 건 이상한 일이에요. 더구나 그런 짓을 했다면 예탁 증서를 돌려받자마자 없애 버렸을 텐데요."

"꼭 그렇다고 할 수는 없지. 그 녀석은 회사도 속여야 했거든. 자네는 모르는 모양인데 동서 상사는 발행된 증권을 관리하기 위해 현금 예탁 증서나 증권 수령증, 또는 등기 우편 사본 등을 모두 파일로 보관하고 있었어. 그러니 범인은 현금 예탁 증서를 그 파일에 넣어 두었어야 하지."

"그럼 이 종이는 그 파일에서 발견한 건가요?"

"그랬으면 좋겠는데 그렇지가 않아."

형사가 코 언저리를 긁적거렸다.

"그런 파일이 있었던 건 분명한데, 압수 수색을 하면서 보니 이미 모두 사라지고 없었어. 피해자들의 신원을 은폐하려고 간부들이 없앴겠지. 이건 아직 파일에 넣지 않은 서류들 중에서 우연히 발견한 거야."

나는 그 복사 용지를 집어 들었다. 계약 금액은 20만 엔이었다. 비교적 소액이므로 현금으로 지불했을 것이다.

"그런데 이거, 고객 이름이 안 적혀 있는데요."

"맞아, 공란으로 놔뒀지."

"왜 그 세일즈맨은 고객 이름을 적지 않았을까요?"

"우연일 수도 있지만 고의적일 가능성이 커. 고객이 누군지 파악되면 현금을 가로챈 세일즈맨이 금방 드러날 테니까 말이야."

맞는 말이었다. 고객에게 세일즈맨들의 얼굴 사진을 보여 주기만 하면 알 수 있는 일이었다.

회사를 그만둔 사람의 이름을 빌려 사기를 치다니, 정말 놀랄 만치 약아 빠진 수법이었다. 동서 상사가 무너질 위기에 놓이자 간부들이 거래 증거를 없앨 걸 알고 저지른 범행인 것이다.

문득 떠오르는 것이 있어 고개를 들었다.

"그 세일즈맨이 제 이름으로 횡령한 게 이 건 하나인가요?"

그러자 네모 얼굴 형사가 입꼬리를 한쪽으로 당기며 고개를 갸웃거렸다.

"그렇게 보기는 어렵지 않겠어? 돈을 쉽게 손에 넣을 수 있는 수법인데 말이지. 하지만 유감스럽게도 증거가 없어."

나는 입술을 깨물었다. 내가 손해를 본 건 아니었지만 비열한 행위에 이용됐다는 사실이 분했다. 회사를 그만둔 뒤로도 누군가 내 행세를 하며 노인들을 속여 온 것이다.

"가택 수색을 한 건 자네의 도장을 확인하고 싶어서였어. 이 예탁 증서에 찍힌 것과 똑같은 도장이 자네에게 있다면 자네가 범행을 저지른 게 증명되니까 말이야."

"제가 안 했다니까요."

나는 형사를 노려보았다.

"알아. 혹시나 해서 조사해 본 것뿐이야. 아, 그리고 자네의 예금 등도 조사했어. 결론부터 말하자면, 의심스러운 점은 없었어. 실례되는 표현인지 모르지만 검소하게 생활할 수밖에 없겠더군."

별걸 다 아는 척하네, 하고 생각하며 나는 형사에게서 눈길을 거두었다.

"그래서 말인데,"

형사가 내게 바짝 다가왔다.

"여기까지 듣고 혹시 짚이는 거 없나? 자네 이름을 팔아서 약삭빠르게 동서 상사라는 사기 회사의 돈을 가로챌 만한 놈 말이야."

그 즉시 한 녀석이 떠올랐다. 아니, 형사의 얘기를 들으며 줄곧 떠올렸다는 표현이 정확할 것이다.

나는 잠시 숨을 고르며 생각하는 척했다. 뭐라고 대답해야 자연스러울까.

마침내 알맞은 답을 찾아낸 나는 형사의 눈을 똑바로 봤다.

"그따위 회사였으니 세일즈맨 중에도 제대로 된 놈이 거의 없었을 겁니다. 사람을 속이고도 시치미를 딱 뗄 놈들뿐이죠. 누가 그런 짓을 했다 해도 이상할 게 없다고 보는 게 옳을 겁니다. 다시 말해 세일즈맨 모두가 의심스럽다는 거죠."

형사 얼굴에 실망의 빛이 떠올랐다.

그때 구라모치 오사무의 이름을 댔다면 어떻게 됐을까, 라고 때때로 생각해 보곤 한다. 그가 경찰에 체포됐다면 그 이후 내 인생이 달라졌을까. 아니다. 아마 그렇게 되지는 않았을 것이다. 구라모치라는 인간이 깨끗이 자백했을 리 없다. 증거가 전혀 없는 것이나 마찬가지 아닌가. 설사 증거가 있었다 해도 그에게 책임을 크게 묻지는 않았을 것이다.

그러나 내가 형사에게 구라모치의 이름을 대지 않은 건 그 때문이 아니었다. 새로이 발견된 그의 악행을 내 가슴속에 담아 두는 편이 앞으로의 일에 도움이 될 거라고 판단했기 때문이다. 그를 단죄하는 사람은 나여야만 했다. 경찰의 개입은 원하지 않았다.

며칠 후 나는 구라모치의 아파트로 향했다. 목적은 그가 내 이름을 사기에 이용했는지 확인하는 것이었다.

그러나 구라모치는 이미 사라진 후였다. 옆집 사람에게 물으니 한 달쯤 전부터 보이지 않는다는 것이었다. 어디로 갔는지는 모른다고 했다.

나선 김에 아파트 관리를 맡고 있는 부동산업자에게 가 보았다. 얼굴에 살이 찐 부동산업자는 귀찮은 듯이 서류를 팔랑팔랑 넘긴 끝에 구라모치의 연락처가 그의 부모님 댁으로 되어 있다고 알려 주었다.

"부모님 댁이라면 혹시 두부 가게 말인가요?"

"그건 모르겠어요. 주소밖에 안 적혀 있어서요."

주소를 보니 아니나 다를까 그 옛날 두부 가게였다. 나는 그곳으로 전화를 걸어 보기로 했다.

전화를 받은 사람은 구라모치의 어머니였다. 나는 구라모치의 중학교 동창이라고 자신을 밝혔다.

"이번에 동창회 명부를 만드는데 구라모치의 주소를 알았으면 해서요."

구라모치의 어머니는 나를 의심하는 기색을 보이지는 않았지만 한숨을 쉬며 이렇게 말했다.

"그게 말이에요, 우리도 잘 몰라요."

"네, 모르신다고요?"

"작년 이맘때쯤 한 번 연락이 오고는 소식 두절이에요. 마지막으로 아는 주소가 네리마인데, 그쪽도 전화를 안 받고요."

그녀는 오히려 내게 혹시 아들에 관해 뭔가 아는 게 없느냐고 물었다. 나는 서둘러 전화를 끊을 수밖에 없었다.

이번에는 그와 함께 살 무렵 같이 다니던 대중목욕탕과 식당, 찻집 등을 찾아가 보았다. 그러나 어디를 가든 돌아오는 대답은 똑같았다. 그러고 보니 요즘 통 안 보인다는 것이었다.

동서 상사가 있던 빌딩 근처에도 가 보았지만 소득이 없었다. 하긴 구라모치가 그런 곳을 어슬렁거리고 다닐 리 없었다.

시간이 흐르면서 내 머릿속에서 그의 존재도 서서히 잊혀 갔다. 먹고살기 바빠 찾아다닐 여유가 없었다.

그대로 그를 잊었다면 정말 좋았을 것이다. 사실 그 뒤로 몇 년간은 나름 평온하고 즐겁게 지냈다.

하지만 나와 그를 연결하는 운명의 검은 끈은 끊어진 것이 아니었다.

25

그날 내 세 번째 고객은 중년 남자와 20대 중반으로 보이는 여자 커플이었다. 남자는 쉰이 될까 말까 해 보였다. 배에 지방이 잔뜩 끼었고 머리도 많이 벗어져 있었다. 차림새로 보건대 돈은 좀 있어 보였다. 여자는 복장은 다소 촌스러웠지만 장신구 하나하나가 비싼 브랜드 제품이었고 보통 여성에 비해 화장이 짙었다. 한눈에도 호스티스와 그녀의 단골손님으로 보였다.

"찾으시는 물건이라도 있습니까?"

명함을 건네며 나는 두 사람의 관계에는 전혀 관심이 없다는 표정으로 남자 쪽에 물었다.

"일단 소파를 볼까. 그리고 테이블이랑 침대도."

"알겠습니다."

"화장대도요."

여자가 남자의 귀에 대고 속삭였다.

"아아, 그래. 화장대도 보여 줘."

"네, 그럼 이쪽으로 가시죠."

나는 앞장서서 걸어가며 두 사람을 안내했다.

여자가 새로 살 집을 얻은 것이라고 나는 상상했다. 가구가 필요하다고 남자를 졸랐을 것이다. 물론 두 사람이 결혼할 예정은 아니다. 남자에게는 아내와 자녀가 있다. 말하자면 애인 관계를 유지하는 데 필요한 보금자리를 마련하려는 것이다.

그렇다면 망설일 필요가 없다. 값비싼 고급품만 추천하면 된다. 남자는 여자 앞에서 폼을 잡으려 할 것이고, 여자는 남자의 씀씀이가 얼마나 큰지 점수를 매기려 할 것이다.

보통의 신혼부부를 상대한다면 먼저 국산 가구 코너부터 안내하겠지만 이 두 사람에게는 그럴 필요가 없다. 나는 독일제 소파가 늘어서 있는 곳으로 그들을 데려갔다.

신제품 출시를 앞둔 한 소파 브랜드의 구모델 제품이 재고가 많아 빨리 처분하라는 상부의 지시가 있었다. 하지만 그 제품은 다른 제품들에 비해 월등히 값이 비싸 좀처럼 팔리지 않았다. 나는 제 발로 봉이 걸어 들어왔다며 득의의 미소를 지었다.

이 가구 판매 회사에 취직한 지도 어언 2년이었다. 처음에는 임시직이었지만 1년 전에 정규직 사원이 됐고 마침내 매장을 담당하게 되었다. 이 매장의 특징은 기본적으로 모든 고객에게 담당자가 한 명씩 붙는 것이었다. 그렇게 하는 주된 목적은 서비스의 질을 향상하는 것이었지만, 눈요기만 하러 들어오는 손님을 막으려는 이유도 있었다.

처음 방문하는 손님은 우선 입구에 있는 카운터에서 회원 등록을 한다. 그러면 담당자가 배정된다. 그 손님이 다음번에 오면

먼젓번 담당자를 지명해도 되고 다른 직원을 배정해 달라고 해도 된다. 지명을 많이 받은 사원은 우수 사원으로 평가된다. 나는 신입 중에서 평판이 좋은 편에 속했다.

"가죽 소파에도 여러 종류가 있습니다. 좋은 가죽을 구분하는 방법을 가르쳐 드리겠습니다."

나는 휴대용 확대경을 꺼내 옆에 있는 소파 표면에 댔다.

"보세요. 털구멍이 보이죠? 동물 가죽이니 당연히 인간의 피부처럼 모공이 있습니다. 질이 나쁜 가죽은 이 모공이 완전히 뭉개져 있습니다."

확대경을 들여다보던 여자가 "어머나!" 하고 놀라 소리를 지르자 남자가 옆에서 흐뭇한 표정을 지었다.

애초에 의도했던 대로 독일제 소파를 팔아 치우고 이어서 대리석 탁자를 파는 데도 성공했다. 그다음으로 미제 가구 코너로 이동해 썰매형 침대 프레임을 사게 만든 후 침구 코너에서 최고급 매트리스를 팔았다. 아쉬운 점은 여자의 마음에 드는 화장대가 없다는 것이었다.

"저 커플, 또 올 거야."

사무실로 돌아온 나는 동료들에게 오늘의 성과를 이야기했다.

"좀 낡은 아파트를 샀나 봐. 조명 기구가 붙어 있기는 한데 마음에 안 든대. 오늘 산 가구들은 초현대식인데 조명이 구닥다리라고 투덜대는 거야. 그런 고급품을 사면 일습을 제대로 갖추고 싶은 게 인지상정이니까 아마 얼마 안 가서 다시 올 거야."

"손님 한번 잘 잡았네."

한 동료가 부러운 듯이 말했다.

"그건 다음에 봐야 알지. 나를 또 지명할지 어떨지 모르잖아."

나는 담배를 꺼내 깊이 연기를 들이마셨다.

그간 여러 직장을 거쳐 왔지만 이곳이 내게 가장 잘 맞는 일자리 같다는 생각이 들었다. 나 자신이 가구를 좋아하는 데다 다른 사람들의 집 인테리어를 어떻게 할지 이리저리 생각해 보는 것도 즐거웠다. 적은 예산으로 어떻게 하면 깔끔하고 쾌적한 환경을 만들지 고민하는 고객을 상대할 때면 매출은 접어 두고 마치 부모와도 같은 입장이 되려고 노력했다. 요컨대 고객이 원하는 것을 이루어 주고 싶은 마음이었다.

이 일을 계속하고 싶다는 게 당시의 내 바람이었다.

담배를 한 개비 다 피웠을 때쯤 안내 데스크에서 또 연락이 왔다. 신규 고객을 상대할 사람을 보내 달라는 것이었다. 판매원이 여러 명 대기하고 있었지만 전화를 받은 사람이 나였기 때문에 내가 직접 맡기로 했다. 피우려고 꺼냈던 두 개비째 담배를 도로 갑에 집어넣은 후 웃옷을 집어 들고 일어섰다.

비뚤어진 넥타이를 바로잡으며 로비로 나가 "손님은?" 하고 안내 데스크 여직원에게 물었다.

"저분이에요."

직원이 입구 쪽을 가리켰다. 머리가 긴 여자 손님이 진열된 가구를 둘러보고 있었다. 옅은 푸른색 원피스 차림이었다.

직원에게 자료를 넘겨받은 후 그녀에게 다가갔다. 자료란 손님이 회원으로 등록할 때 작성한 서류를 말한다. 거기에는 이름과 주소, 전화번호가 기재돼 있었다. 평소 같으면 손님의 이름을 확인한 후 다가갔겠지만 그날은 어쩐 일인지 제대로 자료를 살펴보지 않은 채 손님을 맞았다.

"기다리시게 해서 죄송합니다."

여자 손님의 등 뒤에 대고 말을 건넸다. 그러고 나서 새삼스럽게 자료를 내려다봤다.

그녀가 뒤를 돌아본 것과 내가 자료의 이름을 확인한 것 중 어느 쪽이 빨랐는지는 잘 모르겠다. 아마 거의 동시였을 것이다. 그 순간 나는 마치 전기 쇼크를 받은 것처럼 그대로 굳어지고 말았다.

손님은 우에하라 유키코였다. 몇 년 전에 비해 눈에 띄게 어른스러워지고 아름다워지긴 했지만 분명히 그녀였다.

그녀는 나를 금방 알아보지 못하는 것 같았다. 하지만 눈앞에 서 있는 가구 매장 직원이 굳은 표정을 짓고 있는 걸 의아하게 여기는 듯했다.

나는 눈썹을 살짝 찡그린 그녀에게 한 걸음 다가갔다. 명함을 꺼내려 했지만 손끝이 떨려 집기가 힘들었다.

"저, 전에 어디선가……."

그녀가 먼저 말을 꺼냈다. 기억이 되살아나는 듯했다.

그제야 간신히 명함을 끄집어낸 나는 떨리는 손으로 그녀에게 건넸다.

"오랜만입니다. 일전에는 정말 죄송했습니다."

목소리마저 떨렸다.

명함을 들여다보던 그녀의 눈동자가 잠시 허공에 머물렀다. 기억을 더듬는 표정이었다.

이윽고 그녀의 눈이 내 얼굴에 초점을 맞추었다. 그녀가 "아아!" 하며 입을 벌렸다.

"그때 그 다지마 씨······."

"잘 지내셨어요?"

내가 머리를 숙였다.

"놀랐어요. 여기서 일하시나요?"

"네, 여기저기 전전한 끝에요."

"그랬군요."

"그때는 정말 폐를 많이 끼쳤습니다."

"아, 이제 그 일은······."

그녀가 눈을 내리깔았다.

이런 걸 우연이라고 해야 할지 어떨지 알 수 없었다. 매일같이 불특정 다수를 상대하는 직업인데 여태껏 아는 사람 한번 만난 적이 없다는 사실이 오히려 이상할지도 몰랐다.

"저,"

나는 손에 든 자료를 들여다보며 말했다.

"자료를 자세히 보지도 않고 손님께 말을 걸었네요. 제가 경솔

했습니다. 얼른 담당자를 바꿔 드리겠습니다. 불쾌하게 해 드려서 죄송합니다."

다시 한 번 머리를 숙이고 나서 사무실로 가려고 돌아섰다. 그런데 걸음을 내딛기 전에 그녀가 말했다.

"저는 괜찮아요."

나는 걸음을 멈추고 뒤를 돌아봤다. 유키코와 눈이 마주쳤다.

"이젠 마음에 두지 않아요."

그녀가 미소 지었다.

"다 지나간 일인걸요, 뭐."

"그래도 제가 안내하면 불쾌하시지 않을까요?"

"괜찮다니까요. 아, 혹시 다지마 씨가 불편한가요?"

"아닙니다. 그럴 리가요."

나는 머리를 긁적였다. 어색한 건 사실이었지만 그녀를 안내하고 싶지 않은 건 아니었다.

"정말 제가 안내해도 괜찮으시겠어요?"

"네, 그렇게 해 주세요."

그녀가 여전히 미소를 띤 채 대답했다.

그녀는 커튼을 보고 싶다고 했다. 오늘 당장 살 건 아니고 미리 봐 두려고 한다는 것이다. 방 인테리어를 바꿀 거냐고 물어보았다.

"글쎄요, 그렇다고 해야 할지······."

그녀가 고개를 살짝 갸우뚱했다.

커튼은 전문 상담 여직원이 있었다. 그녀를 유키코에게 소개했다.

유키코의 마음속에 방 인테리어를 어떻게 해야 할지 정해진 바는 없는 것 같았다. 여직원으로부터 몇 가지 아이디어를 들은 후에도 조금 더 생각해 보겠다고 했다.

"종류가 너무 많아서 결정하기가 어렵네요."

커튼 코너를 나서며 유키코가 말했다.

"서둘러 결정하실 필요는 없습니다. 얼마든지 상담해 드리겠습니다."

"고맙습니다."

"아닙니다. 제 일인걸요."

내 말에 유키코는 미소를 지으며 고개를 끄덕였다.

그녀가 가구도 보고 싶다고 해서 매장 전체를 구경시켜 주기로 했다.

"유키코 씨는 지금 무슨 일을……?"

"경리 비슷한 일이라고 할까요. 다지마 씨는 그동안 무슨 일을 하셨어요?"

"이 일 저 일 했습니다. 이 회사의 하청 운송업체에도 있었고요. 그 인연으로 여기에 애초에는 임시직으로 들어왔습니다."

"열심히 사셨군요."

"그렇지도 않습니다."

그녀에게 칭찬을 받자 마음이 들떴다.

오동나무 옷장 등 다다미방에 어울리는 가구가 전시된 곳으로 그녀를 안내했다. 그 코너에는 사람들이 많이 오지 않는다는 것도 내가 그녀를 그곳으로 데려간 이유의 하나였다.

"저는 여기가 제일 좋아요."

입구에 서서 나는 심호흡을 했다. 나무 냄새를 머금은 공기가 폐로 들어오는 것이 느껴졌다.

"왜죠?"

유키코가 나를 올려다보았다.

"여기 오면 어렸을 때 살던 집이 생각나요. 낡은 집이었고, 부엌이 흙바닥이었어요. 오동나무 가구도 있었던 것 같아요. 믿기지 않으시겠지만 가정부도 있었어요."

유키코가 눈을 크게 떴다.

"부자였군요!"

"글쎄요, 돈은 좀 있었던 것 같아요. 아버지가 치과 의사였거든요. 하지만 어릴 적 얘기예요. 가족이 뿔뿔이 흩어지고, 저 역시 단숨에 빈털터리가 되고 말았죠."

"고생하셨겠어요."

"아무리 힘들어도 그런 짓을 해서는 안 되는 거였는데……"

"그런 짓이라뇨?"

"동서 상사 말입니다."

"아아……"

그녀가 시선을 다른 곳으로 돌렸다. 떠올리고 싶지 않은 얘기인 듯했다.

"그 어르신…… 마키바 씨라고 했죠. 그분은 그 후 어떻게 되셨나요?"

"아, 그 일이라면 안심하셔도 돼요. 무사히 돈을 돌려받으셨어요."

"돈을 돌려받았다고요, 전부요?"

그녀가 고개를 끄덕했다.

"운이 좋았어요. 다른 사람들은 아직도 옥신각신하고 있는 모양이던데 말이죠. 할아버지를 도와준 분이 있었어요."

돈을 돌려받다니 정말 놀라웠다.

"대체 어떻게……."

더 물으려던 나는 말을 삼켰다. 무엇 하나 도움이 되지 못한 주제에 물어볼 자격이 있나 싶은 생각이 갑자기 들어서였다.

"마키바 할아버지, 지금은 건강하세요. 다리에 힘이 없긴 하지만 가끔 공원을 산책하시기도 하고요."

"그래요? 잘됐군요."

안도감과 자책감이 마음속에서 교차했다.

한 시간가량 매장을 둘러본 뒤 우리는 로비로 돌아갔다. 아무 것도 사지 않아 미안하다고 사과하는 그녀에게 나는 고개를 저었다.

"안내받은 고객이라고 누구나 구매하지는 않습니다. 그리고 저, 오늘 즐거웠습니다."

"그렇다면 다행이에요."

"커튼에 대해서 궁금한 점이 있으면 언제라도 상담해 드리겠습니다. 미리 전화해서 원하는 시간을 말씀하시면 시간을 비워 두죠."

"네, 고맙습니다."

유리문 저편으로 사라져 가는 유키코의 뒷모습을 나는 흥분이 채 가라앉지 않은 마음으로 바라보았다.

그날 이후 한동안 행복한 기분이 계속됐다. 회사에서 일하면서도 마음이 들떠 있었다. 전화가 울릴 때마다 누구보다 먼저 달려가 수화기를 들었다. 다른 고객을 안내하고 있을 때면 그녀에게서 전화가 오지는 않을까 싶어 안절부절못했다.

유키코의 연락처는 회원 카드에 적혀 있었다. 내가 먼저 전화해 볼까 망설이기도 했다. 이유쯤이야 얼마든지 갖다 붙일 수 있었다. 예를 들어 새로운 커튼이 들어왔다든지 하면 되는 일이다. 그러나 용기가 나지 않았다. 말 몇 마디 나눴다고 해서 과거의 일을 잊고 뻔뻔스럽게 군다고 생각할까 봐 두려웠다.

고민하며 며칠을 보냈을 때 기대하던 전화가 걸려 왔다. 고객 안내를 마치고 사무실로 돌아왔을 때였다. 선배 사원이 수화기를 손에 든 채 우에하라라는 분한테서 전화가 왔다고 알려 주었다.

빼앗듯이 수화기를 받아 들고 "안녕하세요? 다지마입니다." 하고 인사했다.

호흡이 거칠어져 있었다.

"아, 안녕하세요. 우에하라예요. 일전에는 고마웠습니다."
"아닙니다. 별말씀을요."

나를 바라보는 선배를 의식하며 그녀의 말에 대답했다. 고객과의 허물없는 말투는 금물이었다.

"내일 다시 방문해도 괜찮을까요?"
"물론입니다. 몇 시쯤 오실 건가요?"

두근거리는 가슴을 억누르며 물었다.

그녀가 저녁 6시쯤 오겠다고 대답했다. 내일은 토요일이다. 기다리겠다고 하고 전화를 끊은 후 콧노래가 나오려는 것을 간신히 참았다.

다음 날은 아침부터 흥분 상태였다. 신경 써서 머리를 빗고 수염도 깨끗이 깎았다. 유니폼을 입으니 뭘 입을까 고민하지 않아도 되는 건 다행이었다.

토요일은 대개 손님이 많아서 안내할 일손이 부족할 때도 있고 때때로 손님 혼자서 매장을 둘러보기도 했다. 그날도 나는 끊임없이 고객을 상대해야 했다. 그러면서도 시간만 나면 시계를 들여다보며 6시가 되기를 기다렸다.

살 생각도 없으면서 끈덕지게 안내를 요구하던 손님을 로비에서 배웅한 직후에 우에하라 유키코가 매장으로 들어왔다. 회색 투피스 차림을 한 그녀가 나를 보고 생긋 웃었다.

"딱 맞춰 오셨네요! 앞 손님이 방금 돌아가셨거든요."
"바빠 보이는데 괜찮으시겠어요?"

"그럼요. 유키코 씨는 저희의 소중한 고객인걸요."

유키코의 입술이 '고맙습니다' 하는 모양으로 움직였다.

"자, 그럼 커튼 코너로 갈까요?"

그녀가 말없이 고개를 끄덕였다. 행복한 시간의 시작이었다.

"솔직히, 걱정했습니다. 이제 안 오시는 건 아닐까 하고요."

"왜죠?"

"그야, 일이 많았잖아요, 예전에."

"옛날 얘기는 이제 그만하죠. 다 지난 일이잖아요."

그녀가 똑 부러지게 말했다.

"아, 네. 그래요."

커튼 코너로 가자 난감한 표정으로 서 있던 상담 여직원이 나를 보고 도움을 청하는 눈길을 보냈다.

"무슨 일 있어요?"

"아, 다지마 씨! 이상한 손님이 와서 말이죠."

"이상한 손님이라니요?"

"커튼 천을 보여 달라고 하기에 안내했더니 걸려 있는 견본 천을 몽땅 벗겨 내지 뭐예요. 심지어 레이스 커튼까지요."

"아니, 왜 그런 짓을……. 경비원을 부르지 그랬어요?"

"천을 비교해 보겠다는데 말릴 수가 없었어요."

"하지만 견본을 다 끌어내리면 다른 고객들이 보기 힘들잖아요."

"그렇죠. 그래서 난감해하던 참이에요."

"그 사람 어디 있어요?"

"저쪽 구석 테이블에요."

나는 고개를 까딱하고는 웃옷 단추를 끝까지 채웠다.

"유키코 씨는 여기 잠시 계세요. 얼른 해결하고 오겠습니다."

커튼 견본이 죽 늘어서 있는 곳을 지나자 상담 여직원 말대로 한 남자가 테이블을 향해 있었다. 테이블과 의자 위에는 견본 천이 10여 장 놓여 있었다.

"손님, 죄송합니다만, 다른 고객들도 보셔야 하니 견본 천을 한 번에 두세 장씩만 내려 주시면 좋겠습니다."

아이보리색 재킷을 입은 남자에게 내가 부탁했다.

하지만 남자는 반응이 없었다. 여전히 내게 등을 보인 채 견본 천들을 바꿔 가며 조명에 비춰 보고 있었다.

"저, 손님!"

"거참, 인색하게 구는군."

남자가 뒤돌아보지 않은 채 말했다.

"구경 좀 하겠다는데 말이지."

"하지만 다른 고객들께 폐를……."

거기까지 말했을 때 남자가 획 돌아섰다. 그의 얼굴을 본 순간 나는 말문이 막혔다. 사고가 정지되는 것만 같았다.

"창문이 많아서 커튼이 많이 필요하거든. 그래서 결정하기 어렵단 말이야."

지난날 나를 고통에 빠뜨렸던 얼굴이 눈앞에 있었다. 그 얼굴이 히죽 웃었다.
"오랜만이다."

어이없는 얘기지만 그때 내 반응은 "와, 이게 누구야!"였다. 사고력이 채 돌아오지 않았던 것이다. 그런 나를 보고 구라모치 오사무는 또 히죽 웃었다.
"왜 여우에게 홀린 얼굴을 하고 그래. 내가 여기 있는 게 그렇게 이상해?"
그는 쩝, 입맛을 다셨다.
"하긴 놀랄 만도 하지."
"여긴 왜 온 거야?"
"글쎄, 왜 왔을까······."
그가 어릿광대처럼 양팔을 쫙 벌렸다.
그때 등 뒤에서 인기척이 나서 돌아보니 커튼들 사이에서 유키코가 나오고 있었다.
순간 가슴이 욱신거렸다. 정체 모를 불길한 예감이 바늘처럼 가슴을 찔렀다.
"죄송해요."
유키코가 멋쩍은 표정을 지었다.
"아무 말 말라고 해서요. 그래서 저 혼자 매장에 들어왔던 거예요. 어린애들처럼 그러지 말자고 했는데 말이죠."
"장난 좀 쳐 봤어. 5, 6년 만인데 그냥 '안녕' 하면서 나타나면 재미없잖아."

장난기 어린 표정으로 구라모치가 말했다.

"대체 어떻게 된 거야?"

나는 두 사람을 번갈아 보았다.

"왜 화를 내고 그래."

구라모치가 쓴웃음을 짓더니 당연하다는 얼굴로 유키코 옆에 섰다.

"지난번에 유키코가 다녀갔지? 그러고 나서 네가 여기 있다고 내게 알려 줬어. 그래서 다음번에는 꼭 나랑 같이 가자고 했지."

나는 유키코를 바라봤다. 아마도 그때 내 표정이 험악했을 것이다.

"구라모치 얘기는 한마디도 안 했잖아요."

"네, 어쩌다 보니 얘기할 기회를 놓쳤어요."

그러고서 그녀는 혀를 살짝 빼물었다. 그런 행동이 더욱더 내 화를 돋웠다.

"굉장한데? 이런 일류 가구 회사에 취직하고 말이야. 유키코에게 얘기를 듣고 무척 기뻤어. 줄곧 네 걱정을 했거든."

구라모치가 가게 안을 둘러보며 말했다. 감탄하는 말투였지만 어딘가 모르게 나를 무시하는 느낌이 깔려 있었다.

"두 사람은, 그러니까…… 그때부터 만난 거야?"

"그때라는 게 동서 상사 사건 이후라는 뜻이라면 그렇다고 할 수 있지. 그때 우리 엄청 힘들었잖아."

마치 자신이 피해자라도 된다는 듯한 말투였다. 유키코 앞에서는 그런 식으로 행동하는 모양이었다.

"저, 혹시,"

내가 유키코에게 물었다.

"마키바 씨를 도와줬다는 사람이……"

"네, 이 사람이에요."

나는 놀라서 구라모치를 보았다. 그가 겸연쩍은 듯이 콧잔등을 긁었다.

"대단한 일을 한 건 아니야. 회사 사정을 아는 입장이니 편의를 좀 봐줬을 뿐이지."

"하지만 동서 상사에는 남은 게 없었을 텐데?"

"그렇긴 하지만 방법은 여러 가지지. 그게 뭐 그리 중요하겠어. 그보다 매장 좀 안내해 줘. 지난번에 유키코를 안내해 줬다면서? 구경하면서 그동안 어떻게 지냈는지 얘기도 나누고 말이야."

"미안하지만 그럴 수 없을 것 같아. 나, 근무 중이거든."

"우리도 손님이잖아. 손님한테 가구를 보여 주는 게 네 일이고. 자신 있게 추천할 수 있는 가구 몇 가지 소개해 줘."

어느 틈엔가 구라모치의 손이 유키코 어깨에 얹혀 있었다. 그 모습을 곁눈질하면서 구라모치에게 물었다. 각오하고 한 질문이었다.

"두 사람, 사귀는 거야?"

꼴사납게도 갈라진 목소리가 나왔다.

"그렇지, 뭐."

구라모치가 고개를 끄덕이고 한마디 덧붙였다.

"우리, 내년 봄에 결혼해. 신혼살림 보러 온 거야."

26

미국산 가구가 좋다고 구라모치는 말했다. 무엇보다 사이즈가 커서 좋다는 것이다.

"열 명쯤 앉을 수 있는 식탁이면 좋겠어. 파티도 할 수 있을 정도로 말이야. 그런 것도 있어?"

"여덟 사람 정도가 넉넉히 앉을 수 있는 테이블은 몇 종류 있어."

나는 두 사람을 수입 가구 코너로 데려갔다. 그곳에서 구라모치는 맨 먼저 그릇장에 눈길을 보냈다.

"좋은데, 이거. 이 정도 크기면 크리스털 접시들도 다 들어가겠어."

구라모치가 유키코를 보며 말했다.

"유키코가 모은 식기들도 다 넣을 수 있겠고 말이야."

그 그릇장과 재질과 색상이 같은 식탁이 옆에 있어서 나는 그것도 구라모치에게 권했다.

"지금은 6인용이지만 상판을 얹으면 8인용으로도 쓸 수 있어."

"와, 그거 좋은데."

구라모치는 식탁 표면을 쓰다듬으며 식탁과 장식장을 번갈아 봤다. 그것들이 자신의 신혼집에 놓인 모습을 상상하는 듯했다.

다음 순간 그의 눈길이 다른 물건으로 쏠렸다. 그는 식탁을 떠나 그쪽으로 성큼성큼 걸어갔다. 그 목표물을 본 내 마음은 한층 어두워졌다.

"이봐, 유키코. 이거 어때?"

구라모치가 자신의 아내가 될 여자에게 손짓했다.

그가 가리킨 것은 테이블과 같은 브랜드의 침대 프레임이었다. 사이즈는 더블. 꽤 큼직했다.

"멋지긴 한데……."

"이거, 그 방에 딱 어울리겠는걸. 전에도 말했지만, 비좁은 침대에서 자기는 싫어. 그리고 벽지 색깔하고도 잘 맞겠어."

그리고 말이야, 하고 소리를 낮춘 구라모치는 유키코의 귀에 대고 뭔가를 속삭였다. 그의 음흉한 표정으로 미루어 듣지 않아도 무슨 내용인지 알 것 같았다. 유키코가 민망한 표정을 지으며, "아이참." 하고 그를 째려봤다. 나도 모르게 눈길을 다른 쪽으로 돌렸다.

두 사람 사이에 육체관계가 있었구나, 하고 나는 짐작했다. 애써 외면했던 일을 마침내 확인한 것 같아 마음이 한없이 가라앉았다.

"이봐, 다지마. 일단 이건 결정."

침대 프레임을 가리키며 구라모치가 말했다.

"재고가 없는 건 아니겠지?"

"알아볼게. 아마 있을 거야. 이 브랜드 물건이 배로 들어온 지 얼마 안 됐거든."

"그래? 아, 그리고 이것도 좋은데."

그의 눈길이 침대 옆의 서랍장에 닿았다.

결국 구라모치는 침대 프레임 외에 식탁 세트와 장식장, 서랍장, 그리고 침대 곁에 놓는 탁자까지 사겠다고 했다. 총 구입액이 3백만 엔에 가까웠다. 두 사람을 계약용 탁자로 안내한 뒤 오렌지 주스를 가져다주고 여러 장의 전표를 작성했다.

"다지마, 이거 전부 네 실적에 들어가는 거지?"

구라모치가 물었다.

"그렇지, 뭐."

"그렇다면 다행이다. 이왕 살 거면 네 실적을 올려 주고 싶었거든. 실은 내게 맨션을 중개한 부동산업자가 가격이 좋다면서 가구점을 하나 소개해 줬는데, 유키코가 네 얘기를 하기에 여기서 사기로 한 거야."

"고맙다."

"뭐야, 그게 다야? 좀 더 감격할 줄 알았는데……."

그러자 유키코가 "오사무 씨." 하며 팔꿈치로 구라모치의 옆구리를 찔렀다. 구라모치의 말보다 그녀의 그런 행동에 나는 더 낙담했다.

"고맙게 생각하고 있어."

나는 억지로 미소를 지어 보였다.

"감격하기도 했고. 다만 뭐랄까, 너무 갑작스러운 나머지 잘 와닿지 않아서 말이지. 워낙 오랜만에 만난 데다가 유키코 씨하고 결혼까지 한다니……."

"게다가 가구까지 잔뜩 사고?"

구라모치가 유쾌한 듯 웃었다.

"다음에 느긋하게 얘기 나누자. 내 사업 얘기도 들려주고 말이야. 너도 이런저런 일이 많겠지만 나도 파란만장했어. 정신없이 오르락내리락했지."

"지금은 무슨 일을 하는데?"

"한마디로 말하자면 주식이야."

"주식?"

예상 밖의 대답이었다.

"주식회사의 주식 말이야. 팔고 사고 하면서 이익도 봤다가 손해도 봤다가 하는 거."

"그걸 판단 말이야?"

내 말에 구라모치가 웃음을 터뜨렸다.

"내가 주식을 팔 리 없잖아. 그건 다음에 설명할게. 재미있는 사업이야."

그가 히죽거리며 말했다.

"알았어. 하여간 성공한 건 사실인 모양이네. 맨션도 샀다니 말이야."

"좀 낡긴 했지만 도쿄에 있지."

구라모치가 가슴을 조금 내밀었다.

"이사하고 나서 자리 잡히면 연락할 테니 한번 놀러 와. 그때쯤이면 오늘 네가 판 가구들이 제자리를 잡았을 거야."

"부럽다."

"너도 힘내야지. 다음에 천천히 얘기 나누자."

구라모치의 말에서 나는 뭔가 꿍꿍이가 있는 듯한 느낌을 받았다. 그런 생각이 얼굴에 나타났는지 그가 미간을 찌푸렸다.

"그렇게 의심스러운 눈으로 보지 마. 이번에는 사기에 가담한 게 아니니까. 그렇지?"

구라모치가 동의를 구하자 유키코도 생글거리며 "이번에는 믿어도 될 것 같아요."라고 말했다.

두 사람을 입구까지 배웅하고 사무실로 돌아왔지만 답답한 마음이 가시지 않았다. 큰 거래를 성사시킨 것이 기쁘기는커녕 마음속에 굴욕감만 소용돌이쳤다. 구라모치에게 유키코를 빼앗겼을 뿐만 아니라 이제부터 두 사람이 꾸릴 가정에 놓일 도구들을 골라 주기까지 했다. 유키코가 만든 음식을 구라모치가 먹을 식탁과 구라모치가 유키코를 안을 침대⋯⋯.

그날 상사는 내 판매 실적을 칭찬했지만 나는 그 말이 한마디도 귀에 들어오지 않았다.

천국에서 지옥으로 떨어진다는 말은 바로 이런 경우를 두고 하는 말이리라. 유키코와 재회한 후로 나는 하루하루가 즐거워서 어쩔 줄 몰랐다. 그런데 구라모치를 만난 후부터는 무슨 일을 해도 기쁘지 않았다. 판매를 건성으로 하자 실적도 떨어졌다.

"대체 왜 그러는 거야, 어디 안 좋은 데라도 있어?"

사무실에 멍하니 앉아 있는데 상사가 물었다.

"아니요, 아무것도 아닙니다."

"그래? 요즘 자네 좀 이상해. 어제도 살 것 같은 고객을 놓쳤다면서?"

"아, 네……."

동료가 일러바친 게 분명했다. 전통식 장롱을 사러 온 중년 부부가 이것저것 자꾸 묻자 대답하기가 귀찮아서 서둘러 살 필요 없다는 식으로 말해 버리고 만 것이다.

"그런 식으로 하면 곤란해. 컨디션이 안 좋으면 휴가라도 가든지, 그게 아니면 제대로 하든지 해야지."

"죄송합니다."

상사가 또 뭐라고 하려는 찰나 전화벨이 울렸다. 그가 수화기를 들고 잠시 얘기를 나누더니 나를 바라봤다.

"손님이야. 자네를 지명한 모양인데, 잘 좀 해 봐."

"네."

나는 고개를 숙인 뒤 사무실을 나왔다.

잠시 일을 쉴까 어쩔까 고민하면서 의욕이 전혀 없는 상태로 안내 데스크로 향했다. 그런데 고객의 이름을 확인한 순간 모든 잡념이 말끔히 사라졌다. 우에하라 유키코라는 이름이 눈에 들어왔던 것이다.

로비에 나가 보니 유키코 혼자서 기다리고 있었다. 그러나 안심하기는 일렀다. 지난번처럼 구라모치가 어디선가 나타나는 게 아닐지 의심스러웠다.

그녀는 그런 내 경계심을 전혀 눈치채지 못한 채 빙긋 미소 지었다.

"안녕하세요?"

"구라모치는요?"

나는 주위를 두리번거렸다.

그녀의 미소가 쓴웃음으로 바뀌었다.

"지난번에는 미안했어요. 그 사람, 그렇게 아이 같은 구석이 있어요."

"정말 혼자 왔어요?"

"네, 혼자예요."

그녀가 고개를 끄덕거렸다.

"커튼을 다시 한 번 보고 싶어서요."

"알았어요. 안내하죠."

마음이 복잡했다. 그녀를 구라모치에게 빼앗겨 그토록 충격을 받았는데도 다시 만나자 기쁨이 솟았다. 그녀가 보고자 하는 커튼이 그들의 신혼집에 걸릴 물건이라는 사실을 모르는 바는 아니었지만 더는 생각하지 않기로 했다.

나는 전처럼 상담 여직원을 불러 유키코가 커튼을 선택하는 것을 돕도록 했다.

상담 여직원은 유키코에게 집 분위기와 창문의 크기 등을 물었다. 나는 유키코가 대답하는 것을 옆에서 들으며 머릿속으로 구라모치가 샀다는 맨션의 구조를 그려 봤다. 방 두 개에 거실과 식당, 부엌이 딸린 집, 그것도 꽤 넓었다. 지난번에 그들이 산 식탁 세트와 그릇장을 상상 속에서 배치해 보니 잘 어울릴 것 같았다. 이번에는 질투의 불꽃이 타오르지 않았다. 그렇다고 완전히 꺼진 것은 아니고 은근히 검은 연기만 피워 올렸다.

커튼을 결정한 후 우리는 로비의 응접세트에 마주 앉았다.

"유키코 씨가 구라모치와 결혼을 하다니, 기분이 정말 묘해요."

"다지마 씨 입장에서는 그럴 수도 있겠죠. 몇 년 동안이나 만나지 못했으니까요."

"사귄 지 꽤 오래됐나 봐요?"

"그런가……?"

그녀가 고개를 살짝 기울였다.

"4년 정도 됐나……. 하지만 가벼운 데이트는 그 훨씬 전부터 했어요."

"마키바 씨 사건을 계기로 친해졌나요?"

"그런 셈이죠. 그 사건 때문에 자주 만났으니까요."

나는 동서 상사에 사표를 내고 얼마 후 마키바 할아버지를 찾아갔던 일을 떠올렸다. 그때 마키바 할아버지도 유키코도 나를 거부했었는데 구라모치는 그들의 마음을 사로잡는 데 성공한 것이다.

"전에도 잠깐 물었던 것 같은데, 재판에서 이긴 건 아니죠?"

"네. 재판 같은 거 해 봤자 돈을 언제 돌려받을지도 모르고, 설사 돌려받는다고 해도 얼마 되지 않을 거라고 그가 말했어요."

"그럼 구라모치가 뭘 어떻게 한 거죠?"

"자세히는 모르지만, 그가 아직 동서 상사에 있을 때 마키바 할아버지의 해약 절차를 마무리한 뒤 그에 따른 환급금을 경리부에서 강제로 받아 낸 것 같아요. 회사에 돈이 거의 남아 있지 않아서 똑같은 방법으로 피해자의 해약을 진행하려던 다른 사원들과 엄청난 경쟁을 벌였다더군요. 발 빠른 자가 승리하는 법이라면서……."

거짓말이라고 생각했다. 당시 회사에는 돈이 한 푼도 남아 있지 않았을 것이다. 그리고 무엇보다 계약 자체가 엉터리였으므로 해약 절차 따위가 있을 리 없었다.

"얼마나 돌려받았어요?"

내 물음에 그녀는 손가락 세 개를 꼽아 보였다.

"3백만 엔요. 할아버지는 수수료 정도만 손해 봤어요."

들을수록 이상했다. 그 회사에는 구라모치 같은 말단이 3백만 엔이라는 거금을 움직일 수 있는 시스템 자체가 없었다. 게다가 돈은 간부들이 전부 가지고 달아난 마당이었다.

"그렇게 쉽게 해결됐단 말이에요?"

"쉽지는 않았던 것 같아요. 그이가 지금도 가끔 말하는데, 막판에는 엄청난 쟁탈전이 벌어졌대요. 그 사람은 마키바 할아버지의 돈만은 무슨 일이 있어도 찾아 줘야겠다고 결심하고 회사와 목숨을 건 담판을 벌였다고 해요."

"흠……."

도저히 믿기지 않는 얘기였지만 유키코는 전혀 의심하는 기색이 없었다. 물론 그렇기 때문에 구라모치의 성의에 감격하고 그에게 끌렸을 것이다.

그녀가 돌아간 뒤 사무실에 앉아 담배를 꺼내 물었다. 꺼림칙한 상상이 머릿속을 맴돌았다.

몇 년 전, 형사가 찾아온 적이 있었다. 그때 내 이름을 사칭해 고객의 돈을 슬쩍한 세일즈맨이 있는 것 같다는 얘기를 형사에게 들었다. 나는 구라모치가 범인임에 틀림없다고 생각했지만 그가 왜 그런 짓을 했는지, 그 돈을 어디다 썼을지는 생각해 본 적이 없었다.

그 답을 이제야 알 것 같았다. 구라모치는 마키바 노인에게 돈을 돌려주려고 제3의 피해자를 만들어 낸 것이다. 그가 왜 유독 마키바 노인만 그토록 특별하게 취급했는가는 그 후의 전개를 생각해 보면 쉽게 짐작할 수 있었다. 그의 목적은 마키바 노인에게 감사의 말을 듣는 것이 아니었다. 구라모치가 진짜로 노렸던 것은 유키코의 호의를 얻는 것이었다.

설령 그렇다 해도 3백만 엔이라니…….

거기까지 생각했을 때 문득 머리를 스치는 것이 있었다. 목을 매 자살한 가와모토 후사에 할머니의 일이다. 그녀의 피해액은 수백만 엔에 달했다. 그리고 그 돈의 일부는 은행에서 현금으로 인출된 흔적이 있다고 했다. 구라모치가 그녀에게서 빼앗은 돈을 마키바 노인에게 준 것은 아닐까.

그는 그런 짓을 하고도 남을 인간이었다. 여태껏 그런 식으로 살아오지 않았는가.

가와모토 후사에의 아들이 중얼거리던 소리가 귓가에 되살아났다. 원한에 찬 목소리였다. 그 소리를 구라모치에게 들려주고 싶었다.

구라모치가 혼자서 다시 매장에 찾아온 건 그로부터 일주일쯤 지났을 때였다. 그가 왔다는 걸 알고 다른 직원을 대신 내보낼까도 생각했지만, 고객이 나를 지명한 이상 피치 못할 일이 없는 한 응대하는 것이 회사의 규칙이었다.

"커튼이 도착했더군."

나를 본 그가 말했다.

"색이 아주 좋아. 다지마가 그 원단을 추천했다면서? 유키코가 고맙다고 전해 달랬어."

"마음에 들어서 다행이야."

"가구는 다음 달에 오기로 돼 있는 모양이던데, 별문제는 없겠지?"

"그럴 거야. 그걸 확인하러 온 거야?"

"아니야. 책상이랑 책장도 좀 보려고. 집에서도 일을 해야 하니까."

"주식과 관련된 일을 한다고 했지? 증권 회사랑은 다른 건가?"

"조금 다르지. 아니 전혀 다르다고 해야 하나."

그렇게 말하고 나서 구라모치는 내 얼굴을 빤히 봤다.

"주식에 대해서 공부한 적 있어?"

"공부라고 할 것까지는 없고, 서점에 선 채 관련된 책을 읽어 본 정도야."

"음, 그래……."

구라모치가 뭔가 일을 꾸밀 때면 보이는 표정을 지으며 고개를 끄덕였다. 그가 그런 표정을 짓는다는 건 내게 좋지 않은 일이 일어날 전조였다.

나는 서둘러 구라모치를 사무용 가구 코너로 안내했다. 한시라도 빨리 이 우울한 일을 마무리 짓고 싶었다.

그러나 구라모치는 그럴 생각이 별로 없어 보였다. 내가 권하는 가구를 보면서도 생각은 딴 데 가 있는 듯했다.

"주식이란 건 말이지, 국가가 인정하는 도박 같은 거야."

그가 책상을 쓰다듬으며 말을 꺼냈다.

"게다가 판돈이 아주 크지. 그리고 졌다고 해도 내기에 건 돈을 반드시 잃는 것은 아니야. 그대로 참고 견디기만 하면 되는 경우도 있어. 그러다가 이겨서 수익이 나면 팔면 되고. 그걸 반복할 수만 있으면 손해는 보지 않아. 그런 시스템이야."

"하지만 손해 보는 사람도 많잖아."

"있는 돈 없는 돈 몽땅 털어 넣으니까 그렇지. 그렇게 되면 참고 견딜 여유가 없거든. 그리고 정보가 중요해. 빨리 벌고 싶다면 정보가 있어야 해."

"설마 나더러 주식을 사라는 건 아니겠지?"

내 말에 구라모치가 눈을 크게 떴다.

"사라는 거라면?"

"농담하지 마."

나는 손을 내저었다.

"그런 거 할 여유가 어딨냐, 하루 벌어 하루 먹고살기도 벅찬 마당인데. 나한테 주식을 팔 생각으로 왔다면 미안하지만 그냥 돌아가 줘."

구라모치는 내 말이 끝나기도 전에 고개를 가로젓더니 마지막에는 손까지 같이 내저었다.

"걱정 마, 그럴 생각 없으니까. 전에도 말한 것 같은데, 나는 주식을 파는 사람이 아니야. 다만 만일 네가 주식을 살 생각이 있다면 마침 좋은 종목이 있으니까 가르쳐 줄 수는 있어. 오늘내일 중으로 사면 돈을 벌 확률이 꽤 높지."

"그럼 네가 사면 되잖아."

"물론 나도 살 만큼 샀어. 옛정을 생각해서 너한테도 좋은 걸 가르쳐 주려는 거지. 최소한 백만에서 2백만 엔은 벌 수 있을 걸. 나는 더 욕심 부리지 않고 팔아 버릴 작정이지만."

거금을 가볍게 말하는 구라모치를 나는 물끄러미 바라봤다. 이 녀석은 그런 거금이 오가는 일을 하고 있단 말인가. 그래서 사치스럽게 살 수 있게 된 것인가. 주식이라는 것이 그렇게 돈벌이가 되는 걸까.

구라모치가 느닷없이 웃음을 터뜨렸다. 그리고 내 어깨를 두드렸다.

"거짓말이야. 그렇게 달콤한 종목이 흔할 리 있냐? 그리고 나는 절대로 직접 주식을 사지 말자는 주의야."

"그런데 왜 그런 거짓말을 한 거야?"

"내가 하는 일이 뭔지 네가 이해해 줬으면 해서."

그리고 그는 웃옷 주머니에서 명함을 꺼냈다. 거기에는 '투자 클럽 주식부 주임'이라고 직책이 인쇄되어 있었다.

"주식 클럽?"

"투자 컨설팅 회사야. 주식으로 돈을 벌고 싶어 하는 사람은 많지만, 어떤 종목을 사야 하는지는 대개 잘 모르잖아. 그래서 우리 같은 회사가 필요한 거야. 사람들에게 정보를 팔고 보수를 받는 거지. 그게 내가 하는 일이야."

"정보를 판다고?"

"그런 게 돈벌이가 되겠냐는 표정이군. 그런데 아주 잘된단 말이야. 너도 방금 내 거짓 정보에 마음이 흔들렸잖아."

"흔들린 적 없어."

나는 정색하고 화를 냈다.

"그런 꿈같은 일이 과연 가능할까 생각해 봤을 뿐이지 주식을 살 마음은 전혀 없었어."

"하지만 관심은 생겼겠지. 그게 첫걸음이야. 주식 투자를 하려는 사람은 모두들 정보에 굶주려 있어. 그렇기 때문에 그 어떤 정보라도 상품이 된단 말이지. 우리 회사의 성공이 바로 그 증거야."

구라모치가 성공했다는 사실은 그가 구매한 물건의 목록만 봐도 충분히 알 수 있었다. 하지만 이 녀석은 왜 매번 이렇게 아리송한 일에만 몸담는 걸까.

"그 회사에는 어떻게 들어갔어?"

"사장한테 스카우트됐지. 우리 사장 나이가 몇 살인지 알면 놀랄걸. 고작 서른 살이야. 회사를 일으켰을 때가 스물여덟. 사무원과 단둘이 시작했어. 그러던 것이 이제는 백 명이 넘는 직원을 거느린 거야. 대단하지 않아?"

"너는 언제 입사했는데?"

"나는 만 2년 됐어."

"2년이라고? 그럼 초창기에 들어갔잖아?"

"그래. 사장의 유일한 부하 직원이었던 사무원이 바로 나야."

구라모치가 엄지손가락으로 자기 자신을 가리키며 웃었다.

잠시 후 로비로 자리를 옮겨 책상과 책장 매매 계약서를 작성하는데 그가 과거에 그랬듯이 내게 또 물었다.

"이봐, 다지마. 너 지금 얼마나 받냐? 만족할 만한 액수야?"

"그런대로."

내 대답에 그는 흥, 콧방귀를 뀌었다.

"하기야 너는 욕심이 없으니까. 하지만 그래 가지고는 성공할 수 없어. 우리 회사에 한번 놀러 오지 않을래? 어떤 일을 하는지 설명해 줄게. 아마 금방 이해할 거야."

나는 전표를 기입하다 말고 그를 노려봤다.

"지금 나한테 권유하는 거야?"

"왜, 안 돼?"

"동서 상사 일을 벌써 잊은 건 아니겠지? 네 유혹에 빠져서 그 따위 회사의 사기 행각에 가담했잖아. 이제 그런 일은 질색이야."

그러자 구라모치는 화를 내기는커녕 어처구니없다는 듯이 양팔을 벌렸다.

"지금 내가 하는 일이 사기라는 거야? 동서 상사 때 일은 미안하게 생각해. 하지만 나 역시 피해자야. 그리고 그때와 지금은 근본적으로 달라. 그때 나는 동서 상사의 윗선에 대해서 아무것도 몰랐어. 하지만 지금은 잘 알아. 나 자신이 바로 그 윗선이니까."

그러니까 못 믿겠다는 거야, 라는 말이 나오려는 것을 간신히 삼켰다.

"하여간 그럴 생각은 없어. 나는 지금 이 일에 만족해."

"그래? 그럼 억지로 권하지는 않겠어. 하지만 안타깝다. 좀처럼 드문 기회인데."

 나는 서둘러 전표를 작성한 뒤 구라모치에게 서명하라고 말했다. 그는 귀찮다는 표정으로 자신의 이름을 적어 넣었다.

"가와모토 씨 기억해?"

 전표를 봉투에 넣으며 나는 구라모치에게 물었다.

"누구?"

 그가 눈썹을 찡그리며 되물었다.

"가와모토 후사에 씨 말이야. 그새 잊었어? 호야에서 혼자 살던 할머니. 네가 노인 상대 사기로 돈을 빼앗은 사람이잖아."

 노인 상대 사기라는 말에 구라모치의 표정이 어두워졌다. 떠올리고 싶지 않은 말일 것이다.

"그 할머니가 어쨌다는 거야?"

"죽었어. 목을 매서 자살했다고."

 조금은 당혹스러운 표정을 지을 줄 알았는데 구라모치의 표정에는 큰 변화가 없었다.

"흠. 그랬구나. 그래서?"

"아무런 느낌이 없어?"

"안됐다고 생각해, 동서 상사 피해자 전원에 대해서. 하지만 내가 뭘 할 수 있었겠어. 몇몇 사람에게 돈을 되찾아 준 게 고작이지."

"몇몇 사람이라고? 네가 돈을 되찾아 준 사람은 마키바 할아버지뿐일걸. 그것도 유키코의 마음을 얻으려고 그런 거 아니야?"

구라모치가 웃음을 터뜨렸다. 그는 머리를 긁적이며 나 원 참, 하고 중얼거렸다.

"그러고 보니 다지마 너도 유키코를 좋아했던 것 같은데, 그래서 지금 질투하는 거야?"

나는 볼펜을 꽉 움켜쥐었다. 그걸로 그의 눈을 찌르고 싶은 충동에 사로잡혔다.

"동서 상사가 사기 회사라는 사실을 안 후에도 몇 번이나 가와모토 씨에게서 돈을 뜯어냈잖아. 그리고 내 이름을 빌려 가와모토 씨 외에도 여러 사람의 돈을 가로챘고. 그렇게 손에 넣은 돈을 마키바 할아버지에게 돌려준 거 아니냔 말이야."

마침내 구라모치의 표정이 험악해졌다. 나를 바라보는 눈빛이 날카로웠다.

"너, 증거 있어?"

"증거는 없지만 조금만 생각해 보면 알 수 있는 일이야."

"해도 될 말과 해서는 안 될 말이 있어."

그가 자리에서 일어섰다.

"친구라서 봐주는 거야. 그렇지 않았으면 계약을 전부 취소했을 거야."

"너 때문에 사람이 죽었어. 그 할머니가 목숨처럼 소중히 여기던 돈을 네가 속임수로 빼앗는 바람에 말이야."

걸음을 옮기려던 구라모치가 멈칫하더니 뒤돌아봤다. 그리고 검지를 세워 좌우로 흔들었다.

"말은 정확히 해야지. 돈을 나 혼자 빼앗은 게 아니라 너와 내가 함께 빼앗았어. 우리는 파트너였으니까."

순간 나는 할 말을 잃었다. 그런 내게 그는 덧붙였다.

"결혼식에는 와 줘. 아무튼 우린 초등학교 때부터 친구잖아."

성큼성큼 걸어가는 그의 뒷모습을 바라보며 그를 죽이고야 말겠다고 다짐했다.

27

설마 했는데 그로부터 얼마 후 정말로 청첩장이 날아들었다. 도쿄의 일류 호텔 안에 있는 교회에서 식을 올린다고 되어 있었다. 청첩장에는 결혼식에 참석해 달라는 말과 함께 내게 축사를 부탁한다는 믿기지 않는 내용이 적혀 있었다. 내가 참석하리라고 믿어 의심치 않는 듯했다. 새삼 구라모치라는 인간의 뻔뻔함이 느껴졌다.

물론 결혼식에 갈 마음은 없었다. 그런데 며칠 있다가 유키코가 나를 찾아왔다.

"다지마 씨가 참석할 건지 확인해 달라고 부탁받았어요. 청첩장만 달랑 보내는 건 실례라면서요."

천진난만하게 미소 지으며 말하는 그녀의 얼굴을 보면서 구라모치에게 당했다는 생각이 들었다. 내가 거절할 것을 알고 선수를 친 것이다.

"결혼식에 와 주실 거죠?"

매장 안을 함께 거닐던 그녀가 내 얼굴을 빤히 보며 물었다.

"어……, 그러죠, 뭐."

구라모치의 계산은 정확했다. 그녀가 부탁하는데 참석하지 않겠다고 할 수는 없었다. 일단 참석하겠다고 해 두었다가 나중에 불참을 알리기로 마음먹었다.

"아, 잘됐네요."

내 속마음을 알 리 없는 그녀가 기쁜 표정을 지었다.

"그리고 축사도 부탁드리고 싶은데요."

"그건 좀 봐줘요. 내가 무슨 자격으로……."

"하지만 그이는 꼭 다지마 씨가 해 줬으면 해요."

"도무지 이유를 모르겠어요. 왜 하필 나한테 해 달라는 건지."

"그이와 안 지 오래 되었잖아요. 초등학교 때부터 친구라면서요?"

"친구라……."

나는 그녀를 이탈리아제 가구 코너로 데려갔다. 안 그래도 평일 오전에는 손님이 적은 데다 그중에서도 수입 가구 매장은 텅 비어 있어 조용히 얘기를 나누기에 안성맞춤이었다.

"참 부러워요. 저도 초등학교나 중학교 때 친구가 없는 건 아니지만 지금까지 친하게 지내는 사람은 한 명도 없거든요. 게다가 두 분은 한때 같은 직장에도 있었잖아요. 대단한 인연이죠."

유키코의 순진한 말에 화가 나기보다는 웃음이 나왔다. 도대체 어딜 봐서 우리가 친구란 말인가. 구라모치가 진심으로 나를 친구로 생각할 리 만무했다. 그녀 앞이니까 그런 척할 뿐이다.

"그이는 다지마 씨를 상당히 신뢰해요."

그녀가 말을 계속했다.

"다지마 씨 외에는 그 누구도 믿을 수 없고 다지마 씨가 아니었다면 지금까지 만나지도 않았을 거래요. 자기 속내나 본모습을 속속들이 내보일 수 있는 친구도 다지마 씨뿐이라고 했어요."

"그런가요."

"그럼요. 그러니까 축사를 꼭 해 주세요. 피로연은 제가 원하는 대로 해도 좋지만 축사만은 절대 양보할 수 없다고 했어요."

나는 "생각해 볼게요."라고 대답했다.

그녀가 돌아간 후 나는 구라모치의 진의가 무엇일까 곰곰이 생각해 봤다. 왜 나에게 그런 부탁을 할까. 그가 진심으로 내 축사를 원할 리 없었고, 그렇다면 역시 나를 놀리려는 의도일 것이다. 아니면 내가 유키코에게 끌렸었다는 걸 알고 있으니 그런 내 생각이 얼토당토않다는 걸 깨닫게 하려고 일부러 신경을 건드리는 것일 수도 있다. 어쩌면 가와모토 후사에나 마키바 할아버지 사건과 관련해 내가 자신을 비난한 데 대해 앙갚음하려는지도 모른다.

분한 마음에 그날 밤에는 잠이 오지 않았다. 이불 속에서 몸부림치며 구라모치에게 뜨거운 맛을 보여 줄 방법이 없을까 궁리

했다.

그러면서 도대체 왜 나는 구라모치 때문에 이토록 고통을 받아야 하는지 생각해 보았다. 그는 왜 끈질기게 내 주위를 맴도는 것일까. 내가 편히 살 곳을 찾거나 심신을 쉬게 할 장소를 확보하기만 하면 어김없이 그가 나타났다. 그리고 나를 그곳에서 끌어내 지옥의 밑바닥으로 떨어뜨렸다. 그러고자 나타났다고밖에 설명할 수 없었다.

날이 밝을 때가 돼서야 겨우 눈을 붙일 수 있었다. 그리고 바로 그때 마음속으로 결심했다.

결혼식에 가자. 피로연에도 참석하자. 행복한 구라모치와 아름다운 신부 유키코의 모습을 눈에 새기는 거다. 나의 굴욕과 질투심이 한껏 부풀어 오를 테지. 그러면 지금까지 도저히 넘을 수 없었던 한계점을 마침내 넘어서게 될 것이다.

증오가 살의로 바뀌는 그 한계점을 넘어서면 아무리 애써도 생기지 않던 진정한 살의가 싹틀 것이다.

구라모치 오사무와 우에하라 유키코의 결혼식은 3월 둘째 일요일에 있었다. 공기는 아직 차가웠지만 맑게 갠 기분 좋은 오후였다.

은색 턱시도를 입은 구라모치와 순백의 웨딩드레스를 입은 유키코는 무대 위의 톱스타처럼 빛났다. 행복에 겨운 표정을 짓고 있는 두 사람을 위해 나는 찬송가를 부르고 거짓 미소를 지어 주었다. 그러는 내 마음속에는 계산이 있었다. 구라모치가 그토록 원한다면 기꺼이 그의 친구를 연기해 주마고 생각했다. 그렇게 해서 주위 사람들을 성공적으로 속인다면 앞으로 그의 신변에 무슨 일이 일어나더라도 내게 의심의 눈길이 쏠리는 일이 없을 것이다. 초등학교 때 이래 둘도 없는 친구라고 구라모치 본인이 퍼뜨리고 다녔으니까.

피로연은 2백여 명의 축하객이 참석한 가운데 성대하게 열렸다. 손님들 중 내가 아는 얼굴은 거의 없었다. 구라모치가 초대한 손님 대부분은 그가 지금 하는 사업과 관련된 사람이었고 학창 시절 친구는 나밖에 없었다. 그러니 내가 친구 대표로서 축사를 하는 것도 당연했다.

그러고 보니, 하며 나는 기억을 더듬었다. 구라모치에게 친구라고 부를 만한 사람이 있었던가. 그는 항상 혼자였다. 늘 혼자서 무슨 일인가를 꾸몄다. 그리고 그 상대역은 항상 나였다.

이제 와서 말하기도 새삼스럽지만 나는 어이없을 정도로 어리석었다. 구라모치의 본색도 모른 채 그와 엄벙덤벙 어울려 지낸 사람은 나뿐이었다. 다른 사람들은 일찌감치 그의 본색을 알아차리고 그와 가까이하지 않으려고 했던 것 아닐까.

구라모치가 끊임없이 내 주위를 맴돈 이유를 알 것 같았다. 그가 가장 다루기 쉬운 상대, 그것이 바로 나였던 것이다.

구라모치의 가족은 맨 구석 테이블에 기죽은 듯이 앉아 있었다. 화려한 분위기를 풍기는 하객이 대다수였지만 그쪽만은 몹시 칙칙해 보였다. 때때로 다른 하객이 인사하러 다가가면 연로

한 구라모치의 부모는 꾸벅꾸벅 고개만 숙였다. 그들의 모습을 보는 건 아주 오랜만이었고 두부 가게가 아닌 다른 곳에서 보는 건 그때가 처음이었다.

돈을 주고 데려온 것으로 보이는 사회자의 지명을 받고 나는 마이크 앞에 섰다. 초등학교 시절의 에피소드 중 훈훈한 내용을 골라 약간의 각색을 더해 늘어놓자 장내에 부드러운 웃음꽃이 피어났다. 단상의 구라모치는 만족스러워 보였고 유키코는 행복해 보였다. "영원히 행복하게 살길 바랍니다."라는 말을 끝으로 나는 마이크를 놓았다.

"고마워. 좋은 축사였어."

피로연장을 나설 때 황금빛 병풍 앞에 서 있던 구라모치가 내게 악수를 청하며 말했다. 유키코도 옆에서 미소 지었다.

한마디 비아냥거려 주려다가 그냥 고개만 끄덕이고 그곳을 나왔다. 괜한 짓을 해서는 안 된다는 생각 때문이었다. 사람들 눈에는 내가 구라모치의 둘도 없는 친구로 비쳐야 한다.

인생의 승리자. 구라모치의 표정은 그랬다. 그것은 다른 사람들을 밟고 올라선 끝에 거둔 승리였다. 나는 그의 디딤돌에 지나지 않았다. 그가 나라는 인간을 쫓아다닌 것은 내가 이용하기 만만하다는 이유 단 하나 때문이었다.

그의 얼굴을 바라볼 때마다 나의 증오는 점점 커져 갔고 마침내 극한에 다다랐다. 그가 지금까지 저질러 온 악행을 털어놓고 싶은 충동에 사로잡혔다. 마이크를 넘겨받았을 때도 그랬다. 그러나 이를 악물고 참았다.

 언젠가 구라모치를 죽여 버리는 거야, 그 즐거움은 후일로 미루자, 그런 생각만이 나를 지탱했다.

 구라모치와 재회하기까지 몇 년간 나는 살인에 관심이 별로 없었다. 먹고살기가 벅찼기 때문이다. 그리고 그간 몇 번인가 닥쳤던 고난은 누군가를 죽인다고 해결될 문제가 아니었다.

 그런데 구라모치가 유키코와 결혼할 거라는 사실을 안 순간 내 안에 잠재된 살의가 또다시 고개를 들기 시작했다.

 소년 시절, 그 관심은 단순한 흥미에 지나지 않았다. 사람을 죽인다는 건 어떤 걸까, 어떤 기분이 들까, 사람은 얼마나 막다른 곳에 내몰렸을 때 살인을 하게 될까, 그런 것들이 궁금할 뿐이었다.

 그러나 이번에 새로 싹튼 의문은 그런 것들과는 조금 달랐다. 한마디로 말하자면, 정말로 그 어떤 경우라도 사람을 죽여서는 안 되는 걸까 하는 것이었다.

 나는 그 전에도 몇 번인가 구라모치를 죽이겠다고 마음먹은 적이 있었다. 그럴 때마다 갖가지 주저할 수밖에 없는 이유가 생기는 바람에 실행에 이르지 못했다. 그러나 과연 그게 잘한 일이었을까. 만약 어느 시점엔가 그를 죽였다면 지금처럼 괴로움을 당할 일은 없지 않았을까.

 사람이 사람을 죽여서는 안 된다는 말은 그저 원칙에 불과한 것 아닐까. 경우에 따라서는 죽일 수도 있는 것 아닐까. 예를 들면 전쟁. 전쟁은 사람을 죽이라고 국가가 명령하는 것이다. 또 정당방위라는 법률도 있다. 어디서부터 어디까지를 정당하다고 할지 누가 결정할 수 있단 말인가. 미래의 위험을 예상해서 죽여야 하는 경우도 있을 수 있다.

일찌감치 구라모치를 죽였어야 했다는 생각이 그 무렵부터 내 머릿속을 지배했다. 그러지 못했던 나 자신을 질책했고, 기회가 생기면 반드시 해 내야 한다는 강박 관념까지 생겼다.

그러면서 겉으로는 전보다 더 구라모치와 친하게 지냈다. 자신의 성공과 행복을 과시하고 싶었는지 그는 종종 나를 자기 집으로 초대했다. 일고여덟 평은 됨직한 거실에는 내가 추천한 장식장과 응접세트가 놓여 있었다. 그는 가죽 소파에 걸터앉아 골프채를 닦으며 자신의 일에 대해 설명했다. 물론 얼마나 잘나가고 있는지 자랑하는 얘기들뿐이었다.

내가 아무런 저항감 없이 그 집에 갔던 것은 아니다. 유키코가 귀여운 앞치마를 두르고 구라모치를 위해 바지런히 움직이는 모습은 보기가 괴로웠다. 그럼에도 그 집에 갔던 것은 구라모치를 죽일 기회를 엿보겠다는 일념 때문이었다. 인생 최초이자 최후의 살인, 그 인생 최대의 승부처에 시간과 노력을 충분히 들이고 싶었다. 초조해할 필요는 없었다. 구라모치가 어디론가 사라질 염려도 없었고 목표를 달성하는 데 시간제한이 있는 것도 아니었다.

그날도 일을 마친 뒤 미나미 아오야마에 있는 구라모치의 맨션에 들렀다. 그날은 유키코가 나를 초대했다. 낮에 가구점으로 전화를 해서 별일 없으면 저녁때 꼭 와 달라는 것이었다. 이유를 물었더니 와 보면 안다고만 했다.

유키코는 앞치마를 두른 채 기다리고 있었다. 부엌에서 좋은 냄새가 흘러나왔다. 그녀의 주특기는 이탈리아 요리였다.

"조금만 기다리세요. 곧 올 거예요."

그녀가 시계를 보며 말했다.

"오다니, 누가요?"

"그건 비밀이에요."

의미심장한 미소를 지으며 그녀는 부엌으로 사라졌다.

영문도 모른 채 나는 텔레비전을 켰다. 하지만 화면보다 유키코의 뒷모습을 바라보는 시간이 더 길었다. 그녀의 가느다란 다리와 잘록한 허리를 보자 구라모치에 대한 질투심이 새삼 불타올랐다.

"구라모치는 오늘 늦나 보죠?"

뒤돌아서 있는 그녀에게 물었다.

"네, 조금 늦을지 모르니까 먼저 시작하라고 했어요."

"그렇군요."

나는 속으로 '먼저 시작하다니, 뭘 말이지?' 하고 생각했다.

그때 현관 벨이 울렸다. 얼굴이 확 밝아진 유키코가 인터폰을 들었다.

"네, 잠시만요."

그렇게 대답한 그녀가 춤추듯이 현관으로 향했다.

문이 열리는 소리와 동시에 낯선 여자 목소리가 들렸다.

"미안해. 늦었어."

"어서 와. 길이 많이 막히지?"

"말도 마. 우치보리 길이 꽉 막혔더라고. 아니, 도대체 천황이 왜 그런 데 살아야 하난 말이야. 어쩔 수 없다면 크기라도 좀 줄여 주든지."

목소리가 큰 여자였다. 유키코가 슬리퍼를 건네는 듯하더니 슬리퍼를 끄는 소리도 시끄러웠다.

유키코를 따라 여자가 거실로 들어섰다. 눈과 입이 크고 뚜렷하며 생김새가 화려한 여자였다. 피부는 유키코보다 훨씬 검었다. 나는 앉아서 그녀들을 올려다봤다.

"자, 소개하겠습니다. 이쪽은 오사무 씨의 죽마고우 다지마 가즈유키 씨. 전에 내가 얘기한 적 있지?"

유키코가 빠른 어조로 말한 뒤 나를 봤다.

"다지마 씨, 이쪽은 내 고등학교 동창 세키구치 미하루예요."

"어머, 나한테는 왜 씨 자를 안 붙이니?"

"아, 미안. 세키구치 미하루 씨."

세키구치입니다, 라며 화려한 생김새의 여자가 고개를 숙였다. 나도 다지마입니다, 라고 인사했다.

나로서는 운명적인 만남의 순간이었다.

세키구치 미하루는 말을 잘하는 여자였다. 생명 보험 회사를 다닌 적도 있다고 하는데 과연 그럴 만하다는 생각이 들었다. 지금은 백화점 외판부에 근무한다고 했다.

"기억나니? 세계사 선생 야마다 말이야. 정말 짜증 나는 인간 아니었니? 수업 종이 울리기가 무섭게 들이닥쳐서는 아직 자리에 앉지 않은 학생들한테 깐족깐족 싫은 소리를 하고 말이지. 다른 선생들은 대개 수업 종이 울린 다음에 교무실에서 나오잖아. 그런데 그 남자는 종이 울리기도 전에 교실 앞에 와서 기다리고 서 있는 거야. 마누라한테 구박받고 엉뚱한 데서 화풀이하는 거지."

미하루가 기관총처럼 쏘아 대자 유키코는 장단을 맞추듯 깔깔댔다. 유키코의 그런 표정을 별로 본 적이 없었던 나는 약간 당황스러웠다.

한바탕 자신들의 추억 얘기로 꽃을 피우고 나서 유키코는 화제를 내게 돌렸다. 내가 근무하는 가구점의 이름을 들은 미하루가 눈을 빛냈다.

"그 가구점에 한번 가 보고 싶었어요. 놀러 가도 되죠?"

그녀는 소녀처럼 가슴 앞에 두 손을 모았다.

"그럼요. 언제든지 환영입니다."

나는 그녀에게 명함을 건넸다.

"앤티크 옷장이 갖고 싶어요. 하지만 비싸겠죠?"
"비싸지 않은 것도 있어요. 물론 비싼 건 백만 엔도 넘지만요."
"구경만 해도 되나요?"
"물론입니다."
"그럼 꼭 한번 들를게요. 와! 기대돼요."

그런 얘기를 나누고 있는데 구라모치가 돌아왔다. 그는 크림색 더블 슈트 차림이었다.

"다 모였군."

그가 두 여자와 나를 죽 한 번 둘러봤다.

구라모치가 옷을 갈아입은 뒤 만찬이 시작됐다. 해산물을 사용한 전채 요리를 시작으로 수프와 고르곤졸라 스파게티, 새우구이로 이어지는 본격적인 이탈리아 요리였다. 구라모치가 화이트 와인과 레드 와인 한 병씩을 가져왔다.

식사 도중에야 나는 모임의 목적을 눈치챘다. 구라모치가 내게 세키구치 미하루를 소개하려고 마련한 자리였다.

세키구치 미하루가 어떤 여자인지 나는 감이 잡히지 않았다. 외모가 화려하기는 하지만 뛰어난 미인은 아니었고, 어딘지 모르게 건강하지 않은 모습을 화장으로 감춘 듯한 느낌도 있었다.

그러나 그녀에 대해 이러쿵저러쿵하기 이전에, 구라모치가 소개한 여성과 만나도 되나 하는 생각이 먼저 들었다. 내가 구라모치와의 만남을 계속하는 이유는 그에게 천벌을 줄 기회를 잡으려는 것이기 때문이었다.

식사를 마치고 커피도 다 마셨을 즈음 나는 자리에서 일어섰다.

"그럼 나는 슬슬 가 볼게요."

그러자 세키구치 미하루도 시계를 보며 일어났다.

"시간이 벌써 이렇게 됐네. 나도 가야겠어."

구라모치는 우리를 잡지 않았다. 그 대신 현관까지 마중 나와 내 귀에 대고 속삭였다.

"그녀는 집이 기바 쪽이야. 바래다줘."

그리고 만 엔짜리 지폐를 내게 쥐여 주려 했다. 택시를 타라는 뜻인 것 같았다.

당시 나는 니시가사이 쪽에 살았다. 택시를 타면 기바를 지나게 된다. 그러나 아직 전철이 운행될 시각이었다.

"그럴 필요 없어."

나는 손을 내저었다. 그리고 구라모치가 뭐라고 말을 더 하려고 하자 고개를 끄덕여 보였다.

"알았어. 바래다줄게."

그런 뜻을 세키구치 미하루에게 비치자, 어쩌면 거절할지도 모른다는 내 기우와는 달리 그녀는 아까처럼 두 손을 가슴 앞에 모으고 솔직하게 기뻐했다.

"정말요, 괜찮으시겠어요?"

구라모치의 맨션을 나와 택시를 잡아탄 뒤 기사에게 행선지를 말했다. 가는 동안 미하루는 내 신상에 대해 이것저것 물어 댔다. 취미라든가 휴일에는 뭘 하는지, 최근에 여행한 곳은 어딘지, 옷은 어느 가게에서 사는지 등등. 맥락 없이 묻는 척했지만 은연중에 내 생활수준을 가늠하려 한다는 것을 나는 알아챘다. 의외로 야무진, 다른 표현을 빌리자면 계산적인 면도 있구나 하고 생각했다. 하지만 그런 느낌이 별로 나쁘지 않았다.

그녀가 사는 기바의 맨션은 내가 세 들어 사는 곳과는 비교도 안 될 만큼 수준이 높고 지은 지도 얼마 안 돼 보였다. 크기를 물으니 방 하나짜리라고 했다. 월세가 얼마냐는 것까지는 차마 묻지 못했다.

다음 날 유키코에게서 전화가 걸려 왔다. 그녀는 세키구치 미하루에 대한 내 느낌을 물었다.

"그러는 건 아니죠."

나는 항의부터 했다.

"예고 한마디 없이 그러면 곤란하죠. 나도 마음의 준비라는 게 필요하잖아요."

정색하고 불평했지만 유키코는 웃었다.

"선입견 없이 만나는 게 좋을 것 같았어요. 얘기도 자연스럽게 할 수 있고."

"솔직히 말해서 그렇지도 않았어요. 두 사람의 속셈을 금세 알아차렸거든요."

"그랬군요. 그래서, 어땠어요?"

"어떻다니, 뭐가······."

"그녀 말이에요."

"글쎄, 잘 모르겠어요. 명랑한 것 같긴 하던데……, 하여간 갑작스러워서 당황했어요. 저쪽도 그렇지 않았을까요?"

"그게 말이죠, 미하루는 다지마 씨가 마음에 든 모양이에요. 기회가 되면 또 만나고 싶다고 했어요. 가구 매장에도 꼭 가 보고 싶대요."

마음에 들었다는 말이 기분 나쁘지는 않았다. 하지만 마음이 들뜰 정도는 아니었다.

"매장에 오는 건 상관없어요. 손님이니까요. 하지만 정식으로 만나는 자리는 사양이에요."

은근한 거절이었지만 유키코는 그렇게 받아들이지 않은 것 같았다.

"그럼 미하루에게 그렇게 전할게요."

그로부터 며칠 후 정말로 세키구치 미하루가 유키코와 함께 가구점으로 찾아왔다. 차마 거절할 수 없어 응대에 나섰다.

"지난번에는 바래다주셔서 고마웠어요."

내 얼굴을 보자마자 미하루는 꾸벅 고개를 숙였다. 부끄러워하는 기색도 없이 활달한 모습에 귀여운 구석이 있구나 생각하며 나도 무심결에 미소를 지었다.

"이렇게 빨리 오실 줄 몰랐는데."

내가 두 여성에게 말하자 유키코가 "좋은 일은 서두르라잖아요."라며 손가락을 세웠다.

미하루의 요청으로 앤티크 코너부터 안내했다. 미하루는 꺅꺅

대며 이 가구 저 가구를 훑어봤다. 그녀가 물어볼 때마다 나는 가구에 대해 알려 주었다. 내 설명에 그녀는 감탄해 마지않았다.

"다지마 씨는 가구에 대해 정말 많이 아시네요."

"그야 제 일이니까요."

나는 쓴웃음을 지었다.

구경만 하고 돌아가기 뭐했던지 유키코가 침대 커버와 시트를 샀다. 그런 정도의 물건도 전표를 써야 했다. 평소처럼 로비로 두 사람을 데려간 후 주스를 가져다주었다.

"다음엔 미하루 혼자서 와 봐."

유키코가 말했다.

"음, 하지만 폐가 되지 않을까? 아직은 비싼 가구를 살 여유도 없는데."

"구경만 해도 돼. 그렇죠?"

유키코가 동의를 구하듯이 나를 봤다.

"언제든지 부담 없이 오세요. 평일에는 별로 바쁘지 않아요."

"그래요? 그럼 진짜 또 올 거예요."

미하루가 기쁜 표정을 지었다. 내 말 한마디에 여성의 표정이 밝아진다는 건 기분 좋은 일이었다. 그러세요, 라고 별생각 없이 대답했다.

그녀가 화장실에 간다며 자리를 뜨자 기다렸다는 듯이 유키코가 목소리를 낮추어 말했다.

"내 말이 맞죠? 미하루는 다지마 씨가 상당히 맘에 들었나 봐요. 다지마 씨도 눈치채지 않았어요?"

"글쎄요……"

"사귈지 말지는 나중에 결정해도 돼요. 서두를 필요 없죠, 뭐."

"나는 아직 아무 생각이 없어요."

내 말에 그녀는 후후, 의미심장하게 웃었다.

"오사무 씨도 그렇게 말하더군요. 그래서 그런지 시큰둥해하더라고요."

"그게 무슨 뜻이죠?"

"내가 미하루를 다지마 씨에게 소개하자고 했더니 아직은 그럴 때가 아니라며 반대하지 뭐예요. 다지마 씨의 상대는 자기가 찾아 줄 거라나 뭐라나……"

"구라모치가요?"

나는 그의 단정한 얼굴을 떠올렸다. 그렇다면 왜 그날 밤 그녀를 바래다주라고 했을까.

그런 생각을 하고 있는데 유키코가 자신의 핸드백에서 흰 봉투를 꺼냈다.

"이거, 괜찮다면 쓰세요."

"뭔데요?"

봉투를 받아 들고 열어 봤다. 호텔 식사권이 들어 있었다.

"두 분이 함께 가시면 어떨까 해서요."

"그녀와 둘이서 말인가요?"

유키코가 고개를 끄덕이는데 저쪽에서 미하루가 돌아오고 있었다. 나는 서둘러 봉투를 주머니에 집어넣었다.

28

그 호텔은 도쿄에서도 고급 축에 드는 곳이었다. 유키코가 준 식사권은 그 호텔 내의 어느 레스토랑에서나 사용할 수 있었다. 나는 일본 음식이 먹고 싶었다. 지금까지 괜찮은 일식당에서 식사를 해 본 적이 단 한 번도 없었기 때문이다. 하지만 미하루는 프랑스 요리를 먹겠다고 했다.

"이런 기회가 아니면 제대로 된 프랑스 요리를 먹기 힘들거든요."

전화를 받은 그녀는 천진난만하게 말했다.

금요일 저녁에 우리는 호텔 로비에서 만나 지하에 있는 프렌치 레스토랑으로 갔다. 그 레스토랑은 남자 손님에게 재킷 착용을 요구하는 곳이었다. 퇴근길이라 다행이라고 생각했다. 만일 휴일이었다면 나는 틀림없이 촌스러운 평상복 차림이었을 것이다. 재킷 따위를 걸쳤을 리 없었다.

식사권은 메뉴가 정해져 있지 않았다. 종업원에게 커다란 메뉴판을 건네받은 나는 여간 난감한 게 아니었다. 물론 메뉴가 일본어로 적혀 있긴 했지만, 열거된 요리의 내용도, 어떤 식으로 주문해야 하는지도 전혀 감이 잡히지 않았다.

당황해하고 있는 내게 검은 정장을 입은 종업원은 마실 것을 주문하겠느냐고 물었다. 식전주를 묻는 것이라고 짐작은 했지만 뭘 주문하면 좋을지 알 수 없었다.

머뭇거리고 있는데 맞은편에 앉은 미하루가 거침없는 말투로 "저는 샴페인으로 할게요."라고 대답했다.

살았다 싶었다. 나도 같은 걸로 달라고 하자 종업원은 고개를 끄덕이고 물러갔다.

"이런 데 올 일이 좀처럼 없어서 긴장하고 말았어요."

나는 넥타이를 조금 느슨하게 풀었다. '좀처럼'이 아니라 생전 처음이었지만 살짝 폼을 잡은 것이다.

"저도 마찬가지예요. 하지만 기대돼요. 요리도 엄청난 것들뿐이고 말이죠."

"그래서 뭘 먹어야 할지 잘 모르겠어요. 미하루 씨 원하는 걸로 같이 먹었으면 하는데……."

"그럼 이건 어때요? 주방장 추천 풀코스요."

미하루의 말에 메뉴판을 들여다봤다. 그걸 시키면 고민이 모두 해결될 것 같았다. 나는 안도하며 "그럴까요."라고 대답했다. 그리고 시선을 아래쪽으로 향하다가 눈을 화들짝 떴다. 식사권이 제공하는 범위를 한참 넘어서는 금액이 적혀 있었다. 초과분은 내가 부담할 수밖에 없다.

요리 다음은 와인이었다. 종업원의 질문에 횡설수설 대답하면서 뭐가 뭔지도 모르는 채 권하는 대로 주문했다. 그 와인이 요리보다 비싸서 돈을 낼 때 눈을 의심하게 되리라는 것을 그때는 알지 못했다.

"요리 한번 먹기 힘드네."

나도 모르게 중얼거리자 미하루가 빙그레 미소 지었다.

"수고하셨어요. 하지만 맛있는 요리를 먹게 됐으니 그만한 보람이 있잖아요."

"그야 그렇지만……."

꼴사나운 모습을 보였다고 생각했는데 그녀는 별로 신경 쓰지 않는 듯했다. 나는 그것이 그녀의 소탈한 성격 때문이라고 해석하고 그녀에게 호감을 느꼈다.

본 적도 없는 요리들이 나올 때마다 우리는 감탄사를 연발했다. 나는 포크와 나이프를 사용하는 데 서툴러서 수프를 먹을 때도 긴장했지만 한편으로 데이트의 즐거움을 느껴 가고 있었다.

마침내 편안히 대화를 나눌 수 있게 된 건 디저트가 나왔을 무렵이었다. 와인을 마신 덕분에 긴장도 조금 풀려 있었다.

"다지마 씨는 꿈이 뭐예요?"

그녀가 아이스크림을 먹으며 물었다.

"글쎄요, 딱히……."

나는 고개를 갸우뚱했다.

"굳이 말하자면 집……이랄까."

"집이라니요?"

"언젠가는 내 집을 갖고 싶어요. 지금은 세 들어 사는 처지지만, 내 땅을 사서 작더라도 정원이 있는 집을 짓고 싶어요."

"역시 마이 홈을 원하는군요."

"어렸을 때는 우리 집에서 살았어요. 동네에서도 꽤 큰 집이었죠. 아버지가 치과 의사여서 집 옆에 병원이 있었어요. 어머니도 병원 일을 돕고 있어서 늘 가정부가 왔어요."

"부잣집 도련님이었네요."

미하루가 눈을 크게 뜨고 나를 바라봤다.

"다 옛날 얘기죠. 지금은 아버지도 어머니도 안 계세요. 아무도 없어요. 그래서 집이라도 있었으면 하는 거죠."

나는 커피를 한 모금 마셨다.

"마음은 알 것 같아요. 하지만 꼭 마이 홈에 연연할 필요는 없지 않을까요?"

"그런가요?"

"돈이 너무 많이 들잖아요. 땅도 집도 갈수록 오를 거라고 하던데요. 달마다 큰돈이 빚 갚느라 나갈 텐데, 젊었을 때 하고 싶은 일도 못하고 힘든 생활을 수십 년씩 계속하느니 그 돈을 인생을 즐기는 데 쓰는 게 낫지 않겠어요? 빚을 다 갚고 자기 집이 생겼을 때는 할아버지가 되어 있을 거예요. 그러면 사는 의미가 없을 것 같아요."

"그렇긴 하죠."

그녀의 생각이 틀렸다고 생각하지는 않았다. 내 집이 필요 없다고 주장하는 사람들이 내세우는 대표적인 논리이기도 했다.

덜렁거리는 것처럼 보여도 의외로 자기주장이 확고하다고 감탄하며 나는 그녀를 바라봤다.

레스토랑을 나온 우리는 호텔 맨 꼭대기 층에 있는 라운지에서 칵테일을 마셨다. 그런 곳에 들어간 것은 처음이었는데, 다행히 전에 가구 매장에 홈 바 세트를 진열했을 때 시연용 칵테일이 구비되어 있어 대표적인 칵테일 몇 종류는 알고 있었다.

야경을 바라보며 여자와 둘이서 칵테일을 마시는 시간이 내게도 오리라고는 불과 얼마 전까지도 상상할 수 없었다. 그저 구라모치에 대한 증오심만 가득 품은 채 하루하루를 살아왔다. 그런데 미하루와 함께 있으니 그랬던 자신이 무척 우습게 느껴졌다. 세상에는 내가 모르는 즐거움이 잔뜩 있을 거라는 생각이 들었다.

그 이후 한 달에 몇 번씩 데이트를 하다가 급기야는 휴일마다 만나게 됐다. 미하루와의 데이트는 그때까지 맛보지 못했던 다양한 자극을 안겨 줬다. 세계 각국의 음식을 먹고, 처음 보는 술을 마시고, 패션 잡지에서나 봤던 양복을 사고, 지나쳐 다니던 콘서트홀에 드나들게 되었다. 새로운 세계가 열리는 느낌이었고, 그런 아찔한 체험은 나를 감동시켰다. 나는 그런 감동을 미하루에 대한 마음과 혼동하게 되었다. 만난 지 몇 개월 후 나는 그녀에게 푹 빠져 있었다.

미하루와 사귀는 일에 대해 구라모치는 한마디도 하지 않았다. 오히려 경과를 알고 싶어 전화한 사람은 유키코였다.

"도쿄 디즈니랜드에 갔었다면서요?"

어느 날 밤 내가 수화기를 들자마자 그녀가 물었다.

"아니, 벌써 들었어요?"

"다지마 씨가 어린애처럼 좋아했다고 하던걸요."

"여간 멋쩍은 게 아니었어요. 도쿄에 디즈니랜드가 들어섰다고 해서 어떤 곳인지 한번 둘러보러 간 것뿐인데 말이죠."

"그런 변명 안 해도 돼요. 그보다, 아주 잘돼 가는 것 같던데요?"

"뭐가요?"

"아이, 왜 이러실까, 두 사람 말이에요. 매주 데이트한다고 미하루한테 들었어요."

"아, 뭐……, 그야 그렇지만."

"그래서, 어떻게 할 거예요?"

그녀가 목소리를 낮췄다.

"슬슬 구체적인 일을 생각해 봐야 하지 않나요?"

구체적인 일이 뭘 뜻하는지 짐작한 나는 으음, 하고 입을 다물었다.

유키코가 킥킥대는 소리가 들렸다.

"왜 신음을 하고 그래요."

"아직 잘 모르겠어요. 아니, 그녀가 어떤지 잘 모르겠다는 말이 아니라 나 자신의 미래를 설계하려니 어쩐지 실감이 안 나서 말이죠."

"어떤 기분인지는 알겠지만 마냥 그러고 있을 수만은 없지 않겠어요? 그녀도 영원히 젊지만은 않을 테고요."

"그야 나도 알지만……."

"하긴 내가 몰아붙일 일은 아니네요. 아, 잠깐만요. 그이가 통화하고 싶대요."

그이라는 말에 가슴 한구석에 우울감이 번지고 있을 때 수화기에서 귀에 익은 목소리가 들렸다.

"이봐, 잘 지내?"

"그렇지, 뭐."

나는 어정쩡한 소리로 대답했다.

"유키코가 자꾸 성가시게 구는 모양인데, 귀찮으면 귀찮다고 해. 한가하다 보니 남의 일에 끼어들고 싶어 안달이야."

구라모치 뒤에서 유키코가 말하는 소리가 들렸지만 뭐라고 하는지는 알아들을 수 없었다. 구라모치가 쿡쿡 웃는 소리도 수화기를 타고 들렸다.

"귀찮게 하지는 않았어."

"그래? 그럼 다행이고. 다지마는 그저 가벼운 마음으로 만나는 건데 유키코가 오버하는 거 아닌가 싶어서 말이지."

"나도 가볍게 만나는 건 아니야."

"어, 그래?"

구라모치의 말투가 차분해졌다.

"그럼 미래에 대해서도 생각하는 거야?"

"전혀 생각하지 않는다고는 할 수 없지."
"흠……."
구라모치가 한 호흡 쉬었다가 묵직한 음성으로 말했다.
"서두를 일은 아닌 것 같은데."
"무슨 뜻이지?"
"결혼 말이야. 너 같은 스타일은 좀 더 신중하게 상대를 찾는 게 좋아. 아직 젊으니까 앞으로도 얼마든지 여자를 만날 기회가 있잖아. 초조해할 필요 없어."
초조해한다는 표현이 듣기에 거슬렸다.
"초조한 건 아니야. 그런데 나 같은 스타일이라니, 그게 어떤 거지?"
"말하자면 너무 고지식하고, 여자와 제대로 사귄 적도 별로 없잖아. 그런 사람이 갑자기 여자에 빠지면 위험하다는 거지."
"빠지진 않았어."
"과연 그럴까?"
"나름 냉정하려고 노력하고 있어. 그래서 방금도 유키코 씨에게 아직 실감이 안 난다고 했고."
"실감이 안 난다는 것과 냉정한 건 다른데……. 하지만 뭐, 성급히 결론을 내리지는 않을 모양이니 안심이야. 나는 전부터 네가 서른 살 넘어서 좀 더 안정된 다음에 가정을 꾸리면 좋겠다고 생각했어. 결혼을 생각하기엔 아직 이른 것 같아."
"너도 나랑 나이가 같잖아."

"너와 나는 다르지, 여러 면에서."

"너는 여자를 잘 안다 이 말이야?"

비꼬아서 한 말인데 구라모치는 그렇게 받아들이지 않은 것 같았다.

"뭐, 그렇다고 할 수 있지."

그가 유들유들하게 대답했다.

"유키코한테도 말했어. 미하루도 나쁘지는 않지만, 다지마에게는 내가 좀 더 좋은 여자를 찾아 주고 싶다고 말이야. 하여간 적당히 해."

너한테 도움받을 생각 없다고 말하려는데 전화 상대가 바뀌었다. 유키코가 미안하다고 사과했다.

"제가 맘대로 두 사람을 소개한 모양새가 돼 버려서 그이가 삐친 거예요. 신경 쓰지 말고 잘해 보세요."

"물론 그럴 생각이에요. 하여간 이상한 녀석이에요."

"맞아요."

유키코가 수화기에 대고 킥킥 웃었다.

전에는 미하루를 구라모치의 집에서 처음 만났다는 사실이 마음에 걸렸지만 지금은 그런 생각이 없었다. 소개해 준 사람은 어디까지나 유키코였고 구라모치는 상관이 없었던 것이다. 오히려 구라모치는 나와 미하루의 사이가 진전되는 걸 마땅찮아하는 듯했다. 나는 그런 사실에 통쾌함을 느꼈다.

무슨 일을 꾸미고 있는지는 모르지만, 세상만사가 구라모치 네

뜻대로 될 거라고 여기면 큰 착각이라고 말해 주고 싶었다. 한편으로 그가 나를 여자에 숙맥인 것처럼 말하는 것도 불쾌했다.

그런 의식이 작용했는지, 구라모치와 통화한 이후 나는 미하루와의 결혼을 현실적으로 고민하는 시간이 많아졌다. 내가 무사히 결혼에 골인하고 행복한 가정을 꾸리는 데 성공한다면 녀석은 어떤 표정을 지을까. 그걸 생각하는 것만으로도 즐거웠다.

어느 날, 미하루와 둘이 스미다강 가에서 불꽃놀이를 구경하고 돌아가는 길이었다. 나는 바래다준다는 핑계로 택시를 잡아타고 그녀의 집 앞까지 가서 그녀와 함께 내렸다. 평소와 다른 행동에 미하루는 놀라서 내 얼굴을 올려다보았다.

"뭐라고 말해야 좋을지 잘 모르겠는데."

나는 그날 내내 주머니에 넣어 다니던 물건을 꺼냈다.

"이거 받아 주면 좋겠어."

0.4캐럿짜리 다이아몬드가 박힌 백금 반지였다. 등급이 높은 다이아는 아니었지만, 쥐꼬리만 한 월급을 받는 처지인 나로서는 큰맘 먹고 산 것이었다.

미하루가 눈을 화들짝 떴다.

"이거, 혹시……."

그녀가 숨을 가다듬었다.

"그거라고 생각해도 돼요?"

"그것밖에 더 있겠어?"

나는 멋쩍게 웃었다.

"받아 줄래?"

미하루는 반지와 내 얼굴을 번갈아 보다가 고개를 수그렸다. 입가에 미소가 배어 있었다.

"말로 확실히 해 주었으면 좋겠어요."

"아아……"

몸이 뜨거워졌다.

나는 심호흡을 하고 혀로 입술을 축였다. 입안이 바싹 말라 있었다.

"나랑 결혼해 주겠어?"

갈라진 목소리로 겨우 그렇게 말했다.

그녀는 아주 잠깐 뜸을 들인 후 살짝 고개를 끄덕였다. 온몸에서 힘이 빠져나가는 것 같아 나는 그 자리에 주저앉을 뻔했다.

"고마워. 나, 반드시 당신을……"

거기까지 말했을 때 미하루가 "잠깐만요." 하고 내 말을 막았다.

"바람이 차갑네. 그다음 말은 방에서 듣고 싶은데요."

"그래도 되겠어?"

"네."

그녀가 맨션을 향해 걸음을 옮기기 시작했다.

그녀의 집에 들어간 건 그날이 처음이었다.

한 달 뒤 도쿄 이다바시에 사는 미하루의 부모님을 찾아뵈었다. 그녀의 아버지는 공무원 출신으로, 퇴직 후 학교 교재를 만드는 회사에 재취직해 있었다. 어머니는 어디에나 있을 법한 통통한 여성으로, 전통 과자 가게에서 일했다. 그리고 건축 자재 업체에 근무하는 오빠가 삿포로에 살고 있다고 했다. 지극히 평범한 가정으로 보였다.

내가 인사드리자 부모님은 딸을 잘 부탁한다며 고개를 숙였다. 부모님이 안도하는 것처럼 보여, 미하루가 시집을 갔으면 하는 참이었나 보다고 나는 해석했다. 두 분 모두 말수가 적어 그런 자리라면 으레 나오는 딸에 대한 추억조차 한마디도 꺼내지 않았다.

"마음에 드신 걸까?"

그녀의 집을 나오면서 미하루에게 물었다.

당연하죠, 라고 그녀가 대답했다.

"그래서 아무 말도 안 하셨던 거예요."

"하지만 왠지 데면데면하시던데?"

"긴장하셔서 그래요. 처음 있는 일이니까요."

"하긴 그러네." 하고 나는 웃었다.

모든 것이 순조로웠다. 적어도 내 눈에는 그랬다.

결혼을 앞두고 결정해야 할 일이 많았다. 식장 예약도 예약이지만 무엇보다 급한 건 살 곳을 정하는 일이었다. 내 아파트도 그녀의 맨션도 둘이 살기에는 좁았다.

그런데 둘이서 부동산업체를 찾아갔을 때였다. 어느 정도 넓이를 원하느냐는 부동산업자의 질문에 그녀가 "가능하면 방 두 개에 거실이 따로 있었으면 좋겠다."라고 대답해 나는 화들짝 놀랐다. 거실이 없는 집을 구하기로 사전에 얘기를 끝냈기 때문이었다. 말이 다르다고 하자 그녀는 어깨를 움츠리며 혀를 쏙 내밀었다.

"아무래도 거실이 있으면 편리할 것 같아서요. 소파도 놓고 싶고요."

"하지만 예산이 빤한데. 소파를 살 여유가 있을지도 모르겠고……."

"응접세트는 부모님이 사 주실 것 같아요. 당신 가게에서 사자고 했어요."

"그래도 예산이……."

"찾아보면 예산에 맞는 집이 있을 거예요. 그렇죠?"

미하루는 부동산업자에게 애교를 부리듯이 물었다.

찾아봅시다, 라며 부동산업자가 간살맞게 웃었다.

그가 우리에게 소개한 집은 모두 세 군데였다. 두 군데는 거실이 없고 나머지 한 군데는 거실이 있었다. 예산에 맞는 집은 거실이 없는 집이었지만 미하루가 마땅찮아했다. 역시 거실 딸린 집이 마음에 드는 모양이었다. 하지만 그 집은 위치가 좋은 데다 새로 지어서 집세가 이만저만 비싼 게 아니었다.

집을 찾아 헤매는 나날이 시작됐다. 나는 매일같이 부동산업체를 드나들었다. 하루에 여러 집을 기웃거린 날도 있었다. 그러다 괜찮아 보이는 집을 발견하면 미하루를 불러내 보여 주기도 했다. 하지만 그녀는 좀처럼 고개를 끄덕이지 않고 너무 좁다느니 너무 낡았다느니 역에서 멀다느니 했다. 물론 그녀의 지적이 얼토당토않은 건 아니었다. 어느 집에나 문제는 있었다. 하지만 예산이 정해져 있는 이상 모든 조건을 충족시키는 건 무리였다.

그녀를 위해 발이 부르트도록 돌아다니던 나도 마침내 인내에 한계를 느꼈다. 적당히 하지, 라고 한마디 하고야 말았다.

"찾아다니는 사람 입장도 생각해야지. 어떻게 원하는 걸 모조리 만족시키겠어. 조금은 참을 줄도 알아야 해."

그러자 그녀의 얼굴에서 표정이 사라졌다. 가면 같은 얼굴로 비스듬히 아래쪽을 내려다보다가 후우, 하고 콧김을 내뿜었다. 그녀 앞에 보이지 않는 막 같은 것이 드리워진 느낌이었다. 그녀를 만난 이래 처음 있는 일이었다.

"그럼 됐어요."

그녀가 말했다.

"됐다니, 뭐가?"

"어디건 상관없어요. 알아서 정하세요. 내가 집세를 낼 것도 아닌데요, 뭐."

"그런 말이 어디 있어. 어느 정도 타협도 필요하다는 거잖아."

"하나를 타협하건 둘을 타협하건 알아서 하란 말이에요."

"둘이 잘 상의해서 결정하면 좋잖아."

"아무 데라도 괜찮다니까요. 원하는 걸 묻기에 거실이 있는 집이라고 대답한 것뿐이에요. 그게 어렵다면 어쩔 수 없죠. 그럼 어느 집이나 마찬가지예요. 부모님께 응접세트는 필요 없다고 말씀드릴게요."

그리고 그녀는 고개를 옆으로 홱 돌렸다.

나는 한숨을 크게 내쉬었다.

"정말 내가 결정해도 되겠어?"

"그래요."

"알았어."

그날은 뒷맛이 씁쓸한 채로 헤어졌다. 그런데 그날 밤 미하루에게서 전화가 왔다. 그녀는 전화를 받자마자 미안하다고 사과했다.

"어린애처럼 멋대로 굴어서 미안해요. 내가 잘못했어요."

"아니야. 나야말로 화내서 미안해."

"집 문제는 당신한테 맡길게요. 어딜 얻든 불만스러워하지 않을 거예요."

"하지만 역시 거실이 있는 집이 좋은 거지?"

"그야 그렇지만······."

"찾아볼게."

다음 날 부동산업체를 찾은 나는 결단을 내려야 했다. 후보는 두 곳이었다. 하나는 집세가 적당하지만 거실이 없는 집, 다른 하나는 약간 무리하면 어떻게든 집세를 낼 수 있는 거실 딸린 집이었다.

얌전히 사과하던 그녀의 목소리가 귓가를 맴돌았다. 나는 거실 딸린 집을 선택했다.

그것이 잘못된 여정의 첫걸음, 아니 악몽의 시작이었다는 사실을 그때는 몰랐다.

다음 해 봄, 우리는 도쿄의 호텔에서 식을 올렸다. 내 하객은 대부분 회사 사람들이고 친척은커녕 부모조차 없는 상황이었다.

신랑 대기실에서 축전을 확인하고 있는데 노크 소리가 나더니 구라모치와 유키코가 들어왔다. 그동안 유키코는 가끔 만났지만 구라모치의 얼굴을 마주하는 건 그의 집에서 미하루를 소개받은 이후 처음이었다.

"영락없이 긴장한 얼굴이군."

구라모치가 나를 보고 히죽 웃었다.

"하여간 축하해."

고마워, 라고 나는 대답했다.

"끝내 내 충고를 안 들었네."

구라모치가 말했다.

"결혼을 서두르지 말라고 했는데 말이야."

"네 충고를 무시해서 그런 건 아니야."

거짓말이 아니었다. 그가 그런 충고를 했기 때문에 반발심이 생긴 측면도 없잖아 있었다.

"결혼한 이상은 행복해야지."

"그럴 작정이야."

"그럼 나중에 보자."

구라모치가 나가려고 문을 열었다.

"나는 좀 더 얘기를 나누다가 갈게요."

유키코가 말했다.

"알았어. 그럼 저쪽에 있을게."

구라모치 혼자서 신랑 대기실을 나갔다.

문이 닫힌 다음 유키코가 후후, 웃었다.

"말은 저런 식으로 해도 마음속으로는 축복하고 있을 거예요."

"그럴까요?"

"당연하죠. 왜냐하면,"

유키코가 장난스러운 표정으로 나를 봤다.

"이제 얘기해도 될까……."

"뭘 말이죠?"

"그이가 말하지 말라고 했는데요."

유키코는 입술 사이로 혀끝을 살짝 내밀었다가 집어넣고 말을 이었다.

"미하루를 다지마 씨에게 소개하면 어떻겠냐고 말을 꺼낸 사람이 실은 그이예요."

"뭐라고요?"

"하지만 그이는 내가 소개하는 형식으로 해야 다지마 씨가 받아들일 거라면서 자신은 빠지는 척하겠다고 했어요."

"하지만 미하루는 유키코 씨의 동창생이잖아요."

"일단은 그렇죠."

"일단은, 이라니 무슨 뜻이죠?"

"졸업한 이후로는 미하루를 만난 적이 없었어요. 그러다 그이의 회사 파티에서 다시 만났죠. 미하루가 그이의 회사에 다니고 있었던 거예요. 그러니까 미하루의 최근 모습에 대해서는 그이가 더 잘 알죠."

"그런데 왜 미하루는 그런 얘기를 내게 한마디도 하지 않았죠?"

"그이의 의견이었어요. 저와 동창생이라고만 소개하는 게 낫겠다고요."

피가 역류하는 느낌이었다. 귀 뒤쪽에서 쏴아, 하는 소리가 들렸다.

"미리 얘기하지 못해서 미안해요. 하지만 결국 결혼에 골인했으니 잘된 거죠?"

유키코는 두 손을 모으고 장난스러운 표정으로 빙긋 웃었다.

"그런데 그 녀석은 왜 내게 그런 말을 했을까요? 결혼을 서두르지 말라고 말이에요."

"그건 저도 이상했어요. 그래서 물어봤더니, 소개하긴 했지만 너무 성급하게 결론을 내리지는 않았으면 한다는 거예요. 그리고 무슨 일이든 찬성하는 사람이 있으면 반대하는 사람도 있는 편이 좋다나요. 그래서 내가 찬성 쪽에 선 거예요."

심장이 걷잡을 수 없이 뛰었다. 나는 천진스럽게 얘기하는 그녀의 얼굴을 망연하게 바라보았다.

"그럼 저도 저쪽에 가 있을게요. 파이팅!"

그녀가 손을 흔들며 대기실을 나갔다.

나는 한동안 그 상태로 서 있었다. 대체 이게 무슨 꼴이란 말인가. 구라모치의 음모에서 벗어날 작정이었는데 실은 그의 계략에 감쪽같이 넘어가 버린 것이다.

형언하기 힘든 불길한 바람이 가슴속에서 불어 대기 시작했다. 진땀이 흘렀다.

그때 또 노크 소리가 났다. 그리고 예식장 여직원이 얼굴을 들이밀었다.

"신랑님, 들어가실 시간입니다."

그녀가 공손히 말했다.

29

미하루와의 신혼 생활은 나름 잘 흘러갔다. 나름이라는 표현은 특별히 색다를 것 없다는 정도의 의미다. 퇴근하면 옆길로 새지 않고 고토구 미나미스나에 얻은 거실 딸린 맨션으로 돌아갔다. 그녀가 지은 저녁을 먹으면서 텔레비전을 보고 목욕을 한 후 침대에 들었다. 휴일에는 쇼핑하러 외출하는 일이 많았다. 막상 신혼 생활을 시작하고 보니 필요한 물건이 참으로 많았다.

평범한 신혼 생활이었다고 할 수 있을 것이다. 미하루는 신혼집을 살기 편하게 만들려고 노력하는 것처럼 보였다. 나도 협조를 아끼지 않았다. 아무 일 없이 평온한 나날이 이어졌다. 나는 그런 상태가 쾌적했다.

하지만 그것을 평온하다고 받아들일지 지루하다고 받아들일지는 사람에 따라 다를 것이다. 미하루는 아무래도 후자인 것 같았다.

"골프를 하겠다고?"

나는 눈을 휘둥그렇게 떴다. 저녁을 먹을 때였다.

"친구들은 다 시작했어요. 나보고도 자꾸 같이 배우러 가자고 해요. 해도 되겠죠?"

"어디로 배우러 가는데?"

"기바에 큰 연습장이 있는데 거기서 레슨도 해 준대요. 이미 안내 책자도 받아 왔어요."

"하지만 그건……, 하, 골프라니……."

나는 젓가락질하던 손을 멈춘 상태로 한참을 있었다. 상상해 본 적조차 없는 얘기였다.

"레슨비가 비싸지 않아?"

"그렇지도 않아요. 개인 레슨이 아니니까요. 골프채도 빌려준다고 하고, 그 연습장이면 버스를 타고 갈 수도 있어요."

"하지만……."

"나, 뭔가 새로운 걸 시작하고 싶단 말이에요."

미하루는 불만스러운 표정을 지었다.

"하루 종일 집에만 있으니까 할 일이 없어요. 그리고 친구들이 전부 골프를 하니 어쩌다 만나도 골프 얘기만 한단 말이에요. 그래서 나도 골프를 시작하려는 거예요."

"살림에 지장이 없을까?"

작은 목소리로 물었다.

"그건 내가 알아서 할게요. 그럼 괜찮은 거죠?"

"뭐, 그렇게 하고 싶다면……."

신난다며 좋아하는 미하루를 보면서 불길한 예감이 가슴에 번졌다.

그로부터 한 달이 지나자 이번에는 골프채를 사고 싶다고 했다.

"골프채는 빌리면 된다면서."

"빌리는 값을 따져 보니 사는 게 더 경제적이에요. 그리고 코치가 그러는데 자신에게 맞는 채를 쓰지 않으면 잘 칠 수 없대요. 이대로는 코스에 나갈 수도 없고요."

"그건 처음부터 알고 시작했잖아."

"나도 당분간은 참아 보려고 했는데, 어차피 살 바에는 빨리 사는 게 나을 것 같아서요. 응, 사도 되죠?"

그녀가 두 손을 모으고 애원하듯 말했다.

나는 한숨을 내쉬었다.

"그게 이만저만 비싸야 말이지. 그리고 골프채만 있으면 끝나는 게 아니잖아. 가방이랑 신발도 있어야 하는 거 아니야?"

"지금 연습장에 드나드는 업자가 할인 행사를 하고 있어요. 레슨받는 사람들은 60퍼센트 가격에 살 수 있대요. 가방과 골프채를 세트로 팔기도 하고요."

레슨받는 사람들을 상대로 한 업자의 상술에 불과하지 않을까 싶었다.

"얼마나 하는데?"

"여러 가지가 있어요. 그중에서 되도록이면 싼 걸 사려고 해요."

나는 또 한숨을 쉬었다. 세간에 골프 붐이 이는 건 사실이었다. 다른 부부들도 우리와 비슷한 대화를 나누고 있을 터였다.

"당신, 내 월급이 얼만지 알잖아. 집세만으로도 장난이 아닌데 골프라니, 무리라고 여기지 않아?"

"그래서 나도 아끼면서 살고 있어요. 사도 돼요, 안 돼요?"

"살 수 있으면 좋기야 하겠지만……."

돈은 그녀가 관리하고 있었다. 그러니 그녀가 문제없다고 하면 믿을 수밖에 없었다.

골프용품 일습을 마련한 미하루는 마침내 코스에 나가게 되었다. 한 달에 한 번 정도였다. 나는 골프에 대해서 잘 모르지만, 한 번 나가는 데 수만 엔이 든다는 얘기를 듣고서는 다시 따져 묻지 않을 수 없었다.

"우리는 그렇게 사치스럽게 하지 않아요. 몇만 엔씩 드는 경우는 토요일이나 일요일, 그것도 고급 골프장이나 그래요. 우리가 가는 골프장은 하나같이 2류나 3류인걸. 여성 우대의 날 같은 것도 있어서 그런 날 가면 30퍼센트 할인도 해 줘요. 점심도 라면 정도밖에 안 먹으니까 돈이 하나도 안 들어요. 걱정 말아요."

이런 식으로 말하는 데는 더 할 말이 없었다. 한편으로는 돈이 있으니까 가는 것이고 주머니가 비면 안 가겠거니 하는 단순한 생각도 있었다.

그런데 문제는 골프에서 끝나지 않았다.

침실 서랍장 옆에 있는 옷장은 내가 좀처럼 여는 적이 없었다. 어느 날, 미하루가 집을 비운 사이 급히 상복을 입을 일이 생겨 오랜만에 옷장을 열었다. 그랬더니 그 안에 고급 브랜드 쇼핑백과 상자가 가득 차 있었다. 내용물을 살펴보니 핸드백과 지갑, 액세서리, 의류 등등이었다. 하나같이 새것으로, 사용한 흔적이 거의 없었다.

문상을 가야 했던 나는 일단 상복을 찾아 입고 집을 나섰다. 그리고 집에 돌아온 후 미하루를 추궁했다. 그녀는 눈 하나 깜짝하지 않았다. 아마 내가 옷장을 뒤진 흔적이 있었기 때문에 각오했을 것이다.

"아, 그거요. 선물 받은 거랑 할인 매장에서 산 것들이에요. 그리고 고급스러워 보이지만 실제로는 그렇지도 않아요."

"사람들이 미하루한테 왜 저런 선물을 주지?"

"이유야 여러 가지죠. 해외여행 갔다 왔다든가, 샀는데 마음에 안 든다든가……."

아무래도 부자연스러웠다.

"있잖아, 우리 지금 예금이 얼마나 있지?"

텔레비전을 보고 있던 미하루는 아무 대답도 하지 않았다. 재차 물었을 때에야 내 쪽으로 고개를 돌렸다

"네, 뭐라고요?"

"예금 말이야. 얼마나 있어?"

"글쎄요, 얼마더라……."

그녀가 고개를 갸웃거렸다.

"통장 좀 보여 줘."

"보여 주는 건 어렵지 않은데, 최근에 통장 정리를 한 적이 없어서 봐도 몰라요."

"돈 찾을 때 받은 확인서 같은 거 없어?"

"그런 건 그 자리에서 버리죠."

"그럼 다음에 돈 찾으면 보여 줘."

"응, 알았어요."

살림을 미하루에게 맡긴 탓에 나는 은행 현금 카드조차 갖고 있지 않았다. 그녀가 돈을 찾으면 그중 일부를 내게 용돈으로 주는 식이었다.

며칠이 지나도 그녀는 예금 잔고를 확인시켜 주지 않았다. 내가 재촉하면 바빠서 은행에 못 갔다거나 깜빡했다고 둘러대는 것이었다.

화가 치민 나는 결국 근무 시간에 거래 은행에 전화를 했다. 이름과 계좌 번호를 말한 뒤 잔고를 물었다. 돌아온 대답에 나는 심장이 멎는 것 같았다. 숫자 앞에 마이너스가 붙어 있었다. 잔

고는커녕 빚을 졌던 것이다. 어찌 된 영문인지 문자 상대 여직원은 내 거친 말투에 놀란 듯한 목소리로 "정기 예금액의 90퍼센트까지는 현금 카드로 대출할 수 있다."고 재빨리 설명했다.

그날 나는 퇴근 시간이 되기가 무섭게 회사를 나왔다. 집에 들어서니 거실에서 시끄러운 말소리가 들려왔다. 같이 골프 치는 친구들이라는 걸 금방 알아차렸다. 다음 순간 내가 들어온 걸 눈치챘는지 말소리가 딱 그쳤다.

거실에 가 보니 미하루 외에 다른 여성 두 명이 있었다. 안녕하세요, 라고 그녀들이 내게 인사했다. 둘 다 미하루와 비슷한 나이로 보였다. 한 사람은 검정 계통의 정장 차림이고 다른 한 사람은 꽃무늬가 화려한 옷을 입고 있었다. 둘 다 인상이 화려했다.

"나는 이만 가 볼게."

꽃무늬 여자가 자리에서 일어섰다. 그러자 다른 여자도 따라 일어섰다.

"어쩔 수 없지, 뭐. 그럼 다음에 또 보자."

미하루가 두 사람을 현관까지 배웅했다.

"같이 골프 배우는 사람들이에요."

미하루가 돌아와서 말했다.

"여보."

"저 사람들, 이번에 하와이로 골프 치러 간대요. 좋겠어요."

"지금 그게 문제가 아니야. 여기 와서 앉아 봐."

"무슨 일인데 그래요?"

그녀가 꺼림한 표정으로 소파에 앉았다.

나는 선 채로 입을 열었다.

"오늘, 은행 잔고를 알아봤어."

순간 미하루의 눈가에 그늘이 드리웠다. 그 모습을 본 나는 '역시 그랬구나.' 하고 낙담했다. 뭔가 착오가 있기를 바랐던 것이다.

"어떻게 된 일이야? 잔고가 마이너스더군. 이상하잖아. 설명 좀 해 봐!"

큰 소리로 그녀를 몰아붙였다. 말하는 동안 감정이 점점 격해졌다.

"미안해요."

미하루가 단박에 사과했다. 그녀는 무릎 위에 손을 포개고 고개를 수그렸다.

"설명해 보라잖아. 어떻게 된 일이야?"

"돈을 너무 많이 찾아서 잔고가 바닥났어요."

"그건 나도 알아. 뭐 하느라고 그랬는지 묻는 거야."

"미안해요."

"사과한다고 해결될 일이 아니잖아. 왜 여태 말하지 않았지?"

"말하기가 어려웠어요."

"말하지 않고 어쩔 셈이었는데? 마냥 숨길 수만은 없잖아."

그녀는 대답하지 않고 어깻숨만 몰아쉬었다.

"대체 어쩔 작정이야? 정기 예금마저 다 썼으니 이제 어떡할 거야?"

"몰라요. 나도 어쩔 수 없었단 말이에요."

미하루는 양손으로 머리를 감싸고 떼를 쓰듯 몸을 이리저리 비틀었다.

"결국 골프 따위에 돈을 다 써 버린 거지? 알아서 살림을 꾸리겠다고 해 놓고 결국은 예금에 손을 댄 거잖아. 매일매일이 적자에, 그걸 메우려고 예금을 찾고. 그걸 반복하다가 이 지경이 된 거 아니냔 말이야."

그녀가 입을 다문 채 고개를 끄덕였다.

"이게 대체 무슨 꼴이야!"

나는 화가 나서 발을 동동 굴렀다.

"골프뿐이 아니지? 그 고급 핸드백이랑 옷들도 전부 당신이 산 거지? 내게 한 말은 죄다 거짓말이잖아."

"아니에요. 그건 정말이에요. 내가 산 건 얼마 안 되고 그나마 할인 매장에서 샀어요. 그건 믿어 줘요."

"집어치워!"

소파를 걷어찼다.

"예금이 2백만 엔이나 있었어. 그게 어떻게 모은 돈인지 알아? 하고 싶은 것도 안 하고 사고 싶은 것도 참아 가면서 모은 돈이야. 언젠가 내 집을 사려고 저축한 돈이란 말이야. 그런 돈이 지금 50만 엔도 안 남았어. 어떡할 거야, 응? 대체 어떡할 거냐고!"

그녀가 뭐라고 말했다. 그러나 목소리가 너무 작아서 들리지 않았다.

"뭐라고? 다시 말해 봐."

"……을게요."

"뭐야?"

"갚을게요."

그녀가 고개를 숙인 채 말했다.

"일해서 갚을게요."

"웃기지 마."

나는 소파 등받이를 내리쳤다.

"당신이 무슨 짓을 저질렀는지 알기나 해? 돈을 쓰기는 쉬워도 백만 엔 이상 모으는 건 보통 일이 아니야. 절약에 절약을 거듭해도 모으기 힘든 액수란 말이야. 그런 돈을 당신은……"

너무 화가 나서 말도 제대로 나오지 않았다.

갑자기 미하루가 소파에서 바닥으로 툭 떨어지는가 싶더니 그대로 바닥에 두 손을 짚고 나를 향해 무릎을 꿇었다.

"미안해요. 정말 미안해요. 처음엔 그럴 생각이 아니었어요. 그런데 사람들과 어울리다 보니 그만. 더는 안 된다고 생각했지만 사람들이 다시는 나를 안 찾으면 어떻게 하나 싶어서……. 사람들과 못 어울린다는 말을 듣고 싶지 않았어요."

바닥에 그녀의 눈물이 뚝뚝 떨어졌다. 그 모습을 보자 격앙됐던 감정이 빠른 속도로 가라앉았다.

"애초에 우리 같은 싸구려 월급쟁이 주제에 골프를 시작한 게 잘못이야."

"두 번 다시 안 그럴게요."

그녀가 계속 고개를 숙였다.

"나 참, 정말이지······."

혀를 차며 소파에 털썩 앉아 머리를 벅벅 긁었다.

잠시 후 미하루가 일어나는 기척이 났지만 내가 쳐다보지도 않자 그녀는 아무 말 없이 거실을 나갔다. 눈물을 흘렸으니 세수라도 하러 가나 보다고 생각했다.

그런데 아무리 기다려도 그녀가 돌아오지 않았다. 걱정이 되어 세면실에 가 보았다. 그녀의 모습은 보이지 않고 대신 안쪽 화장실 문이 열려 있기에 그 안을 들여다보았다.

미하루가 손목을 그은 채 쓰러져 있었다.

피부만 그었다고 의사가 말했다. 혈관은 의외로 자르기 어렵다는 것이다. 그녀가 정신을 잃은 건 정신적인 충격 때문이라고 했다.

병원 침대에서 두세 시간 재운 뒤 그녀를 집으로 데려왔다. 그녀는 내내 말이 없었다. 나 역시 할 말이 생각나지 않았다.

그 후 며칠간 미하루는 거의 입을 열지 않았고 몹시 우울해했다. 대부분의 시간을 침대에 누워서 보냈다.

현금 카드와 통장은 내가 직접 관리하기로 했다. 사라진 돈은 되도록 생각하지 않으려고 애썼다. 깊이 반성하는 아내를 더 나무라는 건 어른스럽지 못한 것 같았다. 익숙지 않은 결혼 생활에

스트레스가 쌓여 그걸 풀려고 골프와 쇼핑에 빠져들었다고 생각하기로 마음먹었다.

그러나 그걸로 문제가 해결된 건 아니었다.

서서히 집 안이 황폐해지기 시작했다. 미하루는 가사를 잘 돌보지 않게 됐다. 저녁에 귀가해도 식사 준비는커녕 시장조차 봐 놓지 않은 채 귀찮은 듯이 냉동식품을 데워서 내놓는 일이 계속됐다. 내가 불평이라도 할라치면 "오늘은 피곤해."라든가 "이번 달은 생활비가 얼마 안 남아서."라는 대답이 돌아왔다. 그런 말조차 점점 퉁명스럽게 하더니 마침내는 거칠어지기까지 했다. 그녀는 항상 뭔가에 화가 나 있는 것 같았다. 약간만 잔소리를 해도 히스테릭하게 반응했다.

"있잖아, 나, 일해도 돼요?"

어느 저녁, 식사 도중에 미하루가 물었다. 늘 그렇듯 될 대로 되라는 투였다. 나와 눈도 마주치지 않았다.

"일하다니, 어디서?"

"친구가 이케부쿠로에서 선술집을 하는데 나더러 도와 달래요."

"선술집이라니······."

"음식 나르고 설거지하는 것뿐이에요."

"흠."

"나, 이대로 있다가는 정말 미쳐 버릴 것 같아요."

나는 미하루를 바라봤다. 그녀도 내게 시선을 돌렸다. 그 눈빛에 활기라고는 조금도 없어 보였다.

"사는 즐거움이 없어요. 오늘도 내일도 당신을 출근시킨 뒤에는 방에 처박혀 텔레비전을 보는 게 전부니까요. 누구를 만나는 일도 없고, 심지어 요즘은 전화도 안 와요. 모임에 안 나가니까 나를 찾는 사람도 없는 거죠. 그렇게 사는 게 즐거울 것 같아요? 지금 나, 사는 보람이 하나도 없어요."

"그래서 일을 하겠다는 거야?"

"나도 인생을 즐길 권리가 있잖아요. 하지만 우리 집 경제 상태로는 아무것도 할 수 없어요. 그래서 내가 즐기는 데 드는 돈은 나 스스로 벌겠다고 생각한 거예요. 밖에서 일하다 보면 사람도 많이 만날 수 있고 기분 전환도 되지 않겠어요?"

억양 없는 목소리로 말하는 동안 그녀의 눈길은 점점 내 얼굴을 벗어나더니 마침내 테이블을 향했다.

골프를 시작할 때도 같은 이유를 늘어놨지, 하고 생각했다. 문제가 해결되지 않았던 것이다.

"미하루, 우리 아이를 가지면 어떨까?"

내가 제안했다.

"아이가 태어나면 당신도 분명 생각이 바뀔 거야."

그러자 미하루가 미간을 찡그렸다.

"한가하면 애나 키우라 이 말인가요? 집안일만으로는 지루하니 더 힘든 일을 주겠다는 거냐고요."

"그런 뜻이 아니잖아."

"그럼 뭐죠? 내 시간을 나를 위해 쓰고 싶다는데 아이 따위나 만들라니요. 그럼 정말 아무것도 못한단 말이에요."

"당신도 아이를 갖고 싶다고 했잖아."

"그래요, 언젠가는 말이에요. 하지만 이건 아니죠. 나는 아직 아무것도 즐기지 못했어요. 게다가 지금 같은 경제 사정에 아이까지 생기면 큰일이에요. 아이가 생긴다고 당신 월급이 갑자기 두 배가 되는 것도 아니잖아요."

아이를 낳는 문제에 대해서는 내내 의견이 대립됐었다. 나는 한시라도 빨리 안정된 가정을 꾸리고 싶어서 아이를 일찍 가졌으면 했다. 그러나 그녀는 한사코 아직은 아니라고만 했다. 실제로 아이를 돌볼 사람은 그녀이기 때문에 강요할 수 없었다. 결혼 전에는 그녀도 아이를 좋아하는 것처럼 보였기 때문에 그런 태도는 의외였다.

"선술집이라면 밤에 일해야 하잖아. 집안일은 어떻게 할 건데?"

"당신 저녁 식사 정도는 준비할 거예요. 불편하게 하지 않을게요. 그럼 되죠?"

"하지만 그렇게 되면 당신이랑 나랑 계속 엇갈릴 거 아니야. 얼굴도 보기 힘들 텐데……."

"당신이 잠들기 전에는 돌아올 거예요. 그리고 휴일도 있잖아요. 노상 얼굴을 맞대고 지내는 것보다 그편이 더 신선하지 않겠어요?"

설득할 말이 궁했다. 결혼한 지 몇 년 되지도 않았는데 노상 얼굴을 맞대고 지낸다느니 하는 표현이 그녀의 입에서 나온 건 충격이었다.

"역시 안 되는 건가요?"

그녀가 한숨을 내쉬며 물었다.

"그럼 나는 앞으로도 내내 지금처럼 살아야 한다는 거네요. 아무런 즐거움도 없고 멋을 부릴 일도 없이 집 안에 틀어박혀서 늙어 가기만 하면 되는 거군요."

"그렇게 말하지 않았어."

"그 말이 그 말이잖아요."

"선술집 말고 뭔가 다른 일을 찾으면 안 되겠어? 낮에 할 수 있는 일 말이야. 찾아보면 있지 않을까?"

"그게 그렇게 쉽게 찾아지는 줄 알아요? 그리고 그 가게라면 친구와 함께 있으니 안심도 되고요."

"내 친구 부인들 중에는 슈퍼마켓이나 편의점에서 일하는 사람이 많던데."

"요컨대 선술집은 안 된다 이거군요. 슈퍼마켓이나 편의점은 괜찮고요."

"그런 말이 아니야."

"그럼 뭔데요?"

내가 입을 다물고 있자 "뭐냔 말이에요!" 하고 그녀가 히스테릭하게 소리쳤다.

그 서슬에 눌려 결국 나는 그녀의 제안을 받아들이고 말았다. 미하루의 흥분을 가라앉히려면 그 길밖에 없었다.

그 시점에서는 아직 내가 그녀를 사랑했던 것 같다. 그래서 그녀에게 이해심 없는 남편으로 비치기 싫었고, 그녀의 소망이라면 가능한 한 들어주고 싶었던 것이다.

물론 그것은 크게 잘못된 생각이었다. 나는 그때까지도 미하루가 얼마나 무서운 여자인지 알지 못했다.

30

일을 하게 되면서 미하루는 확연히 달라졌다. 내가 보기에도 생기가 넘치고 표정이 풍부해졌다. 화장이나 의상에 신경을 쓰니 한결 예뻐지기도 했다. 이 여자는 밖으로 나가는 편이 역시 적성에 맞나 보다는 생각이 들었고, 일하도록 허락한 것이 잘못된 결정은 아니었다고 판단했다.

그녀는 밤 12시 전에는 귀가했다. 그 시간에는 나도 잠자리에 들기 전일 때가 많았다. 술잔을 주고받으며 그녀의 직장 얘기를 듣는 것이 일종의 습관처럼 됐다. 일 얘기를 할 때면 그녀는 즐거워 보였다.

하지만 그런 시간은 오래가지 않았다. 미하루의 귀가 시간이 서서히 늦어지기 시작했다. 밤 12시를 넘기는가 싶더니 급기야

새벽 1시가 돼야 들어왔다. 내가 자지 않고 기다리면 그녀는 의외라는 표정을 지었다.

"아니, 아직 안 잤어요? 먼저 자도 되는데."

그러는 편이 더 마음 편하다는 말로 내게는 들렸다.

요즘 왜 그렇게 늦느냐고 묻자 그녀는 한 치의 동요도 없이 대답했다.

"일손이 부족하니 조금만 더 있어 달라고 친구가 부탁해서요. 그렇다고 아르바이트를 한 명 더 고용할 정도는 아니라서 말이죠. 친구도 미안해하고 있어요."

"앞으로도 계속 이렇게 늦나?"

"당분간만 그럴 거예요. 회사들이 회식을 많이 하는 시기니까요. 당신도 잘 알잖아요."

"그야 뭐……."

"그러니까 조금만 참아요. 당신 먼저 자도 되고요."

당분간이라고 했지만 그 후로도 귀가 시간은 빨라지지 않았다. 새벽 1시 넘어서까지 깨어 있는 건 내게 큰 고통이었다. 침대에 누워서 기다리긴 했지만, 잠들기 전에 그녀의 귀가를 확인한 적은 거의 없었다.

귀가가 늦는 만큼 아침에는 늦잠을 잤다. 내가 출근 준비를 시작해도 그녀는 침대에 드러누워 코를 골 때가 많았다. 억지로 깨우려고 하면 노골적으로 짜증을 냈다.

"피곤하니까 오늘은 그냥 좀 놔둬요. 아침은 빵이라도 사 먹든지."

 그녀는 그 말만 하고 도로 이불을 뒤집어썼다.

 한마디 하고 싶었지만 말다툼을 벌일 시간이 없었다. 무엇보다 아침부터 부부 싸움을 하고 싶지 않아서 말없이 집을 나서곤 했다.

 아침에는 자고 있고, 돌아오면 집에 없고. 게다가 나는 주말에도 출근하기 때문에 미하루와 대화를 나누는 일이 극히 드물었다. 또한 내가 쉬는 날에도 그녀는 거의 침대에 누워 지냈다.

 어느 휴일 낮, 마침내 내 인내의 끈이 끊어졌다. 파자마 차림으로 일어난 그녀가 피자를 배달시키려고 했을 때였다.

 "정말 해도 너무하는군. 휴일까지 그런 걸 먹일 작정이야?"

 나는 읽고 있던 신문을 테이블에 내동댕이쳤다.

 미하루가 어안이 벙벙한 표정으로 나를 보다가 고개를 갸웃했다.

 "피자가 먹기 싫어요?"

 "그런 말이 아니야. 당신 요즘 들어 제대로 식사 준비를 한 적이 한 번도 없잖아. 일 시작할 때 뭐라고 했어, 내 저녁은 준비해 주겠다고 했지? 그런데 왜 그 약속을 안 지키는 거야?"

 그녀는 피자 집 메뉴를 손에 들고 서서 시선을 바닥으로 향하고는 한동안 움직이지 않았다. 나는 그런 아내를 계속 노려봤다.

 이윽고 미하루가 메뉴를 전화 테이블에 놓았다. 그리고 나를 향해 중얼거렸다.

"미안해요."

"그게 다야?"

내 말에 그녀가 고개를 저었다.

"지금 가서 장 봐 가지고 올게요. 냉장고에 아무것도 없거든요. 서둘러 만들 테니 잠깐만 기다려 주면 안 되겠어요?"

국어책을 읽듯 억양 없는 목소리였다.

"기다리는 건 괜찮지만……."

"그럼 옷 갈아입고 올게요."

그러고서 미하루는 침실로 가려고 했다.

"잠깐만."

나는 그녀를 불러 세웠다.

"이제 그만하면 어때?"

그녀가 문손잡이를 잡은 채 고개만 내 쪽으로 돌렸다.

"뭘요?"

"일을 그만두면 어떻겠느냔 말이야. 집안이 이렇게 엉망인데 일을 한들 무슨 의미가 있겠어."

그러자 미하루가 문 쪽으로 고개를 돌리더니 머리를 툭 떨어뜨렸다.

"일을 그만두면 사는 의미가 없어질 거예요. 아무 즐거움도 없는 일상으로 돌아가고 싶지 않아요."

"그렇게 즐거워, 선술집 아르바이트가?"

"집에 있으면 아무도 못 만나요."

"그렇다 해도……."

"사과했잖아요. 앞으로는 제대로 하겠다고요."

"사과만 하면 그만이야? 대체 당신은……."

"아, 시끄러워."

"뭐라고?"

그 순간 그녀가 이쪽으로 돌아섰다. 그녀의 치켜 올라간 눈을 본 순간 나는 할 말을 잃고 말았다. 마치 악귀 같은 형상이었다. 그녀가 그런 표정을 보인 건 처음이었기에 나는 적이 당황했다.

그러나 그것은 한순간에 불과했다. 눈 깜짝할 새 그녀의 얼굴에서 표정이 사라지고 그녀는 증오심을 드러내던 눈을 감았다. 그리고 어깨를 축 늘어뜨렸다. 이어서 후, 숨을 내뱉는 소리가 들렸다.

"미안해요."

그녀가 말했다.

"맞아요, 약속했죠. 당신을 불편하게 만들지 않겠다고요. 앞으로 주의할게요."

조금 전과는 딴판으로 차분한 말투였다.

할 말이 떠오르지 않았다. 조금 전에 본 그녀의 표정이 여전히 뇌리에 남아 충격에서 벗어날 수 없었다.

"알아서 해."

간신히 그렇게만 말하고 돌아섰다.

그로부터 얼마간 미하루는 약속대로 집안일을 제대로 했다.

하지만 오래가지는 않았다. 저녁에 집에 돌아와 보면 편의점이나 슈퍼마켓에서 사다가 데우기만 한 반찬이나 냉동식품이 냉장고에 들어 있곤 했다. 처음에는 미안해하는 메모라도 테이블 위에 놓여 있었지만 얼마 안 가 그것조차 없어졌다. 그리고 마침내는 손수 만든 음식을 아예 구경할 수 없게 되었다.

음식 만드는 일 외의 집안일도 눈에 띄게 소홀해져 갔다. 방구석에 먼지가 굴러다니는 걸 보면 청소를 전혀 하지 않는 것이 분명했다. 세탁기가 돌아간 흔적도 없었고, 더러운 옷가지가 바구니에 넘쳐 났다. 그래도 입을 옷이 떨어지지 않는 것은 끊임없이 새 옷을 사 오기 때문이었다.

참다못해 주의를 주면 그녀는 늘 그렇듯 고개를 수그리고 얼른 사과했다.

"미안해요. 해야 한다고 생각은 하지만 시간이 없어서……."

그리고 곧바로 청소나 세탁을 시작하는 것이었다. 그러나 그것도 기껏해야 며칠뿐이었다. 일주일도 채 지나기 전에 모든 것이 원래의 상태로 돌아갔다. 그런 일이 되풀이되자 나도 차츰 귀찮아졌다. 예전의 그 발끈한 표정을 다시 보일까 봐 두렵기도 했다.

결국 나는 불만을 거의 말하지 않게 되었다. 포기한 것이다. 먼지투성이 집에서 차가운 편의점 도시락을 먹으며 텔레비전을 보고 아내가 자는 사이 출근하는 일에 익숙해져 갔다.

생각해 보면 그것이야말로 미하루가 노렸던 결과인지도 모른다. 사과하면 아무 말도 못하는 데다 남에게 싫은 소리 하기를 꺼리는 내 성격을 너무도 정확히 파악했던 것이다.

스스로 자기 분석을 해 보자면 나는 그녀가 혹시 나를 싫어하게 될까 봐 두려웠던 것 같다. 겨우 손에 넣은 가족을 잃고 싶지 않았던 것이다. 내 잔소리에 진절머리가 난 그녀가 이혼하자고 나서면 곤란하다는 생각이 내 머릿속에 있지 않았나 싶다.

내가 잔소리를 하지 않게 되자 미하루는 점점 더 천방지축으로 행동하게 되었다. 토요일이나 일요일에도 집에 있는 날이 드물어졌다. 옷과 액세서리도 서서히 화려해지고 언뜻 보기에도 값비싼 것으로 변해 갔다. 웬 거냐고 물으면 그녀는 안색 하나 변하지 않고 대답했다.

"얼마 전에 세일을 하길래 샀어요. 정가의 반값이지 뭐예요."
"반값이라도 싸지는 않을 텐데?"
"내 용돈으로 살 수 있을 정도니까 별거 아니에요."

'내 용돈'이라는 부분을 강조하는 것처럼 들렸다. 요컨대 자기가 번 돈으로 사는데 잔소리할 필요 없지 않느냐는 말일 것이다.

그러나 석연치 않은 변명이었다. 새 옷가지, 새 핸드백, 새 액세서리가 날이 갈수록 늘었다. 옷장이 가득 찼고, 옷장에 미처 넣지 못한 물건들은 바닥에 쌓였다. 하나같이 비싸지 않다고 그녀는 말했지만 다 합하면 백만 엔도 넘어 보였다. 선술집 아르바이트로 그런 돈을 벌 수 있는지 의심스러웠다.

그런 식으로 미하루에게 의심을 품기 시작한 어느 날 내게 새로운 만남이 찾아왔다.

데라오카 리에코는 30세 전후로 보이는 몸매가 날씬한 여자였다. 매장을 찾은 그녀는 나를 지목했다.
"아는 사람이 이 가게에서 가구를 구입했는데 무척 마음에 든다고 해서 한번 와 보고 싶었어요. 다지마라는 판매 사원이 도움을 주셨다고 하더군요."
그 아는 사람이 누구냐고 물어도 말하기 곤란하다며 얼버무렸다.
나는 데라오카 리에코가 술집 여자일 거라고 추측했다. 소개해 준 사람도 술집 단골일 것이다. 그 단골의 이름을 밝히면 돌고 돌아 그 아내의 귀에까지 들어갈까 봐 말하지 못했을 것이다.
그런 추측이 무리가 아닐 만큼 그녀는 매력적이었다. 대단한 미인은 아니지만 남자의 내면에 있는 뭔가를 자극하는 요염함이 있었다. 가구의 가격을 물을 때면 그녀는 턱을 내밀고 치뜬 눈으로 나를 올려다봤는데, 그 촉촉한 눈동자를 바라보고 있자면 나는 가슴이 두근거렸다.
그녀가 매장을 찾은 목적은 조명 기구를 사기 위해서였다. 지금 사용하는 조명 기구는 집 분위기에 어울리지 않으니 모조리 바꾸고 싶다는 것이었다.
나는 그녀를 조명 기구 코너로 안내했다. 그곳은 천장에 각종 조명 기구가 매달려 있어서 그 아래 서면 전구의 열기로 땀이 날 정도였다. 리에코는 스페인제 조명 기구가 마음에 드는 듯했지만 선뜻 결정을 내리지는 못했다.

"여기서는 굉장히 멋져 보이는데 집에서 달면 또 어떨지 모르겠어요."

섬세한 조각이 도드라진 조명 기구를 올려다보며 그녀가 고개를 갸웃거리는데 목덜미에서 가슴께까지가 땀에 젖어 있다. 나는 얼른 눈을 다른 곳으로 돌렸다.

"그리고 이거 하나만 사서는 의미가 없을 것 같아요. 다른 조명 기구와의 조화도 고려해야 하니까 선택하기가 어렵네요."

"집에 있는 가구들은 어떤 분위기죠?"

"아, 가구요…… 굳이 말하자면 모던한 느낌이랄까요."

"모던이라……."

"하지만 꼭 그렇지만도 않아요. 앤티크 소품 같은 것들도 있으니까요. 선물 받은 것도 있고 해서 통일시키기는 어려울 것 같아요."

선물은 손님들에게 받았겠지, 하고 나는 생각했다.

"실내 사진이라도 있으면 추천해 드리기 쉬울 것 같은데요."

"그렇겠네요."

"같이 사는 분이 계신가요?"

"없어요. 혼자 살아요."

매장을 더 둘러보던 데라오카 리에코가 느닷없이 나를 빤히 쳐다봤다. 그 입술에 흐르는 의미심장한 미소에 나는 당황스러웠다.

"저, 부탁이 있어요."

"뭐죠?"

"저희 집에 한번 와 주시면 어떨까요? 그래서 어떤 조명 기구가 어울릴지 조언해 주시면 좋겠는데요."

"제가, 말입니까?"

깜짝 놀랐다. 물론 이런 요청을 받은 적이 없었던 것은 아니다. 커튼 길이를 재러 간 김에 집을 둘러보고 인테리어 상담까지 해 주는 경우도 드물게 있었다. 하지만 그건 서로 어느 정도 알게 된 후의 일이고, 처음 온 고객이 그런 부탁을 한 적은 한 번도 없었다.

"안 될까요?"

"아니요, 그런 건 아닌데……."

"그럼 괜찮다는 말씀이죠?"

"일정만 맞는다면요. 언제쯤이 좋으신가요?"

"저는 언제라도 좋아요. 다지마 씨가 편한 날을 말씀해 주세요."

"그럼 평일도 괜찮으세요?"

"네, 괜찮아요. 미리 알려 주시면 제가 어떻게든 맞출게요."

"네, 알겠습니다."

나는 일정을 확인하고서 다음 주 월요일이 어떻겠느냐고 물었다. 그날은 비번이었다.

즉시 좋다는 대답이 돌아왔다. 오후 4시에 방문하기로 약속했다. 그녀는 도시마에 산다고 했다.

그녀가 돌아간 후에도 나는 들뜬 마음이 가라앉지 않았다. 여자의 집에 가는 건 오랜만이었다. 다른 기대가 있는 건 아니지만, 첫 데이트를 앞둔 듯한 설렘이 있었다. 월요일이 너무 멀게 느껴졌다.

그 월요일, 커피를 마시며 신문을 읽고 있는데 미하루가 일어나 느적거리며 다가오더니 내 맞은편에 앉았다. 그녀는 말보로 담배에 불을 붙여 한 모금 빨아들인 뒤 후, 하고 공중을 향해 내뿜었다. 선술집에서 일하면서부터는 노골적으로 담배를 피우기 시작했다. 그 이전에도 담배를 피우기는 했지만 내 앞에서 내놓고 피우지는 않았다.

"뭐 먹고 싶어?"

그녀가 퉁명스럽게 물었다.

"응?"

"저녁 말이야. 뭐가 좋아? 이따가 시장에 갈 거거든."

귀찮기 이를 데 없다는 투였다.

그렇게 정나미 떨어지는 얼굴로 지어 주는 밥은 먹고 싶지 않아, 라고 말하려다 말았다. 오늘은 데라오카 리에코의 집에 가는 날이고 그런 날 기분을 망치기는 싫었다.

"오늘은 준비하지 않아도 돼. 고객 집에 인테리어 상담을 해 주러 가기로 했거든. 밖에서 먹고 들어올게."

"그래?"

미하루는 아무 관심도 없어 보이는 표정으로 피우던 담배를 비벼 끄고 침실로 돌아갔다.

오후 3시가 조금 넘어 나는 양복을 차려입고 집을 나섰다. 미하루는 남편이 나가거나 말거나 기척도 없었다.

데라오카 리에코의 맨션은 도시마구에서도 몇 걸음만 걸으면 네리마구에 닿을 수 있는 곳에 있었다. 붉은 벽돌 모양의 타일이 붙어 있는, 지은 지 얼마 안 돼 보이는 건물이었다.

내가 갔을 때 리에코는 몸의 윤곽이 그대로 드러나 보이는 니트 차림이었다. 스커트 역시 니트로 상당히 짧았고 스타킹은 신고 있지 않았다. 날씬한 체형임에도 가슴이 커서 나는 눈을 어디다 둬야 할지 알 수 없었다.

"오시라고 해서 죄송해요."

그녀가 나를 보며 미소 지었다. 입술이 옅은 핑크색 립스틱으로 물들어 있었다.

"아닙니다. 도움이 될지 모르겠습니다."

"들어오세요."

방 하나짜리 집이었다. 다이닝 룸에는 유리 테이블과 금속제 의자가 놓여 있었다. 전형적으로 모던한 스타일이었다. 그런데 소파는 또 묵직한 가죽 제품이고 소파 테이블은 미국산으로 보이는 목제여서 아닌 게 아니라 통일감이 없다고 느꼈다.

"집이 멋지군요."

일단은 마음에 없는 인사치레를 했다.

"가구들이 죄다 따로 놀지요?"

"통일시킨다고 좋은 것만은 아닙니다."

모스그린 소파에 앉아 가지고 간 노트에 집 구조를 스케치하고 있으려니 리에코가 홍차를 가져왔다.

"가구를 돋보이게 하려면 지나치게 개성적인 조명 기구를 피하는 게 좋겠네요. 이런 스타일의 샹들리에는 아무래도 자기주장이 강하니까요."

천장에 달린 등을 가리키며 내가 말했다.

"추억이 담긴 물건이라서요."

리에코가 위쪽을 쳐다보며 중얼거렸다.

"그렇습니까?"

"결혼했을 때 남편과 둘이서 고른 거예요. 가구 전문 재활용 가게에서요."

"아, 결혼을……"

"2년 전에 헤어졌어요."

리에코가 빙긋 웃으며 말했다.

"죄송해요. 우울한 얘기를 했네요."

"아닙니다."

나는 고개를 저었다.

"다지마 씨도 결혼하셨죠?"

"네."

"자녀는요?"

"없습니다."

"그렇군요. 그럼 여전히 신혼 기분이겠네요."

"그렇지도 않습니다."

나는 손을 내저었다.

"제 아내도 일을 하고 있어서 얼굴을 마주칠 기회가 없어요. 대화도 없으니 완전히 권태기죠. 오늘 제가 집을 나설 때도 자고 있더군요."

설마요, 라며 리에코가 웃었다.

"혼자였을 때가 좋았던 것 같습니다. 데라오카 씨는 다시 결혼할 생각이 있으신가요?"

"결혼요……."

"아, 죄송합니다. 제가 주제넘은 얘기를 했군요."

"괜찮아요. 결혼은 지금으로서는 생각하고 있지 않아요. 일하는 게 재밌어요."

"무슨 일을 하십니까?"

"뭐라고 설명하면 좋을까……."

그녀가 일어서더니 가서 명함을 가져왔다. 긴자의 클럽으로 보이는 술집 이름이 인쇄돼 있었다. 명함에 적힌 그녀의 이름은 '데라오카 리에'였다.

"한번 오시라고 하지는 않을게요."

그녀가 웃으며 말했다.

"술값이 엄청 비싸거든요. 무슨 생각으로 그런 비싼 집에서 술들을 마시는지 저도 이해가 안 돼요."

"유명인도 오나요?"

"아주 가끔요."

리에코는 가게에서 있었던 갖가지 에피소드를 들려줬다. 나와는 완전히 다른 세계의 이야기였다. "와!" "세상에!" 등의 감탄사만 연발할 뿐이었다.

그 후로도 우리는 인테리어와 관계없는 화제로 열을 올렸다. 정신을 차려 보니 세 시간이 지나 있었다.

"아니, 시간이 벌써 이렇게 됐네요."

그녀가 시계를 보며 말했다.

"너무 오래 붙들어서 죄송해요."

"아닙니다. 저야말로 너무 오래 있었군요. 그럼 집 구조를 대강 파악했으니, 어떤 조명 기구가 어울릴지 매장에 들어가서 검토해 보겠습니다."

"카탈로그에서 고를 수도 있죠?"

"물론입니다."

"그러면……,"

리에코가 말했다.

"카탈로그를 갖고 다음 주에 다시 와 주실 수 있나요? 집에서 상담하면서 결정하면 좋을 것 같아서요."

"그럴까요? 아, 그럼…… 다음 주 월요일이 어떨까요?"

"네, 월요일, 좋아요."

리에코와 다시 단둘이 만난다는 건 기대 밖의 일이었다. 다음 날부터 부지런히 그녀의 집에 어울리는 조명 기구를 고르기 시작했다. 카탈로그를 옆에 두고 틈날 때마다 들여다봤다. 내가 고른 조명 기구 아래서 편안히 누워 있을 리에코를 상상하며 성적인 흥분을 느끼기도 했다.

다음 주 월요일, 그녀에게서 6시에 오라는 연락이 왔다. 그 시각이라면 그녀의 집에 오래 머무를 여유는 없을 것 같아 아쉬운 마음이 들었다.

나를 맞이한 리에코는 앞치마를 두르고 있었다. 그것만으로도 놀라운데 집에서 스튜 냄새가 나는 것은 더 의외였다.

"모처럼 손님이 오시는데 오랜만에 요리라도 만들자 싶어서요."

"손님이라니, 무슨 말씀을요."

당황스럽기는 했지만 기분이 나쁘지는 않았다.

"오늘은 가게에 안 나갈 거예요. 그러니까 느긋하게 식사하면서 인테리어를 의논해 봐요. 혹시 부인이 저녁을 해 놓고 기다리나요?"

"아니, 아닙니다."

나는 손을 휘휘 내저었다.

"그 사람은 일하러 갔어요. 한밤중이나 돼야 돌아올 겁니다."

"그래요? 그럼 잘됐네요."

"정말 그래도 될까요?"

"뭘 말이죠?"

"그러니까, 그게, 이렇게 대접을 받아도……."

"당연하죠. 그러려고 잘하지도 못하는 요리까지 했는걸요."

"그래요? 그럼 체면 불고하고 그렇게 하겠습니다."

뭐가 어떻게 돌아가는지 알 수 없었다. 30분 뒤 나는 리에코와 마주 앉아 그녀가 만든 음식을 먹고 있었다. 요리를 잘 못한다고 했지만 솜씨가 상당했다. 함께 와인도 마셨다. 고급스런 와인이었다.

아무래도 리에코는 내게 마음이 있는 것 같았다. 나 역시 마음이 없는 건 아니었다. 미하루의 칠칠치 못한 모습만 봐 온 나로서는 그녀를 미하루와 비교할 수밖에 없었고, 이런 여성이야말로 이상적인 상대라고 생각했다.

식사 후에도 우리는 계속 술을 마셨고, 결국 나는 만취하고 말았다. 어느 틈엔가 나는 소파에 앉아 있었고 바로 옆에 리에코가 있었다.

"오늘, 집에 안 가면 안 돼요?"

그녀가 요염한 눈빛으로 나를 올려다봤다.

내 머릿속에서 망설임과 당혹감, 환희 등의 감정들이 소용돌이쳤다. 술 때문에 판단력을 상실한 것이다.

"아니, 안 가도 됩니다."

내가 대답했다.

"아이, 좋아라."

그녀가 내 품을 파고들었다.
나는 힘주어 그녀를 안았다.

31

리에코의 집에서 지낸 날로부터 며칠이 지났지만 여전히 꿈을 꾸는 것 같았다. 내 손은 그녀의 피부 감촉을 기억했고, 내 몸은 그녀의 숨결을 기억했다. 그런데도 현실감이 없었다. 리에코라는 여성은 존재하지 않으며 모든 것이 환상이 아니었을까 싶은 생각마저 들었다.

"이봐, 다지마. 왜 그렇게 멍하니 있어?"

사무실에서 대기하는 동안 그런 말을 듣는 일이 많았다. 아마도 넋 나간 표정을 짓고 있었을 것이다.

그날 밤 일을 잊지 못해 리에코에게 전화해 봤지만 그녀는 받지 않았다. 혹시 그녀가 매장을 찾지 않을까 기대도 했지만 리에코의 이름으로 된 예약은 없었다.

그러던 어느 날이었다. 퇴근해서 집에 들어가니 현관의 상태가 평소와 달랐다. 처음에는 뭐가 다른지 몰랐는데 구두를 벗으면서 알았다.

미하루가 외출한 흔적이 없었다. 칠칠치 못한 그녀는 구두를 정리하는 법이 없어서 벗어 놓은 구두가 늘 현관에 즐비했고 그녀가 외출하면 딱 한 켤레만큼의 공간이 비어 있곤 했는데 그날은 그렇지 않았다. 그래서 오히려 내가 구두를 벗어 둘 곳을 찾기 힘들었다.

캄캄한 거실로 들어선 나는 평소 습관대로 넥타이를 느슨하게 하고 벽을 더듬어 스위치를 찾았다. 그런데 불을 켠 순간 흠칫하고 말았다. 부엌 테이블에 미하루가 엎드려 있었다. 나가려다 말았는지 외출복을 차려입은 채였다.

말을 붙이려던 나는 놀라서 숨을 삼켰다. 테이블 위에 위스키 병과 술잔이 놓여 있고 병은 이미 비어 있는 상태였다. 그리고 그녀의 발치에 상자가 하나 나뒹굴었는데 그 찌그러진 케이크 상자의 틈새로 크림이 비어져 나와 있었다.

"이봐, 미하루!"

미하루의 등에 대고 불렀지만 대답이 없었다. 자는 걸까도 생각했지만 그건 아니었다. 그녀의 등이 가늘게 떨리고 있었다.

다시 한 번 부르려 했을 때 그녀가 갑자기 고개를 들었다. 긴 파마머리가 마구 헝클어져 있었다. 그녀가 천천히 내 쪽을 돌아보는데 눈물로 얼룩진 아이라이너 안에서 빨갛게 충혈된 눈동자가 나를 무섭게 노려보았다.

"왜 그래?"

물어보는 목소리가 갈라져서 나왔다. 나는 헛기침을 한 번 했다.

"무슨 일 있었어?"

그러자 미하루가 테이블 위에 있던 술잔을 쥐었다. 그 안에는 호박색 액체가 약간 남아 있었다. 그걸 마저 마시려나 보다 생각했는데 그게 아니었다. 그녀가 있는 힘을 다해 술잔을 내게 던졌다.

나는 순간적으로 잔을 피했다. 두꺼운 잔은 깨지지 않았지만 거실 문에 부딪치며 요란한 소리를 냈다.

"뭐 하는 짓이야, 맞을 뻔했잖아!"

미하루가 이번에는 위스키 병을 잡으려 했다. 나는 피할 자세를 취했다.

그러나 미하루는 병을 던지는 대신 일어서서 병을 번쩍 치켜들고 짐승처럼 괴성을 지르며 내게 덤벼들었다.

나는 미하루의 팔을 잡고 손에서 병을 빼앗아 소파에 던져 버렸다. 그녀가 한층 더 날뛰며 내 얼굴을 할퀴고 가슴을 두드렸다. 더는 견딜 수 없어 그녀를 밀쳐 냈다. 그녀가 테이블 옆 케이크 상자가 있는 곳에 나동그라졌다.

"뭐야, 대체 왜 그래?"

그녀는 대답하지 않았다. 그리고 이번에는 케이크 상자를 내게 집어던졌다. 하지만 케이크 상자는 그녀가 의도치 않은 곳에 떨어졌고, 쇼트케이크였을 것으로 짐작되지만 지금은 형체를 알아볼 수 없는 내용물이 사방에 흩어졌다.

내 다리 쪽으로도 딸기가 하나 굴러와 나는 그걸 주워 쓰레기통에 넣었다. 그 순간 미하루가 소리쳤다.

"당신이 먹어!"

"뭐라고?"

"그거 당신이나 먹으라고. 사람을 바보로 취급하고 말이야!"

그녀는 목소리가 갈라질 정도로 악을 썼다.

"이봐, 미하루. 도대체 무슨 소리를 하는 거야? 왜 화를 내는 거야, 내가 뭘 잘못했는데?"

"뭘 잘못했냐고? 지금 장난해?"

미하루는 바닥에 떨어져 있던 케이크 조각을 주워 내게 던졌다. 그것은 보기 좋게 내 가슴에 명중했다. 하얀 크림 자국이 회색 양복에 선명하게 남았다. 그 자국을 멍하니 바라보다가 이번에는 내가 소리쳤다.

"그만해! 느닷없이 날뛰는 이유가 뭐야? 설명을 해야 알 거 아니야."

"이유가 뭐냐고? 그건 당신이 더 잘 알 텐데."

"그게 무슨 뜻이야?"

그러자 미하루가 테이블 위에서 뭔가를 집더니 나를 향해 던졌다. 하지만 그것은 내게 닿지 못하고 중간에서 팔랑팔랑 떨어졌다. 주워 들어 펼쳐 보니 꼬깃꼬깃 접힌 명함이었다. 거기 인쇄된 글자를 본 순간 온몸에서 식은땀이 흘렀다.

데라오카 리에코의 명함이었다.

미하루가 리에코의 명함을 발견하고 저러는 것일까. 그건 아닐 것이다. 그 정도의 일로 이토록 격분할 리 없었다.

발뒤꿈치가 미끈거렸다. 케이크의 크림을 밟고 서 있었던 것이다.

미하루는 여전히 나를 뚫어져라 노려보았다. 무슨 말인가 해야 한다고 생각했다.

"이게 어쨌다는 거야?"

"시치미 떼지 마요, 새파랗게 질린 주제에. 그 여자가 왔었어. 저녁에 내가 외출 준비를 하고 있을 때 말이에요."

"그럴……."

그럴 리 없다고 생각했다. 리에코가 우리 집 주소를 알 리 없다. 하지만 단언할 수는 없었다. 알아낼 방법이 있었는지도 모른다. 아무튼 이렇게 명함이 있으니 리에코가 찾아온 것만은 사실일 것이다.

나는 혀로 입술을 축였다.

"그래서?"

"뭐라고요?"

"그래서 어쨌다는 거야. 이 사람이 어쨌다는 거냐고."

"시치미 떼지 말라니까요. 바보가 아니라면 그 여자가 왜 우리 집에 왔는지 알 거 아니에요!"

무슨 말인지 전혀 모르겠어, 라고 말할까 했지만 그 말을 입 밖에 내지는 않았다. 그랬다가는 미하루의 화를 더 돋울 뿐이라는 생각이 들었기 때문이다.

"뭐라고 말을 좀 해 봐요."

"무슨 말을 하라는 거야?"

"변명이라도 해야 할 거 아니에요. 나를 바보로 취급해 놓고."
"바보로 취급한 적 없어."
"그걸 지금 말이라고 하는 거예요!"
미하루가 또 소리쳤다.
"그 여자가 내게 뭐라고 했는지 말해 줄까요? 빤빤한 얼굴로, 남편하고 헤어져 줄 수 없겠냐고 했어요."
나는 눈을 휘둥그렇게 떴다.
"설마."
"내가 그런 거짓말을 왜 하겠어요. 처음에는 그 여자가 도대체 무슨 말을 하나 싶었어요. 머리가 이상한 여자라고 생각했죠. 그런데 계속 얘기를 듣다 보니 그 여자랑 당신 사이에 뭔가 일이 있었다는 걸 알겠더군요."
거기까지 쏟아부은 미하루는 입술을 깨물며 고개를 저었다. 그러는 동안에도 그녀의 눈은 계속 나를 노려보고 있었다.
"분했어요. 분하고도 슬펐어요. 그리고 더없이 괴로웠어요. 그런데 말이죠, 그 여자는 웃고 있었어요. 그리고 뭐라고 했는지 알아요? 역시 부인은 헤어질 마음이 없군요, 남편의 불장난이었나 봐요, 그랬어요. 내가 충격받는 걸 보면서 즐기는 느낌이었다고요."
나는 어금니를 지그시 깨물었다. 온몸에 소름이 돋았다. 할 말이 떠오르지 않아 고개를 숙인 채 크림이 찐득거리는 양말을 내려다보았다.

"뭐라고 말 좀 해 보라니까요!"

미하루의 절규와 함께 뭔가 쾅 쓰러지는 소리가 났다. 고개를 들어 보니 식탁 의자가 옆으로 넘어가 있었다.

나는 심호흡을 한 번 했다. 심장이 맹렬히 고동쳤다.

"그 여자랑 약속이라도 한 건가요, 나하고 헤어지겠다고?"

"아니야, 그런 적 없어."

"그럼 뭐라고 했는데요?"

"아무 말도, 안 했어."

"거짓말!"

"거짓말 아니야."

"그럼 그 여자랑 바람피운 건 인정해요?"

나는 입을 다물었다. 인정해 버리면 모든 게 끝날 것만 같은 기분이 들었다. 물론 인정하지 않는다 해도 이렇게 돼 버린 이상 달라질 건 없었다.

"대답해 봐요!"

또 뭔가 날아와 내 무릎에 맞고 바닥에 데굴데굴 굴렀다. 찻잔이었다.

내가 계속 입을 다물고 있자 마침내 미하루는 바닥에 쓰러지듯이 엎드려 흐느끼기 시작했다. 그 흐느낌은 점점 커지더니 급기야 어린아이처럼 엉엉 우는 소리로 변했다. 그리고 그 울음소리에 섞여 뭔가 말소리가 들렸다. 잘 들어 보니 너무해, 너무해, 라고 되풀이하고 있었다.

나는 미하루에게 다가가 조심스럽게 그녀의 어깨에 손을 얹었다.

"건드리지 마!"

미하루가 몸을 비틀며 소리쳤다. 나는 얼른 손을 도로 움츠렸다.

다음 순간 그녀가 갑자기 일어서더니 내게는 눈길도 주지 않은 채 종종걸음으로 거실을 나갔다. 혹시 집을 나갈 작정인가 싶었지만 잠시 후 쾅, 침실 문 닫히는 소리가 들렸다.

시간이 지나도 미하루는 침실에서 나오지 않았다. 전에 그녀가 손목을 그었던 일이 떠올라 불안해진 나는 침실로 다가가 문에 귀를 대고 동정을 살폈다. 안에서는 아무 소리도 들리지 않았다. 방문을 살짝 열어 봤다. 침대 위에 엎드린 그녀가 어깨를 들썩이며 흐느끼고 있었다. 나는 조용히 문을 도로 닫았다.

거실로 나온 나는 그대로 바닥에 주저앉았다. 한숨을 쉬며 고개를 숙이는데 마룻바닥에 발자국이 점점이 찍혀 있는 것이 보였다. 내 발에 묻었던 크림 자국이었다.

양말과 셔츠를 벗은 후 둥그렇게 말아 한쪽에 밀어 두고 세면실에서 걸레를 가져와 바닥을 닦았다. 그리고 거실을 정리하다가 갈기갈기 찢긴 앞치마를 소파 옆에서 발견했다. 미하루가 격분한 나머지 찢어 버린 게 분명했다.

청소를 마치고 옷을 갈아입고 나서 다시 한 번 침실을 살피러 갔다. 어슴푸레한 침실에 미하루가 이쪽에 등을 보인 채 누워 있었다. 흐느끼는 소리는 이제 들리지 않았다. 숨소리 또한 들리지 않았다. 하지만 죽은 건 아니라는 증거로 이불 속에서 다리를 꼼지락거리고 있었다.

나는 거실 소파에 멍하니 앉아서 리에코를 생각했다. 그녀가 왜 우리 집에 찾아왔을까. 내 아내를 만나 충격을 줄 심산이었을까. 그런 악취미를 가진 여자가 있다고 책에서 읽은 적이 있었다. 리에코가 그런 여자란 말인가. 하지만 그런 짓을 한들 대체 무슨 이득이 있을까.

아니면 혹시 리에코는 진심으로 내가 이혼하길 바랐을까. 이혼하고 자신과 결혼해 주길 원한 것일까. 사실 애초에 나보다는 그녀가 적극적이었다. 그렇다 해도 겨우 세 번밖에 만나지 않았고 육체관계도 단 한 번뿐이었는데. 더구나 육체관계 후 그녀는 내게 아무런 연락도 하지 않았는데…….

리에코에게 전화해 볼까 하는 생각이 들었다. 그녀가 일하는 긴자의 클럽으로 전화하면 통화할 수 있을 것이다. 하지만 생각에 그쳤을 뿐 행동으로 옮기지는 못했다. 리에코와 연락한 사실이 미하루에게 알려지면 더 큰 사달이 날 터였다.

그러저런 생각을 하는 사이 시간만 흘러갔다. 식욕은 전혀 없고 갈증이 몹시 나서 수돗물을 컵에 받아 연거푸 마셨다.

자정이 조금 지났을 무렵이었다. 침실 문 열리는 소리에 이어 복도를 걷는 소리와 화장실 문 여닫는 소리가 났다.

2, 3분 후 미하루가 화장실에서 나왔다. 그런데 그 뒤로는 소리가 들리지 않았다. 그녀가 복도에 멈춰 서 있는 것이었다. 거

실로 들어올까 말까 망설이고 있을 거라고 나는 짐작했다. 무릎 위에 놓인 양손을 꽉 쥐었다.

이윽고 미하루가 거실로 들어섰다. 그러나 내게는 눈길도 주지 않고 부엌으로 가서 아까 내가 그랬던 것처럼 컵에 수돗물을 받아 벌컥벌컥 들이켠 다음 한숨을 내뱉었다.

이번에는 그녀가 내 쪽으로 천천히 다가왔다. 병자처럼 무거운 동작으로 소파에 앉은 그녀는 탁자 위에 놓여 있던 담배와 라이터를 집어 불을 붙였다. 연기를 내뿜는 소리가 들릴 때마다 나는 가슴이 조여드는 느낌이었다.

한 대를 다 피우자 그녀는 담배를 재떨이에 비벼 껐다. 담뱃불을 어떤 식으로 끄는지를 보면 질투가 심한 사람인지 아닌지 가늠할 수 있다는 얘기가 떠올랐다.

"치운 거예요?"

울어서 허스키해진 목소리로 그녀가 물었다.

"뭘?"

"바닥 말이에요. 바닥이랑 여기저기 엉망이었죠?"

"아아, 뭐…… 대충."

"그래요, 고마워요."

그녀가 다시 담배를 꺼내 물고 라이터로 불을 붙였다.

나는 손깍지를 끼었다 풀기를 반복했다. 손바닥이 땀으로 흥건했다.

"그래서, 어떻게 할 거예요?"

미하루가 다시 물었다. 도무지 억양이라고는 없는 말투였다.

"어떻게 하다니……, 뭘?"

"당신은 어떻게 하고 싶어요? 그 여자한테는 나랑 헤어지겠다고 했을 테죠?"

"아니라니까."

그녀가 담배를 빨았다. 눈이 부은 탓인지 표정이 없는데도 내 말이 사실인지 의심하는 기색이 느껴졌다.

"몇 번이에요?"

"뭐가?"

"몇 번이나 했어요?"

나는 침을 꿀꺽 삼켰다. 구체적인 얘기는 하고 싶지 않았다.

"다 들통난 마당에 이제 와서 말하지 못할 것도 없잖아요. 솔직하게 말해 줘요."

"한 번뿐이야."

"흥."

미하루의 코에서 연기가 뿜어져 나왔다.

"단 한 번인데 그 여자가 그런 식으로 나오겠어요?"

"정말이야. 딱 한 번뿐이었어."

그녀가 믿었는지 어떤지는 알 수 없다. 미하루는 다 피우지도 않은 두 번째 담배를 껐다.

"왜 그랬어요?"

그녀가 중얼거렸다.

"왜 그런 짓을 했어요?"

미안해, 라는 말이 나도 모르게 입에서 나왔다. 그리고 나는 머리를 숙였다.

"이게 사과한다고 해결될 일인가요?"

"그렇지는 않지만…… 그럼 어떻게 하면 좋겠어?"

"나도 모르겠어요."

미하루가 고개를 돌리고 화장지를 케이스에서 뽑아 코 밑을 훔쳤다.

그로부터 한동안 침묵이 이어졌다. 밖에서 구급차 지나는 소리가 들렸다. 둘이 말이 없으니 바깥 소음이 생생하게 들렸다.

"어떻게 서로 알게 됐어요?"

마침내 그녀가 침묵을 깨고 물었다.

"우리 매장에 왔었어. 그랬다가 인테리어 상담을 해 달라며 집으로 부르기에……."

"그래서 옳다구나 하고 달려가서 유혹에 넘어간 거군요. 멍청하기는."

"처음엔 그럴 생각이 전혀 없었어."

"흥, 글쎄요. 그래서, 그 사람이 좋아요?"

"좋고 싫고를 따질 계제가 아니야. 그럴 만큼 많이 만나지도 않았고."

"하지만 섹스는 했잖아요."

그 말에 나는 다시 입을 다물 수밖에 없었다.

"어떻게 할 거예요, 앞으로?"

"앞으로…… 글쎄, 아직 아무 생각도 안 해 봤어."

"그렇군요."

그러고서 미하루는 일어나서 거실을 나갔다. 이번에야말로 집을 나가는 게 아닐까 싶었지만 그녀는 되돌아와서 내 앞에 편지지를 놓았다.

"일단 반성문을 써요."

"반성문?"

"뭐, 반성문이 아니라도 좋아요. 반성하고 사과한들 무슨 소용이 있겠어요. 당신이 이번에 한 짓을 거기 적어요."

"뭐라고 적지?"

"누구와 어떤 식으로 바람을 피웠는지 적으면 돼요. 그게 싫다면 바람을 피웠다고만 쓰든지요. 상대 이름도 적고 싶지 않으면 안 적어도 돼요. 그래도 날짜는 써요."

"그런 걸 써서 뭐 하게?"

"그건 내가 알아서 할 거예요."

"이혼할 때 증거로 삼으려고 그래?"

"그따위 것 없어도 이혼할 수 있어요."

그녀가 차갑게 말했다.

"이번 일을 흐지부지 넘기고 싶지 않아서 그래요. 그러니까 얼른 써요."

나는 편지지를 물끄러미 내려다보다가 볼펜을 집어 들고 어떻게 쓸지 고민했다.

"어떤 식으로 쓰면 좋을지 정말 모르겠어."

"허 참······."

미하루의 입술이 일그러졌다.

"그럼 내가 부르는 대로 써요. 나, 다지마 가즈유키는 결혼한 처지임에도 가게로 찾아온 데라오카 리에코란 여성과 육체관계를 가졌습니다. 모든 것은 전적으로 제 잘못입니다. 제가 모든 책임을 지겠습니다."

부르는 대로 볼펜을 움직였다. 미하루의 화를 가라앉히는 데 온 정신을 집중했다.

마지막으로 지장을 찍으라고 미하루가 말했다. 나는 엄지손가락에 인주를 묻혀 서명 위에 찍었다.

"이렇게 하면 되는 거야?"

미하루는 완성된 반성문을 찬찬히 들여다본 후 조심스럽게 접었다.

"말해 두겠는데, 나, 이혼은 안 해요."

"나도 그럴 생각 없어."

"하지만 책임은 져야 해요."

"어떻게 책임지지?"

"그건 아직 모르겠어요. 천천히 생각할 거예요. 하지만 그 전에, 두 번 다시 이런 짓을 하지 않겠다고 맹세해요."

"맹세할게."

"정말이에요?"

"정말이야."

미하루가 살짝 고개를 끄덕한 뒤 일어서는데 아까보다는 기분이 나아 보였다. 다소 안심이 되었다. 그녀가 이혼하자고 하지 않는 것도 다행이었다.

다음 날 점심때쯤 리에코에게 전화를 걸었다. 왜 그런 짓을 했냐고 물어볼 작정이었다. 하지만 그녀는 전화를 받지 않았다. 자동 응답기로도 연결되지 않아 메시지를 남길 수도 없었다.

그녀의 집으로 찾아갈까도 생각했지만 미하루를 생각하니 역시 망설여졌다. 내가 찾아간 사실이 리에코의 입을 통해 전해지면 이번에야말로 미하루는 집을 나갈 것이다.

이럭저럭하는 사이 한 달이 흘렀다. 리에코와는 여전히 연락이 닿지 않았다. 나도 더는 전화하지 않았고 그녀에게서도 아무런 연락이 없었다.

어쩌면 정말로 리에코에게 이상한 취미가 있어서 내 가정을 망가뜨리려고 나를 유혹했을지도 모른다는 생각이 고개를 들었다. 혹은 미하루를 만난 후 두 번 다시 나를 유혹할 생각이 없어졌는지도 몰랐다. 나로서는 둘 중 어느 쪽이든 다행이었다. 그대로 리에코를 잊기로 했다.

그날 밤 이후 미하루는 한 번도 내 불륜에 대해 언급하지 않았다. 전과 다름없이 저녁에 나가서 한밤중에 돌아오는 생활이 계속됐다. 때로는 저녁을 준비해 주기도 했다. 모든 것이 제자리로 돌아온 느낌이었다. 미하루가 가사를 소홀히 하는 것과 밤에 일하는 것에 대해 뭐라고 하고 싶어도 당분간은 입을 다물자고 생각했다. 내게 그럴 자격이 있을까 싶었기 때문이었다.

그렇다. 나는 미하루를 질책할 수단을 잃어버리고 만 것이다. 그리고 그것이 얼마나 엄청난 일인지를 깨닫기까지는 그리 오랜 시간이 걸리지 않았다.

32

별 탈 없이 하루하루가 흘러가는 것처럼 보였다. 부부간의 대화는 전에 비해 훨씬 적었지만 그건 어쩔 수 없다고 받아들였다. 불화의 원인을 제공한 사람이 그 누구도 아닌 나 자신이기 때문이었다.

그러나 파멸에 이르는 카운트다운은 이미 진행되고 있었다.

의심스러운 징후는 도처에 있었다. 미하루의 물건들이 전에 비해 더 많아지고 더 화려해졌다. 액세서리, 핸드백, 옷가지, 화장품 등 눈에 들어오는 것마다 새것이거나 더 비싼 것으로 바뀌어 있었다. 하지만 그런 것들을 어떻게 손에 넣었는지 물어볼 용기가 나지 않았다. 그녀의 기분을 거스르고 싶지 않았던 것이다.

통장을 내가 갖고 있으니 예금을 멋대로 찾아 쓸 수는 없을 거라고 생각했다. 그래서 그녀의 낭비벽에 눈을 감기로 했다. 한

번 신경을 쓰기 시작하면 한이 없기 때문이었다.

사태가 걷잡을 수 없는 지경에 이르렀다는 사실을 알게 된 건 그로부터 얼마 지나지 않아서였다. 은행 현금 지급기에서 돈을 찾고 명세서에 인쇄된 잔고를 봤을 때 나는 눈을 의심했다. 뭔가 착오가 있는 것 아닐까 싶었다.

전에 미하루가 멋대로 돈을 다 찾아 썼을 때 나는 정기 예금을 해약해서 전부 보통 예금 통장으로 옮겼다. 그리고 다시 차곡차곡 돈을 부었으므로 잔액이 60만 엔은 넘게 있어야 했다. 그런데 그 숫자에서 0이 하나 빠져 있었다.

당황해서 통장을 정리해 봤다. 인쇄된 거래 내역 중에 뭔지 모를 항목이 두 개 있었다. 각각 20만 엔 넘는 금액이 인출됐고 둘 다 신용 카드 회사로 빠져나간 것이었다. 하지만 나는 그런 신용 카드를 만든 적이 없었다. 어떻게 된 일인지 알아보려고 우선 한 카드 회사에 전화를 걸었다. 카드 회사의 대답을 들은 나는 현기증이 났다.

두 달 전쯤 내 이름으로 카드가 발급됐다고 했다. 가족 카드까지 함께 발급됐다는 것이다. 빠져나간 50만 엔은 모두 가족 카드로 이용한 금액이었다.

비로소 상황이 파악됐다. 미하루가 멋대로 카드를 만들어 쇼핑을 한 것이다. 카드를 신청하는 데 필요한 자료를 준비하는 것쯤 배우자인 미하루에게는 어렵지 않았을 터였다. 발급 당시 카드 회사에서 내 근무처로 신원을 문의했을지 모르겠으나 어쨌든 나는 몰랐던 사실이다.

 전화를 받은 신용 카드 회사 상담원은 카드가 부정 사용된 것은 아닌지 의심하는 눈치였다. 나는 적당히 둘러대고 전화를 끊었다. 일을 크게 만들고 싶지는 않았다.

 나머지 하나의 카드 회사에는 전화를 해 볼 필요를 느끼지 못했다. 같은 수법으로 카드를 발급받았을 게 분명했다.

 그냥 넘어갈 수는 없었다. 그날 밤 그녀는 새벽 3시가 넘어서 들어왔다. 식탁에 앉아 기다리는 나를 보고 그녀는 살짝 놀라며 눈을 크게 뜨더니 무뚝뚝한 말투로 "아직 안 잤어요?"라고 물었다.

 "왜 나한테 물어보지도 않고 카드를 만들었지?"

 나는 화가 끓어오르는 것을 참으며 물었다.

 미하루의 눈썹이 꿈틀했다. 하지만 표정의 변화는 그게 전부였다. 그녀는 별걸 다 묻네, 하는 표정을 보이더니 부엌으로 가서 물을 마셨다.

 "미하루."

 다시 물으려는데 그녀가 크게 한숨을 쉬더니 성큼성큼 방을 나갔다. 그리고 이내 돌아와서 테이블 위에 카드 두 장을 놓았다. 예의 두 신용 카드 회사에서 발행한 카드였다.

 "당신한테 준다는 걸 깜빡했어요. 미안."

 여전히 감정이 없는 말투였다.

 나는 카드 두 장을 집어 들고 터져 나오려는 분노를 억누르며 심호흡을 했다.

"왜 멋대로 카드를 만들었는지 묻는 거야."

"말할 기회가 없었어요."

"신청하기 전에 미리 상의했어야 하는 거 아닌가? 내 명의로 만들었잖아."

"카드가 있으면 편리하잖아요. 현금을 갖고 다니지 않아도 되고요."

"그걸 묻는 게 아니라니까."

"당신한테 맡기면 얼마나 기다려야 할지도 모르고 해서 내가 직접 신청했어요."

"그래서 가족 카드까지 만든 거야?"

"그래요. 나도 쇼핑 좀 하려고요."

"지금 그걸 말이라고 해!"

결국 나는 테이블을 내리쳤다. 더는 참을 수 없었다.

"한 달에 50만 엔을 쓰다니, 대체 생각이 있는 거야 없는 거야? 예금도 거의 바닥난 마당에 앞으로 어떻게 살 작정이야!"

소리를 지르면서 나는 전에도 이와 똑같은 대화를 주고받은 적이 있다는 사실을 떠올렸다. 그때 미하루는 울면서 사과했고, 자신이 일해서 갚겠다고 했다.

그러나 이번에는 그때와 달랐다. 고개를 다른 쪽으로 돌리고 어깨를 으쓱하더니 다시 나를 노려보았다.

"그까짓 것 가지고."

그녀가 나지막한 소리로 내뱉듯 말했다.

"뭐라고?"

"그깟 돈 가지고. 겨우 50만 엔 가지고 말이야. 자신은 그런 짓을 저질러 놓고, 내가 돈 좀 쓴 걸로 이러는 건가요? 당신이 한 짓을 생각해 봐!"

미하루의 말에 나는 망연자실했다. 그녀는 나를 용서한 것이 아니었다. 리에코와의 불륜을 내내 마음에 두었던 것이다.

"복수하려고 그런 거야?"

신음하듯 그녀에게 물었다.

"그런 건 아니에요."

미하루가 고개를 저었다.

"처참한 기억을 지우고 싶었어요. 괴로운 기억을 씻고 싶었다고요. 이 정도는 해도 된다고 생각했어요. 왜냐하면……,"

거기까지 말하고 그녀는 다시 날카로운 시선을 내게 향했다.

"나, 너무 많이 상처받았으니까요."

리에코 일을 끄집어내니 할 말이 없었다. 요즘은 그 얘기를 꺼내지 않기에 다 덮었나 보다고 여겼던 자신이 매우 어리석게 느껴졌다.

나는 바싹 마른 입술을 핥았다.

"그건 그거고 이건 이거야. 다르게 해소할 방법이 있지 않겠어? 이런 식으로 하지 않아도 말이야. 쇼핑을 하고 싶다고 했으면 돈을 줬을 거야."

"그런 식으로 당신한테 일일이 허락받는 게 싫었어요. 내가 왜 이렇게 괴로워하는지 생각해 봐요. 원인을 제공한 건 당신이잖아요. 그런데 그 기억을 씻으려고 당신 허락을 구걸해야 한다는 건가요? 당신이 허락하는 범위 안에서만 스트레스를 풀어야 하냐고요."

"이런 식으로 하다가는 집이 엉망진창이 되고 말 거야. 생활비가 다 떨어지면 어떻게 하지? 그리고 당신이 일을 시작한 건 자유롭게 돈을 쓰고 싶어서잖아. 당신이 번 돈은 다 어떻게 했어?"

"그깟 돈, 쇼핑 한 번이면 끝이에요."

그녀가 또다시 옆으로 고개를 획 돌렸다.

"쇼핑할 돈이 모자라서 카드를 만들었다는 거야?"

미하루는 대답하지 않았다. 하지만 대답한 것이나 마찬가지였다. 나는 한숨을 쉬었다.

"지난번에 내게 책임지겠다고 했지? 이게 그거야?"

그러자 그녀가 나를 바라보며 믿을 수 없다는 표정을 지었다.

"그 정도 일로 나더러 책임지라고요? 당신 때문에 나는 몸도 마음도 너덜너덜해졌어요. 누구를 믿고 살아야 할지도 모르겠고 앞으로 뭘 어떻게 해야 할지도 모르겠단 말이에요. 하루하루를 간신히 보내고 있다는 거, 모르겠어요?"

"알아. 그래서 두 번 다시 그러지 않겠다고 맹세했잖아."

"그걸로 다 해결됐다고 생각해요?"

"그런 건 아니지만……."

"나도 내가 잘했다고 생각하지는 않아요. 하지만 나 자신도 어쩌지 못할 때가 있어요. 잠시라도 괴로움을 잊고 싶어서 사치라도 부려 보는 거예요. 그게 그렇게 나쁜가요?"

할 말이 떠오르지 않았다. 주먹을 꽉 쥔 채 바닥만 내려다보았다. 잠시 후 미하루가 빠른 걸음으로 거실을 나갔다. 그리고 침실 문 닫히는 소리가 들렸다.

한동안 나는 그런 상태로 움직일 수 없었다. 그녀의 말 한 마디 한 마디가 쐐기처럼 가슴을 파고들었다. 위스키를 따라 스트레이트로 마시기 시작했다. 잠이 올 것 같지 않았다. 아니, 설사 잠이 온다 해도 침실로 들어갈 수는 없었다.

악몽은 그날 밤으로 끝나지 않았다. 미하루의 과소비가 해결될 기미도 없었다. 예금 잔액이 줄어들면 돈 쓰기를 멈추지 않을까 하는 기대는 빗나가고 말았다. 그녀는 신용 카드를 두 장 더 만들었다. 그걸로 쇼핑과 현금 인출을 반복했고, 쇼핑을 할부로 함으로써 간신히 수입과 지출을 맞추어 나갔다. 하지만 갈수록 불어나는 카드 대금이 눈 깜짝할 사이에 내 월급 액수를 넘어섰다. 나는 회사에서 가입한 재형저축을 해약해 모자라는 돈을 보충해야 했다. 그런 식으로는 얼마 버틸 수 없다는 것이 불 보듯 뻔했다.

물론 그렇게 되기까지 내가 손 놓고 지켜보기만 한 것은 아니었다. 미하루에게 현금으로만 쇼핑하라고 통사정도 해 보았다.

"통장이랑 현금 카드를 당신한테 맡길게. 생활비를 제외한 나머지 돈을 어떻게 쓰건 당신 자유야. 다만 신용 카드로 쇼핑하는 것만은 참아 줘."

하지만 그녀는 들으려 하지 않았다.

"우리한테 돈이 없다는 건 잘 알아요. 그래서 여기저기서 빌리고 있어요."

"계속 그런 식으로 하다가는 정말로 파산하고 말아. 그래도 괜찮다는 거야?"

"내가 알 바 아니에요. 미리 말해 두는데, 카드를 정지시켜도 소용없어요. 그럼 나는 사채업자를 찾아갈 거예요."

미하루가 무슨 생각으로 그러는지 알 수 없었다. 스스로 자신의 목을 조르고 있다는 사실을 모를 리 없는데도 그녀는 그만두려 하지 않았다. 일종의 동반 자살 심리와 같은 것이 아닌지 의심스러웠다. 내 손을 잡아끌고 지옥으로 함께 떨어지려는 것이 아닐까.

회사에 가도 일이 손에 잡히지 않았다. 미하루가 악질적인 사채업자에게 거액을 빌리고 있는 것 아닐까 염려스러워서였다. 그녀를 집에 가두는 방법까지 진지하게 고려했을 정도였다. 고민이 가득했던 나는 계약 체결에 실패하는 일이 많았다.

"도대체 왜 그래? 요즘 통 일에 집중하지 못하잖아. 이런 식이면 곤란해."

걸핏하면 상사에게 주의를 들었다. 그럴 때마다 죄송하다며 고개를 숙여야 했다. 집안일까지 미주알고주알 얘기할 수는 없었다.

나는 급격히 소모되어 갔다. 거울을 볼 때마다 뺨이 움푹 패고 눈이 쑥 들어간 것을 스스로 봐도 알 수 있을 정도였다.

그러다가 결정적인 사건이 발생했다. 어느 날 집에 돌아와 보니 미하루가 나를 기다리고 있었다. 그녀는 서류 한 장을 내밀며 서명하고 인감도장을 찍어 달라고 했다. 내용을 읽어 본 나는 경악했다. 50만 엔을 빌리는 계약서로, 상대는 들어 본 적 없는 금융회사였다.

"아무리 계산해 봐도 다음 달 카드 빚을 갚기가 힘들어서 여기서 빌리기로 했어요."

그녀는 별일 아니라는 투였다.

"서명하고 도장 찍어 줘요."

나는 온몸이 떨렸다. 화가 난 탓도 있었지만 미하루라는 여자가 무서웠다. 내가 어처구니없는 여자와 결혼했다는 확신이 들었다.

"당신이 지금 무슨 짓을 하려고 하는지 알기나 해?"

목소리가 떨려 나왔다.

"왜 그렇게 무서운 얼굴을 하고 그래요? 알죠, 물론. 하지만 돈을 갚을 방법이 이것밖에 없는 걸 어떡해요. 사실은 더 빌리고 싶은데 당신 월급 액수를 말했더니 이것밖에 안 된다고 하더군요. 월급이 적으니 돈도 빌리기 힘들어."

그녀는 흥, 코웃음을 쳤다.

그 순간 내 분노가 정점에 이르렀다. 정신을 차려 보니 미하루가 손으로 얼굴을 감싼 채 바닥에 쓰러져 있었다. 내 손바닥에 남은 감각으로 미루어 그녀에게 손을 댔나 보다고 생각했다.

미하루가 자신의 뺨에 손을 댄 채 나를 올려다봤다. 눈이 새빨갰다. 그녀가 입술을 깨물었다.

"꺼져. 너 같은 년, 꺼지란 말이야!"

내가 소리를 지르자 미하루는 후다닥 일어나서 거실을 나갔다. 그리고 침실로 달려가더니 10분도 안 돼서 거친 발소리를 내며 나왔다. 커다란 가방을 양손에 든 그녀가 복도를 지나갔.

붙잡을까 말까 망설이는 사이 현관에서 신발 신는 기척이 났다. 나는 거실 입구로 달려갔지만 복도로 나서기 전에 현관문 여닫는 소리가 들렸다.

아무도 없는 현관을 잠시 바라보다가 침실로 가 보았다. 옷장 문이 모두 열려 있었다. 미하루가 옷을 닥치는 대로 가방에 쑤셔 넣은 듯했다. 바닥에는 머리카락이 붙은 빗이 나뒹굴었다.

빗을 주워 들고 침대에 누웠다. 침대에 미하루의 향기가 남아 있었다. 그 향기를 맡으며 극심한 공허감에 빠져들었다.

그날 밤 미하루에게서는 연락이 없었다. 친정에 갔으리라고 짐작했다. 그래서 다음 날 유키코가 회사로 전화를 해서 미하루가 자기네 집에 있다고 말했을 때는 몹시 당황스러웠다.

유키코는 일단 회사 쪽으로 오겠다고 했다.

고개를 숙여야 했다. 집안일까지 미주알고주알 얘기할 수는 없었다.

나는 급격히 소모되어 갔다. 거울을 볼 때마다 뺨이 움푹 패고 눈이 쑥 들어간 것을 스스로 봐도 알 수 있을 정도였다.

그러다가 결정적인 사건이 발생했다. 어느 날 집에 돌아와 보니 미하루가 나를 기다리고 있었다. 그녀는 서류 한 장을 내밀며 서명하고 인감도장을 찍어 달라고 했다. 내용을 읽어 본 나는 경악했다. 50만 엔을 빌리는 계약서로, 상대는 들어 본 적 없는 금융회사였다.

"아무리 계산해 봐도 다음 달 카드 빚을 갚기가 힘들어서 여기서 빌리기로 했어요."

그녀는 별일 아니라는 투였다.

"서명하고 도장 찍어 줘요."

나는 온몸이 떨렸다. 화가 난 탓도 있었지만 미하루라는 여자가 무서웠다. 내가 어처구니없는 여자와 결혼했다는 확신이 들었다.

"당신이 지금 무슨 짓을 하려고 하는지 알기나 해?"

목소리가 떨려 나왔다.

"왜 그렇게 무서운 얼굴을 하고 그래요? 알죠, 물론. 하지만 돈을 갚을 방법이 이것밖에 없는 걸 어떡해요. 사실은 더 빌리고 싶은데 당신 월급 액수를 말했더니 이것밖에 안 된다고 하더군요. 월급이 적으니 돈도 빌리기 힘들어."

그녀는 흥, 코웃음을 쳤다.

그 순간 내 분노가 정점에 이르렀다. 정신을 차려 보니 미하루가 손으로 얼굴을 감싼 채 바닥에 쓰러져 있었다. 내 손바닥에 남은 감각으로 미루어 그녀에게 손을 댔나 보다고 생각했다.

미하루가 자신의 뺨에 손을 댄 채 나를 올려다봤다. 눈이 새빨갰다. 그녀가 입술을 깨물었다.

"꺼져. 너 같은 년, 꺼지란 말이야!"

내가 소리를 지르자 미하루는 후다닥 일어나서 거실을 나갔다. 그리고 침실로 달려가더니 10분도 안 돼서 거친 발소리를 내며 나왔다. 커다란 가방을 양손에 든 그녀가 복도를 지나갔다.

붙잡을까 말까 망설이는 사이 현관에서 신발 신는 기척이 났다. 나는 거실 입구로 달려갔지만 복도로 나서기 전에 현관문 여닫는 소리가 들렸다.

아무도 없는 현관을 잠시 바라보다가 침실로 가 보았다. 옷장문이 모두 열려 있었다. 미하루가 옷을 닥치는 대로 가방에 쑤셔넣은 듯했다. 바닥에는 머리카락이 붙은 빗이 나뒹굴었다.

빗을 주워 들고 침대에 누웠다. 침대에 미하루의 향기가 남아 있었다. 그 향기를 맡으며 극심한 공허감에 빠져들었다.

그날 밤 미하루에게서는 연락이 없었다. 친정에 갔으리라고 짐작했다. 그래서 다음 날 유키코가 회사로 전화를 해서 미하루가 자기네 집에 있다고 말했을 때는 몹시 당황스러웠다.

유키코는 일단 회사 쪽으로 오겠다고 했다.

약 30분 뒤 우리는 회사 로비에 마주 앉았다.

"미하루에게 사정은 들었지만 다지마 씨도 할 말이 있을 것 같아서요."

유키코가 어두운 표정으로 말을 꺼냈다.

"미하루는 어쩌고 있어요?"

"그게……"

유키코가 잠시 말하기 곤란하다는 표정으로 머뭇거리다가 입을 열었다.

"다지마 씨에게 배신당했다고 했어요. 그래서 너무 화가 나서 돈을 마구 썼더니 자신을 때리면서 나가라고 했다고요. 다지마 씨가 그랬을 리 없다고 생각하긴 했지만……"

"으음……"

미하루의 말에 거짓은 없었다. 그녀가 말한 대로였다. 하지만 뭔가 미묘하게 다른 느낌이었다.

"미하루의 말이 사실인가요?"

유키코가 물었다.

"기본적으로는 맞다고 할 수 있죠."

하는 수 없이 나는 그렇게 대답했다.

유키코의 얼굴에 낙담하는 기색이 역력했다. 실망과 경멸이 뒤섞인 심정일 것이다.

"바람피운 일에 대해서는 이미 사과했고, 그 이후로는 그런 일이 한 번도 없었어요. 미하루에게 상처를 준 점은 최선을 다해 보상하려고 했는데……."

"하지만 때리셨잖아요."

"손을 댄 건 잘못이죠. 하지만 그때는 나도 제정신이 아니었어요. 엄청난 빚을 져 놓고서 또 돈을……."

"다지마 씨 입장은 알겠지만, 애초에 원인을 제공한 사람이 다지마 씨잖아요."

"그야 그렇지만……."

"그럼 미하루가 잘못을 좀 하더라도 이해해 줘야 하는 것 아닌가요?"

유키코의 말을 들으면서 나는 마음이 답답해졌다. 그녀가 무슨 말을 하고 싶은지는 알지만, 지금의 상황은 그녀의 말처럼 단순하지 않았다.

"미하루가 이혼하고 싶다고 하더군요."

나는 깜짝 놀라 눈을 크게 떴다.

"나랑 헤어지고 싶다고 그러던가요?"

"네. 너무 흥분해서 앞뒤 안 가리고 말하는 것 같긴 하지만요."

"이혼하고 싶단 말이죠……."

나는 시선을 아래로 떨어뜨렸다.

"잠깐만요, 설마 다지마 씨까지 이혼을 생각하는 건 아니죠?"

"어젯밤에 생각해 봤는데, 그럴 수밖에 없을 것 같아요."

그러자 유키코가 미간을 찌푸리며 고개를 저었다.

"그렇게 성급하게 결론 내리면 안 되죠. 일단 마음을 가라앉히고 차분히 얘기해 보세요. 그이도 그렇게 말했고요."

"그이라면…… 구라모치 말인가요?"

그랬다. 지금 내 눈앞에 있는, 타인을 배려하는 면에서 세상 그 누구와도 견줄 수 없는 훌륭한 여성은 이미 남의 아내였다. 그리고 그 행복한 남편은 바로 구라모치, 구라모치의 계략으로 내 아내가 된 여자는 미하루였다. 그 여자 때문에 나는 고통받고 있었다.

"시간이 좀 더 흐른 후에 얘기하도록 하세요."

유키코가 약간 명령조로 말했다.

"그때까진 우리가 미하루를 돌볼 테니까요."

"미하루는 친정에 가지 않을 작정인가 보죠?"

"친정에는 알리지 않은 것 같아요. 걱정 끼치기 싫은 거겠죠."

"흠……."

그러고 보니 미하루는 친정과 왕래가 거의 없었다. 나 역시 결혼한 후로는 처갓집 부모와 제대로 대화를 나눈 적이 없었다.

"저희는 괜찮아요. 미하루를 다지마 씨에게 소개한 장본인이 저희들이니 이 정도 일은 당연히 감당해야 한다고 생각해요. 어찌 됐든 저도 제 남편도 두 사람이 행복해지길 바랄 뿐이에요."

유키코는 진심이 담긴 눈빛으로 말했다.

제 남편도, 라고? 구라모치가 우리의 행복을 바란다고?

글쎄, 과연 그럴까, 라고 나는 마음속으로 중얼거렸다.

그로부터 사흘 뒤, 도쿄 시내의 한 호텔 라운지에서 미하루를 만나기로 했다. 구석 자리에 앉아서 기다리고 있자니 미하루가 구라모치 부부와 함께 들어왔다. 처음 보는 하얀 정장 차림이었다. 모든 것을 백지 상태에서 다시 시작하고 싶다는 의지의 표현이라고 생각했다.

구라모치와 유키코는 조금 떨어진 테이블에 앉고 미하루만 내게로 왔다. 그녀는 내 맞은편 자리에 앉더니 "바쁠 텐데 미안해요."라고, 나와 눈길을 마주치지 않고 말했다.

"잘 지냈어?"

내가 물었다.

"그럭저럭요."

그러고서 잠시 두 사람 다 말이 없었다. 나는 곁눈으로 구라모치 부부를 봤다. 구라모치는 등을 돌리고 앉아 있었고, 나는 그의 맞은편에 앉은 유키코와 눈이 마주쳤다.

"마음을 가라앉히고 생각해 봤는데요."

마침내 미하루가 입을 열었다.

"역시 이런 생활을 질질 끌어 봐야 서로에게 보탬이 되지 않을 것 같아요. 나는 당신이 바람피운 사실을 평생 원망할 테고 당신 역시 그걸 짐으로 안고 살아가야 할 거고요."

"결국 용서할 수 없다는 거군."

"당신하고 아무리 살아도 마음의 상처가 치유되지 않을 거예요."

"요컨대 이혼하고 싶다는 건가?"

"당신은 어때요? 그러고 싶지 않아요?"

"나는 다시 시작할 수 있다면 그러고 싶어. 그러려면 서로 바뀌어야 하겠지만."

"그건 어렵다고 봐요. 나 역시 변하고 싶고 변해야 한다고 생각해요. 하지만 그러려면 괴로운 기억을 모두 지울 수 있어야 하는데, 미안한 얘기지만 당신 얼굴만 봐도 화가 나요."

그녀의 말에 쓴웃음을 지으려고 했지만 뺨이 굳어 왔다. 말이 지나치다고 생각했다.

"만약 당신이 끝까지 싫다고 하면 강경한 수단을 쓸 수밖에 없어요."

"강경한 수단이라니?"

"아는 변호사가 있어요. 그 사람에게 가서 상담할 거예요."

"소송이라도 하겠다는 말이야?"

"최악의 경우에는요. 당신이 바람피웠다는 증거도 있으니까요."

"증거……."

미하루가 무슨 말을 하는지 금세 알아차렸다. 내가 쓴 반성문을 말하는 것이다. 어리석게도 내가 정신없을 때 서명하고 날인한 그 반성문 말이다.

"그때 이미 이렇게 되리란 걸 예상했단 말인가?"

"예상 따위 하지 않았어요. 적당히 넘어가는 게 싫었을 뿐이에요."

미하루의 말을 믿을 수 없었다. 하지만 설령 이렇게 되리라는 걸 예상했다 해도 당시 나는 도장을 찍지 않을 도리가 없었다.

"어떻게 할래요, 그래도 이혼에 동의하지 않을 건가요?"

미하루가 추궁하는 눈으로 나를 봤다.

답은 이미 나와 있다고 생각했다. 오늘 이 자리는 문제를 해결하려는 자리가 아니라 그녀가 이혼에 대한 내 대답을 듣기 위해 마련된 자리였던 것이다. 반론 따위는 내게 허용되지 않았다. 생각해 보니 호텔 라운지같이 사람들 눈에 띄는 곳에서 별거 중인 부부가 이야기를 나누는 것 자체가 이상했다. 상식적으로 볼 때 내가 구라모치 집으로 갔어야 마땅했다.

"알았어."

대답하는 내 어깨가 축 늘어져 있다는 것을 스스로도 느낄 수 있었다.

"이혼에 동의한다는 말이죠?"

미하루의 눈이 빛난 것처럼 느꼈다. 그토록 헤어지고 싶었단 말인가. 비참한 심정이었다.

"그래."

나는 고개를 끄덕였다.

"다행이에요."

그녀가 한숨을 내쉬었다. 안도의 한숨이라 표현해야 옳을 것이다. 그녀가 이토록 분명하게 이혼 얘기를 꺼낸 건 처음일 것이다. 어쩌면 이런 상황을 예상해서 아이를 갖는 데도 소극적이었던 것은 아닐지 의심스러웠다.

"10만 엔이면 돼요."

미하루가 말했다.

"10만 엔이라니, 뭐가?"

"다달이 생활비 말이에요. 그렇잖아요, 지금 내가 하는 일로는 생활이 불가능하니까요."

"나더러 그 돈을 달란 말이야?"

"당연하죠. 이혼의 원인을 제공한 쪽이 아무 책임도 지지 않는 건 말이 안 되잖아요."

"위자료란 말이지."

"그런 셈이죠. 실은 목돈이 필요하지만, 당신한테 그만한 돈이 없다는 건 나도 알아요. 그러니 생활비를 주겠다고 약속해 줘요."

"10만 엔은 무리야."

"그럼 그건 나중에 상의하죠."

그리고 그녀는 유키코에게 눈짓했다.

유키코가 우리가 있는 쪽으로 왔다. 구라모치도 말없이 그녀를 뒤따라왔다.

"헤어지기로 얘기가 됐어."

미하루가 유키코에게 말했다.

"뭐라고?"

유키코가 눈을 휘둥그렇게 뜨고 미하루를 봤다.

"다지마 씨, 정말이에요?"

"정말이야. 지금 확인했어."

미하루가 대신 대답했다.

"그렇지만……."

"두 사람한테는 폐가 많았어. 오늘 밤 안으로 나갈 테니 걱정 마."

"잠깐만, 미하루. 정말 충분히 얘기한 거야?"

"더 할 얘기도 없어. 구라모치 씨, 그렇게 됐어요."

미하루가 구라모치에게 말했다. 구라모치는 어색한 표정으로 콧잔등을 긁었다.

미하루가 가방을 들고 일어서서 혼자 출구 쪽으로 향했다. 유키코가 그녀를 허둥지둥 쫓아갔다.

나는 잔에 담긴 물을 한 모금 마시고 나서 테이블에 턱을 괴었다. 나 자신의 일이지만 어안이 벙벙한 전개였다. 이 호텔에 오기 전만 해도 얘기를 어떤 식으로 하면 좋을지 심사숙고했다. 결과적으로 그것은 무의미한 고민이었다.

정신을 차려 보니 구라모치가 테이블 맞은편에 앉아 담배를 피우고 있었다. 나와 눈이 마주치자 그는 담배를 껐다.

"살다 보면 이런저런 일들이 있기 마련이야. 너무 낙담하지 마."

그가 내게 말했다.

"유키코 씨에게 듣자 하니 미하루가 너희 회사에 있었다면서? 나와 그녀를 결혼시키면 어떻겠냐고 제안한 사람도 너라고 하던데?"

들통난 사실을 이미 알았는지 그는 별로 놀라는 표정을 보이지 않았다.

"네가 마음에 들어 하면 결혼해도 좋겠다고 생각했을 뿐이야. 가벼운 기분으로 말한 거였어."

"그런 것치고는 꽤 공을 들였던걸. 일부러 교제를 반대하기까지 하고 말이야."

"너는 그런 반대를 물리치면서까지 미하루와 결혼하고 싶어 했잖아."

구라모치의 말대로였다. 반박할 말이 없었다.

"하여간 이렇게 된 이상 별수 없지, 뭐. 곤란한 일이 생기면 뭐든 내게 도움을 청해. 힘닿는 데까지 도울 테니까."

나는 고개를 저으며 계산서를 들고 일어섰다.

"네 신세는 지지 않을 거야."

그러고서 카운터로 향했다. 최소한 이 자리에서만은 의연하고 싶었다.

33

이혼 서류를 접수하기 전에 몇 가지 절차를 밟아야 했다. 위자료 건을 포함해 서로의 약속을 확인하는 서류를 작성하고 나서 거주할 곳을 찾아다녔다. 그때까지 살던 맨션에서는 나오기로 했다. 혼자 살기에는 너무 넓고 무엇보다 임대료가 비쌌다. 미하루도 그 집에서는 살기 싫다고 했다.

내가 찾아낸 집은 에도가와구에 있는 맨션이었다. 방 하나에 식당과 부엌이 딸린 집이라고 했지만 그건 명목상일 뿐이고 부엌이라고 부르기에도 초라한, 싱크대가 하나 붙어 있을 뿐이었다. 사실상 원룸이라 할 수 있었다. 침대와 조그만 테이블을 하나 들여놓았더니 운신하기도 힘들 정도로 비좁았다. 거의 비슷한 시기에 미하루도 살 곳을 찾은 듯했지만 어떤 집인지, 집세가 얼마인지는 알 수 없었다.

공교롭게도 내가 이사하는 날 장마가 시작됐다. 인부 두 명이 비를 맞으며 얼마 되지 않는 가구와 옷가지를 날랐다. 트럭도 제일 작은 것을 이용했다. 결혼할 때 산 가구와 가전제품은 대부분 미하루가 가져간 탓에 나는 이사 전날 밤에 인스턴트 라면 하나 끓여 먹는 데도 애를 먹었다.

내 이혼은 회사에서도 화제가 됐다. 재미 삼아 꼬치꼬치 물어오는 사람이 있는가 하면 나에 관한 소문을 굳이 와서 알려 주는 사람도 있었다. 그보다 훨씬 많은 사람이 상상력을 총동원해 아무 근거도 없는 내 험담을 뒤에서 해 댔을 것이다.

인사부에도 한 번 불려 갔다. 인사부장은 말을 빙빙 돌려 가며 이혼한 이유를 캐물었다. 나는 성격 차이 때문이라고 대답했지만 인사부장이 믿었을지는 모르겠다.

이삿짐이 다 정리되자 마음도 어느 정도 안정됐다. 애초에 미하루가 집안일을 제대로 돌보지 않는 여자였기 때문에 이혼으로 인해 생활이 불편해지지는 않았다. 좁지만 깨끗이 정리된 방에서 나 스스로 준비한 식사를 먹고 있노라면 대체 결혼 따위를 왜 했을까 하는 후회가 밀려왔다. 그럴 때면 비싼 수업료를 치렀다고 스스로를 위로했다.

그 '수업료'를 과소평가했음을 깨닫게 된 건 장마가 끝나고 얼마 안 되어서였다. 몇몇 신용 카드 회사에서 잇달아 연락이 왔다. 카드 대금이 입금되지 않았다는 것이다. 자세히 물어보니 보너스 받는 달에 갚기로 하고 결제한 것이 몇 건 있었다. 그 액수가 내가 당장은 도저히 갚을 수 없는 엄청난 금액이었다.

곧바로 미하루에게 전화를 걸어 어떻게 된 일이냐고 따져 물었다.

"아아, 그거 말이지. 내가 얘기 안 했나?"

아무 감정 없는 목소리로 그녀가 말했다.

"난 들은 적 없어. 어떻게 할 작정이야? 나는 못 내겠어."

"그러면 곤란하지."

마치 남의 일이라는 투였다.

"당신이 사용한 거잖아. 나랑은 아무 관계 없는 일이야."

그러자 한 박자 쉬었다가 그녀가 말했다.

"당신, 서약서 내용 잊었어?"

"무슨 내용?"

"결혼 중에 발생한 부채는 모두 다지마 가즈유키가 책임진다는 내용이 있었던 걸로 아는데."

"그건 할부금을 말하는 거였어. 보너스 나올 때 갚아야 할 돈이 있다는 건 몰랐단 말이야."

"그거야 당신 사정이지. 서약서 내용을 제대로 검토하지 않은 건 당신 책임이니까 어쩔 수 없잖아."

"일부러 말하지 않은 거야?"

"그런 건 아니지만……, 뭐, 마음대로 생각해도 좋아. 어차피 결과는 마찬가지니까."

"나는 안 낼 테니까 그런 줄 알아."

"그러시든가. 신용 카드 회사에서 납득할지 모르겠네."

미하루의 억양 없는 목소리가 한층 내 신경을 건드렸다.

"당신이 그렇게 나온다면 내게도 생각이 있어."

내 말이 무슨 뜻인지 그녀가 즉시 알아차린 듯했다.

"미리 말해 두는데, 생활비를 안 보낸다든지 하면 가만있지 않겠어. 그때는 법적인 조치를 취할 거야."

"뭐야, 재판이라도 하겠다는 건가?"

"당신 하기에 따라서는. 나야 서약서에 적힌 내 권리를 주장하는 것뿐이니까."

"그런 말도 안 되는 서약서는 무효야."

"그런 건 법정에 가서 주장해. 하지만 소송이 붙으면 난처해지는 사람은 당신 아닐까? 회사에 알려지면 안 좋을 텐데."

그녀의 말에 나는 그만 입을 다물었다. 그러자 그녀가 승리를 확신했는지 나지막한 웃음소리가 전화선을 타고 전해졌다.

"회사에는 사실대로 말하지 못했지? 본인이 바람피워서 이혼했다고 말이야. 그런 마당에 헤어진 아내가 위자료 지급 소송을 제기했다고 알려지면 곤란할 텐데."

"알았으니까 그만해."

그대로 전화를 끊어 버렸다.

미하루의 교활함을 새삼 알게 된 기분이었다. 그녀가 스트레스 때문에 쇼핑 중독증에 걸렸다는 생각을 더는 할 수 없었다. 그녀는 내가 바람피운 사실을 안 순간부터 이런 시나리오를 짠 것이다. 어차피 이혼할 바에는 마음껏 사치를 부린 후 그 대가를 이 남자에게 떠안기고 떠나자, 분명 그런 계략이었을 것이다. 그렇게밖에 생각할 수 없었다. 게다가 그녀는 내가 바람피운 사실을 주위 사람들에게 말하지 못할 것이라는 점까지 계산에 넣었다. 분하지만 그녀의 말이 사실이었다. 회사에서의 입장도 있고 해서 자세한 사정이 알려지는 것을 나는 원치 않았다.

어찌할 바를 몰라 망연자실하고 있는 내게 마침내 저승사자가 찾아왔다. 금융 회사의 징수 담당 직원 둘이 손님인 척하고 매장에 와서 나를 지명한 것이다. 회사 이름도 들어 본 적 없었고, 남자들 역시 표면상으로는 정중한 태도를 가장했지만 어둠의 인간들임에 틀림없었다.

그들은 미하루가 자기네 회사에서 백만 엔을 빌렸다고 했다. 그리고 그 연대 보증인이 나로 되어 있었다.

그녀가 빌린 돈이니 그쪽에 청구하라고 말하자 남자들이 픽 웃었다.

"그쪽에서 못 받으니까 댁한테 온 거예요. 그리고 댁이 그쪽이랑 이혼할 때 빚을 전부 떠안겠다고 약속했다면서? 우리가 서류를 이미 확인했거든. 정식 서류던데."

'정식'이라는 부분을 그들은 강조했다.

말할 필요도 없이 미하루가 빌린 돈에는 이자가 붙어 있었다. 눈앞이 캄캄했다.

다시 오겠다는 말을 남기고 남자들은 돌아갔다. 아마도 그들은 하루가 멀다 하고 찾아올 것이다. 회사에 알려질 것이 두려워 그들이 시키는 대로 돈을 갚는 날까지 독촉은 계속될 것이다.

그날은 하루 종일 일이 손에 잡히지 않았다. 상사에게 주의를 받았지만 그런 말은 귀에 들어오지도 않았다. 나쁜 상상이 꼬리에 꼬리를 물었다. 견디다 못한 나는 미하루에게 전화를 걸었지만 연결되지 않았다. 설사 연결됐더라도 상황은 조금도 나아지지 않았을 것이다. 늘 그랬듯이 그녀의 뻔뻔스러운 반론만 들었을 것이다.

금융 회사 남자들이 기다리고 있을 것만 같아 집에 돌아갈 마음이 생기지 않았다. 그렇다고 한밤중까지 거리를 배회할 수도 없는 노릇이어서 막차 시간이 다 됐을 때쯤 집으로 가는 전철을 탔다.

집 앞에 도착해 보니 벤츠 한 대가 노상에 주차되어 있었다.

예감이 불길했다. 아무래도 금융 회사 사람들의 차 같았다.

고개를 숙이고 빠른 걸음으로 아파트 현관으로 들어가는데 차 문 열리는 소리가 들렸다. 나는 계단을 뛰어 올라갔다. 집은 3층이었고, 엘리베이터가 있었지만 기다릴 여유가 없었다.

3층에 도착해 문 앞에서 열쇠를 꺼내는데 엘리베이터 도착음이 들렸다. 그리고 이쪽으로 다가오는 발소리가 났다. 다급히 문을 열고 집 안으로 들어가려는 찰나, "다지마!" 하고 누군가 나를 불렀다.

움직임을 멈추고 뒤돌아보니 구라모치가 천천히 다가오고 있었다. 그의 입가에 희미하게 미소가 번졌다.

"늦었네. 야근했어?"

"뭐야, 이런 시간에."

내가 숨을 몰아쉬며 말했다.

"할 얘기가 있어서 기다리고 있었지. 아까 불렀는데 못 들었나 보구나."

"무슨 일이야?"

"할 얘기가 있다니까. 오래 안 걸릴 거야. 괜찮지?"

구라모치가 바지 주머니에 양손을 찔러 넣은 채 물었다.

이 녀석 때문에 어처구니없는 여자와 결혼했다고 생각하자 증오심이 치밀어 올랐다. 하다못해 욕이라도 실컷 퍼붓고 싶었다. 그런데 한편으로 기묘하게도 오늘 밤은 누군가와 함께 있고 싶다는 생각이 들었다. 내게 돈을 요구하지 않을 그 누군가와 말이다.

나는 한숨을 내쉬며 아파트 현관문을 열어젖혔다.

"들어와, 좁지만."

구라모치는 고개를 끄덕이고 집 안으로 발을 들여놓았다.

"좁긴 좁네."

싸구려 테이블과 텔레비전 사이에 끼이듯이 앉으며 구라모치가 말했다.

"좀 더 나은 집은 없었어?"

"집세 때문에 그렇게 됐어. 이 정도가 최선이야."

"집세라······."

구라모치가 담배를 꺼내 물었다. 내가 재떨이를 내주지 않을 거라고 짐작했는지 그는 옆에 있던 빈 맥주 캔을 끌어당겼다.

"돈 때문에 힘든 모양이네."

나는 아무 말 하지 않았다. 한바탕 울분을 터뜨리고 싶었지만 못난 모습을 보여 주기는 싫었다. 사실은 그런 고집을 부릴 처지조차 못 되었지만.

구라모치가 담배 연기를 내뿜은 후 다시 입을 열었다.

"얼마 전에 유키코랑 미하루가 통화를 했나 봐. 그때 조금 놀랄 만한 얘기를 들었대."

내가 구라모치의 얼굴을 바라보자 그도 나를 마주 보며 말을 계속했다.

"너, 미하루가 진 빚까지 갚고 있다며? 신용 카드 빚이랑······."

"미하루가 그런 것까지 유키코에게 얘기했대?"

"얘기를 나누다가 여러 가지로 마음에 걸려서 물어봤나 봐. 미하루 말로는 이혼할 때 그러기로 약속했고, 네가 그 정도는 해줘야 마땅하다고 그러더래."

나는 고개를 돌려 구라모치의 시선을 피했다. 딱히 할 말이 없었다.

"그런 서약서는 도대체 왜 쓴 거야? 제대로 읽지도 않고 서명한 거 아니야?"

그렇게 묻는 것도 무리는 아니었다.

"한시라도 빨리 정리하고 싶었어. 그리고 빚이 그렇게 많을 줄 몰랐지."

"얼마나 되는데?"

나는 대답하기가 망설여졌다. 천하의 멍청이라고 여길 것 같아서였다.

"그런 상태라면 신용 카드만이 아니겠는데. 그것 말고도 더 있는 거 아니야?"

"신경 꺼."

"역시 있나 보구나."

구라모치는 아직 몇 모금 피우지도 않은 담배를 빈 맥주 캔 윗부분에 비벼 껐다.

"사채 같은 거겠지."

그가 너무나 정확하게 짚어 내는 바람에 나는 얼굴이 굳어졌다. 그런 반응을 구라모치는 놓치지 않았다.

"맞는 모양이네."

"너하고 상관없는 일이잖아."

"아니, 상관없지 않아. 나랑 유키코도 책임을 느끼고 있어. 좀 더 좋은 여자를 소개해 줬어야 했다면서 말이야. 그러니 내게는 숨기지 말고 다 털어놔 봐."

선량한 척하는 말투가 신경에 거슬렸다. 내심으론 나를 바보라고 여기고 비웃으러 왔으면서 말이다.

"오늘 이런 자들이 회사로 찾아왔었어."

나는 낮에 남자들에게 받은 명함을 테이블 위에 놓았다.

"악질 사채업자야."

구라모치가 명함을 보더니 눈썹을 찡그렸다.

"변호사에게 상담해 볼 작정이야. 이건 정말 말도 안 되는 일이야. 아무리 서약서를 썼기로서니 모든 걸 떠맡아야 하다니……."

"상담할 변호사는 있어?"

"아는 변호사는 없지만 찾아봐야지. 전화번호부를 뒤져 보면 나오겠지."

그 정도는 내가 알아서 처리하겠다고 큰소리치고 싶었다. 하지만 그래 봐야 말뿐인 허세로 비칠 것을 나 자신이 너무나 잘 알았다.

구라모치가 고개를 절레절레 흔들며 두 개비째 담배에 불을 붙였다.

"전부 얼마야?"

"뭐가?"

"빚 말이야. 사채를 포함해서 네가 갚아야 할 돈이 얼마야?"

"글쎄."

나는 그의 시선을 외면했다.

"글쎄라니, 무슨 말이 그래? 대충이라도 좋으니 말해 봐."

"그걸 알아서 뭐 하게. 네가 대신 갚아 주기라도 할 거야?"

그러자 구라모치가 진지한 표정으로 살짝 고개를 끄덕였다.

"그럴 수밖에 없지 않을까 싶은데."

나는 손을 휘휘 저었다.

"관둬. 너한테 신세 질 생각 조금도 없어."

"잠깐 빌려주는 거야. 나중에 갚으면 되잖아. 악질 사채업자한테 빌리는 것보단 낫지 않겠어? 카드 대금을 제때 안 갚으면 블랙리스트에 오른단 말이야."

쓸데없는 참견 마, 라고 하려다 말을 삼켰다. 구라모치의 제안에 솔깃했기 때문이다. 상대가 구라모치만 아니었다면 옳다구나 하고 받아들였을 것이다.

내가 대답을 안 하자 구라모치는 안주머니에 손을 넣더니 봉투 하나를 꺼냈다. 봉투가 원통형으로 보일 정도로 잔뜩 부풀어 있었다.

"우선 오늘은 이것만 놔두고 갈게. 2백만 엔이야."

"뭐야, 이게?"

"그 사채업자들, 기다려 주지 않을 거야. 그러니까 일단 급한 불부터 끄고 보자 이 말이야. 내 신세 지고 싶지 않으면 빨리 갚으면 되잖아. 그리고 나는 너한테 이자를 받을 생각은 없어."

구라모치가 자리에서 일어섰다.

"다음 주에 다시 보자. 그때까지 이 돈은 네가 갖고 있어."

"아니, 이럴 필요 없어."

"내가 책임을 느껴서 그래. 물론 이 돈을 쓰지 않고 해결된다면 더 바랄 게 없겠지. 필요 없게 되면 다음 주에 돌려줘. 그럼 되겠지?"

"차용증도 안 썼는데……."

"정말 그 돈이 필요하게 되면 다음 주에 쓰면 되잖아."

그 말을 남기고 구라모치는 자리에서 일어섰.

그가 떠난 뒤 봉투를 열어 봤다. 만 엔짜리 지폐가 빼곡히 들어 있었다. 세어 보니 정확히 2백만 엔이었다. 그가 이런 거금을 툭 던져 놓고 갈 만한 처지라고 생각하자 나 자신의 초라함에 더욱 화가 났다. 게다가 다음 주에 이 돈을 손대지 않은 상태로 구라모치에게 돌려줄 자신이 없었다.

구라모치가 다녀간 다음 날, 예의 회수 담당자들이 집으로 들이닥쳤다. 그들은 폭력을 휘두르지는 않았지만 말로 나를 한참 위협했다. 지금 당장 갚기 힘들면 자신들이 해결 방법을 알려 주겠다며, 일단 신용 카드를 하나 더 만들어서 고가의 물건들을 산 뒤 그 물건들을 자신들에게 넘겨주는 방법과, 자신들이 내게 다른 사채업자 또는 당장 돈이 될 만한 일을 소개해 주는 방법 등이 있다고 했다. 그리고 만에 하나 내 신변에 무슨 일이 생길지 모르니 먼저 생명 보험에 가입하라고 했다.

"납입금은 걱정할 필요 없습니다. 저희가 내드릴 테니까. 단 1년짜리니까 별것도 아니고요. 그런데 왜 1년짜리인지 궁금하지 않아요? 1년 후에는 반드시 갚게 될 거니까요. 만일 갚지 않으면 어떻게 되느냐, 그때는 우리도 곤란하지만 다지마 씨도 괴롭겠죠. 사는 게 지옥일 겁니다. 자살하고 싶겠죠. 아 참, 생명 보험이라는 건 가입하고 1년만 지나면 자살해도 돈이 나오더군요. 아니, 뭐, 다지마 씨와는 딱히 상관없는 일이지만 말이에요."

단순히 협박하는 건지, 아니면 어느 정도 진심인지 구분이 가지 않았다. 사실 그걸 구분할 여유조차 없었다.

구라모치가 내게 주고 간 돈을 그들에게 건네기까지 그리 많은 시간이 필요하지 않았다.

미하루가 빌린 돈은 백만 엔이었지만 나는 그 돈에다 높은 불법적인 이자까지 갚아야 했다. 그들이 만족스러워하며 떠난 후에도 나는 한동안 자리에서 일어설 수 없었다.

어차피 구라모치가 준 돈에 손을 댔으니 남은 돈은 카드 빚을 갚는 데 썼다. 그렇게 그 2백만 엔은 며칠 만에 사라졌다.

"신경 쓸 거 없어, 그러라고 준 돈이니까. 도움이 됐다니 다행이다."

일주일 뒤 찾아온 구라모치는 내 얘기를 듣고 놀라기는커녕 다정한 말투로 나를 위로했다. 내가 돈을 사용할 것이라고 예상한 것이다. 비참함에 몸이 으스러지는 느낌이었다.
"될 수 있는 대로 빨리 갚을게."
고개를 숙인 채 그 말밖에 할 수 없었다.
"그렇게 의기소침할 거 없어. 문제가 해결됐으니 다행이잖아. 그놈들이 매일같이 들이닥치면 일이나 제대로 할 수 있겠어?"
"차용증 쓰자."
"그런 시시한 짓 하지 말자고 하고 싶지만, 아무래도 써 두는 편이 너도 개운하겠지."
구라모치가 서류를 꺼냈다. 제대로 된 차용증 양식으로, 금액을 비롯해 몇 가지 내용을 기입하고 서명 날인하면 되는 것이었다.
이자는 얼마 되지 않았고 변제 기간도 꽤 길었다. 달리 의문이 없으면 서명하라고 구라모치가 말했다. 이러쿵저러쿵할 입장이 아니었던 나는 그대로 서명한 후 도장을 찍었다.
"다른 돈은 다 갚았어? 카드 빚이 꽤 되는 것 같던데."
"보너스 받는 달에 갚기로 했던 카드 대금은 어느 정도 갚았어. 다달이 내야 하는 돈은 어떻게든 해 봐야지."
"그게 가능하겠어? 미하루한테 생활비도 보내 줘야 하잖아."
나는 입을 다물었다. 사실 대책이 없었다.
"월급은 얼마나 되지? 나한테 월급 명세서를 좀 보여 줬으면 좋겠는데."
"그딴 걸 보여 준들……."
"일단 보여 줘 봐. 확인만 하면 되니까."

하는 수 없이 가장 최근의 월급 명세서를 찾아 그에게 건넸다.

"그저 평균적인 월급쟁이로군."

명세서를 들여다보며 그가 말했다.

"평범하게 살아가기에는 문제가 없겠어. 하지만 빚을 갚고 생활비까지 보내기는 만만치 않겠는걸."

나는 고개를 끄덕였다. 틀린 말이 아니었다.

"어때, 내 일을 좀 도와주지 않을래?"

월급 명세서를 테이블에 내려놓으며 구라모치가 물었다.

"네 일이라면, 주식 매매 말이야?"

"고객 대신 주식을 사거나 팔기도 하고, 개인 투자가의 고문 역할도 해. 너야 초보지만 걱정할 필요는 없어. 내가 하나하나 가르쳐 줄 테니까."

"일손이 부족하지도 않을 텐데 왜 내게 그런 제안을 하는 거지?"

그러자 구라모치는 책상다리를 한 채 팔짱을 끼었다.

"사실은 이번에 독립하기로 했거든. 드디어 내 회사를 차리는 거지. 고부타초 근처에 사무실도 얻었어."

"독립한다고, 네가?"

"몇몇 사람은 지금 있는 회사에서 데려갈 거야. 사장도 오케이 했고. 내가 회사의 일등 공신이니 뭐라고 못해."

나는 득의양양해하는 구라모치의 얼굴을 빤히 바라보았다.

"왜 그래, 내 얼굴에 뭐 묻었어?"

"아니."

고개를 저었다.

"대단하다, 너. 끊임없이 새로운 일에 도전하네. 놀라워."

"비꼬는 거야?"

구라모치가 새 담배를 입에 물었다.

"아니야, 진심이야."

정말이었다. 구라모치의 인간성은 증오하지만 실체도 없는 일로 돈을 만들어 내는 능력은 인정할 수밖에 없었다.

"하지만 회사를 일으키는 일은 이제부터 해야 하는 거잖아. 이런 말은 실례일지 모르지만 반드시 성공한다는 보장도 없고 말이야. 나같이 도움도 안 되는 직원한테 월급을 줄 여유가 있겠어?"

그러자 구라모치가 어이없다는 표정으로 담배 연기를 세차게 내뿜었다.

"다지마, 내가 지금까지 너를 여러 일에 끌어들였고 그 일들이 하나같이 수상한 직업이었다는 건 인정해. 하지만 단 한 번이라도 너한테 손해를 입힌 적이 있어? 호즈미 때도 동서 상사 때도 그런대로 돈을 벌었잖아. 남들처럼 저축까지 할 수 있었던 것도 그 덕분 아니겠어? 내 기억에 너한테 손해를 끼친 건 단 한 번뿐이야. 그것도 일과는 관계없는 이유로."

그러고서 그는 의미심장하게 미소를 지었다.

"오목 말이야. 잊지 않았지?"

놀라웠다. 그가 그 옛날의 기억을 이제 와서 꺼낼 줄은 상상도 못했다.

"너, 그거 기억해?"

"당연하지. 친구를 속이고 기분 좋을 놈이 어디 있겠어."

친구라는 단어를 거리낌 없이 내뱉는 그의 입을 나는 물끄러미 바라보았다.

"주식도 재밌어. 머리를 쓰면 반드시 돈을 벌 수 있지. 손해를 보는 놈들은 머리를 안 써서 그런 거야. 그리고 세상에는 멍청한 놈이 그렇지 않은 놈보다 더 많아서 멍청한 놈들의 돈이 계속 똑똑한 놈들의 주머니로 들어가게 되어 있어. 그런데 실패할 걱정을 왜 하겠어? 걱정 마, 내가 보장할 테니까. 그리고 또 하나, 나는 제2의 사업도 생각하고 있어. 뭔지 알아?"

그러고서 그는 목소리를 낮추어 말을 계속했다.

"부동산에도 손을 댈 계획이야."

"땅 말이야?"

"맨션도."

그는 고개를 끄덕였다.

"알겠지만 땅값이 계속 오르잖아. 앞으로도 오를 거야. 그러니까 돈을 가능한 한 많이 끌어모아서 부동산에 투자하는 거야. 주식보다 확실해."

"보석에 금, 주식, 그리고 마침내 땅이군."

나는 한숨을 내쉬며 말했다.

"너라는 놈은 도대체……."

그다음 말은 내뱉지 못했다.

"다지마, 돈벌이의 핵심을 가르쳐 줄까? 예를 들어서 여기 만 엔이 있다고 치자. 이걸로 백 엔짜리 인스턴트 라면을 사면 9천9백 엔이 남지? 거기서부터는 순식간이야. 먼저 잔돈 9백 엔이 사라지고 그다음엔 천 엔짜리 지폐가 한 장 두 장 사라지지. 눈 깜짝할 새에 다 써 버리고 마는 거야. 여기까지는 이해할 수 있지?"

나는 고개를 끄덕였다.

"돈을 늘리려면 그 반대로 하면 돼. 만 엔을 먼저 만 백 엔으로 늘려. 그건 어려운 일이 아니잖아. 그다음에는 만 백 엔을 만 2백 엔으로 늘리는 거야. 이것도 별로 어렵지 않아. 이 어렵지 않은 일을 반복하다 보면 만 엔이 쉽게 2만 엔이 되지. 사람들은 대부분 멍청해서 만 엔을 갑자기 두 배로 늘리려고 하니까 실패하는 거야."

"네 얘기를 듣다 보니 이 세상이 바보로 가득한 것 같네."

"바로 그거야. 정말이지 놀랄 정도로 머리 나쁜 녀석들이 가득해."

구라모치가 무척 즐겁다는 듯이 웃었다.

한번 생각해 보라며 그는 일어섰다. 그가 간 뒤 나는 멍하니 그가 한 얘기를 되새겨 보았다. 이 세상은 머리 나쁜 녀석들이 가득하다……. 마치 나를 빗대어 한 말처럼 느껴졌다. 죽어라 일해서 모은 돈을 단 한 번의 실수로 모두 날렸다. 게다가 빚까지 있다.

34

 데라오카 리에코의 집을 찾아가기로 결심한 건 그 며칠 뒤의 일이었다. 도무지 연락이 되지 않아 직접 가 보기로 한 것이다.
 다 지난 일이긴 하지만 한 번은 그녀에게 묻고 싶었다. 왜 그런 짓을 했는지, 남의 가정을 깨뜨리는 일이 그렇게 즐거운지.
 도시마구에 있는 벽돌풍 건물은 예전 그대로였다. 어떻게 말을 꺼낼까 생각하며 엘리베이터를 탔지만 생각이 채 정리되기도 전에 그녀의 집 앞에 도착했다.
 나는 심호흡을 한 번 하고 나서 인터폰을 눌렀다. 대답이 없어서 집이 비었나 보다고 체념하고 돌아서려는 순간 "네." 하는 여자 목소리가 들렸다.
 "실례합니다만, 확인하고 싶은 일이 있어서요."
 이름을 밝히지 않은 이유는 찾아온 사람이 나라는 사실을 알면 리에코가 문을 열어 주지 않을까 봐서였다. 그녀가 내 목소리까지 기억할 것 같지는 않았다. 도어 스코프로 내다볼지도 모른다는 생각에 나는 등을 돌리고 서 있었다.
 잠시 후 잠금장치를 푸는 소리가 났다. 문이 열리는 것과 동시에 나도 문을 향해 돌아섰다.
 그러나 문을 연 사람은 리에코가 아닌 다른 여자였다. 문틈으로 발을 밀어 넣으려고 만반의 태세를 갖추고 있던 나는 당황하며 동작을 멈췄다.

"누구시죠?"

30세 전후로 보이는 여자가 수상하다는 듯이 나를 올려다봤다.

"저, 혹시 여기가 데라오카 리에코 씨 댁 아닌가요?"

내 물음에 여자는 고개를 저었다.

"아닌데요."

"그럼 최근에 이사 오셨습니까?"

"최근이라고 해야 하나……, 1년 가까이 됐어요."

"1년이라고요?"

그렇다면 내가 리에코와 만나기 전부터 이 집에 살았다는 얘기다.

"이제 됐죠? 집을 잘못 찾으신 것 같네요."

"네……, 죄송합니다."

집을 잘못 찾아왔을 리는 없었다. 지난번에 내가 리에코의 부탁으로 찾아왔던 집은 분명 여기였다.

문이 닫힌 후에도 나는 한동안 그 집 앞을 떠나지 못했다. 그러고 보니 문 옆에 문패가 붙어 있었다. '혼다'라는 성이었다. 지난번에 왔을 때는 문패가 없었다.

어찌 된 영문인지 알 수 없었다. 데라오카 리에코는 어디로 사라져 버린 것일까. 아니 그보다, 그녀는 대체 누구란 말인가.

나는 집주인이 귀찮아할 것을 알면서도 다시 벨을 눌렀다.

"왜 그러시죠? 제가 좀 바쁜데요."

여자가 경계의 빛을 띠고 물었다.

"저, 아무래도 몇 가지 여쭤봐야 할 것 같아서요. 데라오카 리에코라는 여성에 대해 전혀 모르시나요?"

여자가 고개를 저었다.

"몰라요. 들어 본 적도 없어요."

"그럼 혹시 이 집을 다른 사람과 함께 쓰신 적도 없습니까? 간혹이라도……"

"없어요. 왜 그런 걸 물으시는데요?"

"그게 말이죠……."

나는 명함을 내밀었다.

"실은 6개월쯤 전에 이 집에 가구를 배달한 적이 있습니다. 그때 분명히 이 집에 그런 분이 계셨거든요. 그리고 저는 그때 배달한 가구 때문에 상의할 일이 있어서 왔습니다."

명함이 효과를 발휘했는지 여자의 얼굴에 드리웠던 경계의 빛이 다소 옅어졌다. 하지만 수상쩍다는 듯이 찡그린 눈썹은 그대로였다.

"저는 가구 같은 걸 주문한 적 없어요. 집을 착각하신 거 아닐까요?"

"아닙니다. 분명히 이 집이었어요. 이사하신 후로는 계속 여기 사셨나요? 장기간 집을 비운 적도 없으시고요?"

"그건……."

여자가 뭔가 생각하는 듯한 표정을 지었다.

"그런 일이 있었습니까?"

"반년쯤 전에 한 달가량 해외에 나가 있었던 적이 있어요. 하지만 그사이에 집을 다른 사람에게 빌려주지는 않았어요. 열쇠도 제가 갖고 있었고요. 이제 되셨죠? 제가 보기엔 집을 착각하신 게 틀림없는 것 같아요."

그러고서 여자는 문을 닫으려고 했다.

"아, 잠깐만요. 그럼 딱 하나만 더 부탁드리겠습니다. 집 안을 잠깐 보여 주실 수 있겠습니까? 제 눈으로 직접 보면 제 착각인지 아닌지 알 수 있을 텐데요."

"그건 곤란해요. 알지도 못하는 분을 집 안에 들여놓을 수는 없습니다."

그녀가 문손잡이를 쥔 손에 힘을 주었다.

"그럼 혹시 거실에 이튼알렌 테이블이 있나요? 큼직한 목제 테이블인데요."

그 말에 그녀의 표정이 확 변했다. 그녀가 당황한 얼굴로 나를 봤다.

"목제 테이블이 있긴 한데, 어느 회사 제품인지는 모르겠어요."

"식탁은 유리 제품 아닙니까? 의자는 금속 파이프에 가죽을 씌웠고요."

여자가 분명히 놀라고 있었다. 내 말이 사실이었던 것이다.

"그런 건…… 어디서나 흔히 볼 수 있는 가구 아닌가요?"

"그래서 집 안을 한번 보여 주십사 하는 겁니다. 보면 확실히 알 수 있습니다."

그녀가 망설이는 듯했다. 모르는 남자를 집에 들여놓고 싶지는 않지만, 이 남자의 말이 사실이다. 그렇다면 누군가 자신의 집을 제멋대로 사용했다는 말일까. 아마도 그런 생각들이 머릿속을 오갈 것이다.

"그럼,"

그녀가 입을 열었다.

"저는 여기 있을 테니 안에 들어가서 살펴보세요. 물건들에 함부로 손대지 마시고요."

"알겠습니다. 감사합니다."

문손잡이를 쥔 채 가만히 서 있는 여자를 지나쳐 집 안으로 들어갔다. 짧은 복도가 있고 그 안쪽이 거실이다. 나는 거실 문을 열었다.

모스그린 소파와 샹들리에 스타일 조명, 노란빛 커튼…… 모든 것이 그전 그대로였다. 직업상 나는 가구를 한 번 보면 잊지 않았다. 테이블은 역시 이튼알렌이었다.

"어떤가요?"

여자가 불안한 듯이 물었다.

이 집이 틀림없다고 대답할 수는 없었다. 그렇게 대답하면 여자는 경찰에 신고할 것이다. 일이 커지는 건 결코 내게 유리하지 않았다.

"딱 잘라 말씀드리기 어렵군요."

나는 짐짓 고개를 갸우뚱거렸다.

"이 집인 것 같기도 하고 아닌 것 같기도 하고……, 시간이 많이 흘러서 잘 모르겠어요."

"다시 잘 보세요. 결론이 나지 않으면 저도 찜찜할 것 같아요."

가구가 내 말과 일치했기 때문인지 그녀의 태도가 아까와는 미묘하게 달랐다.

"회사에 돌아가서 알아보면 알 수 있을지도 모릅니다. 다시 연락드릴 테니 전화번호를 알려 주시겠습니까?"

여자가 망설임 없이 전화번호를 불렀다. 나는 그것을 받아 적었다.

"열쇠를 남에게 빌려준 적이 전혀 없습니까?"

"없어요."

그녀는 단언했다.

"아, 그리고 집 소유주의 전화번호도 알았으면 좋겠는데요. 저희 쪽에서 한번 연락해 볼까 해서요."

그녀가 이번에는 떨떠름한 표정을 지었다.

"꼭 필요하시면 제가 집주인에게 물어볼게요. 집을 비운 사이에 그런 일이 있었다는 걸 집주인이 알면 저희더러 나가라고 할지도 몰라요."

"남에게 열쇠를 빌려주시지 않았다면 책임을 물을 수는 없을 겁니다."

"문제를 일으키고 싶지 않아서 그래요. 이 집을 빌리는 데 조건이 굉장히 까다로웠거든요. 조금이라도 문제가 생기면 나가기로 약속했어요."

그녀가 양보하려고 하지 않아 나는 포기할 수밖에 없었다.

"그럼 집주인에게 물어보신 후에 결과를 알려 주시겠습니까? 아까 드린 명함에 있는 번호로 연락 주시면 됩니다."

"알겠어요. 하지만 물어봐야 할지 말아야 할지 잘 모르겠네요."

"제 생각에는 한번 연락해 보시는 편이 나을 것 같습니다."

인사를 한 뒤 그 집을 나왔다. 그녀는 당분간 불안한 나날을 보낼 것이다. 하지만 분위기로 보아 집주인에게 물어보지는 않을 것 같았다.

임대 맨션의 경우 집주인이나 부동산업자가 마스터키를 따로 갖고 있는 것이 일반적이었다. 그 열쇠를 누가 보관하는지만이라도 알고 싶었다. 그러나 세입자의 허락 없이 집주인에게 연락할 수는 없었다. 그리고 설사 데라오카 리에코의 행위를 집주인이나 부동산업자가 알았다 해도 내게 알려 줄 리 없었고, 몰랐다 해도 제3자가 무단으로 그 집을 이용할 가능성을 인정할 리 없었다.

데라오카 리에코는 대체 어떤 사람일까. 무슨 이유로 남의 집에 들어가서 나를 유혹했을까. 아니, 유혹에 그친 것이 아니라 그녀는 내 가정을 파괴했다.

이제 남은 유일한 방법은 긴자의 클럽으로 그녀를 찾아가는 것이었다. 그러나 그녀가 가르쳐 준 클럽은 긴자의 그 어디에도 존재하지 않았다. 비슷한 이름의 클럽이 있어 전화해 봤지만 데라오카 리에라는 호스티스는 없었고 일한 적도 없다고 했다.

이때에 이르러서야 나는 함정에 빠진 것 아닌가 의심하게 됐다. 즉 데라오카 리에코는 처음부터 자취를 감출 작정을 하고 내게 접근해 나를 유혹하고 내 가정을 파괴한 것 아닐까 생각한 것이다.

문제는 그 목적이었다. 내 가정을 파괴해서 그녀에게 돌아갈 이득이 무엇이란 말인가.

그 후 나는 시간이 날 때마다 긴자나 롯폰기의 술집을 찾아다녔다. 리에코는 술집 여자임이 분명하고, 따라서 그런 식으로 찾아다니다 보면 언젠가는 만날 거라고 확신했기 때문이었다.

아무 소득 없이 두 달 정도 지났을 무렵 구라모치에게서 연락이 왔다. 회사에 놀러 오지 않겠냐는 것이었다. 그는 자신이 말했던 것처럼 한 달쯤 전에 회사를 차려 독립했다.

가고 싶지 않아, 라고 말할 수는 없었다. 그에게 큰 빚을 졌기 때문이다. 별 탈 없이 살아가고 있는 것도 그의 도움 덕분이었다.

구라모치의 회사는 니혼바시 고부타초에 있는 7층짜리 건물의 5층에 있었다. 주뼛거리며 사무실에 들어서는 나를 구라모치는 만면에 미소를 띠고 맞았다.

"기다리고 있었어. 더 빨리 연락하고 싶었는데 여러 가지로 바빠서 말이지."

그는 기분이 매우 좋아 보였다.

사무실에는 스무 개 정도의 책상이 있고, 저녁 7시가 지났는데도 직원이 20명 정도 남아 일을 하고 있었다. 다들 20대 초반으로 보였다.

"증권 거래소가 영업을 끝낸 뒤에도 할 일이 있어?"

내가 물었다.

"그때부터 우리 일이 시작되는 거야. 오늘의 결과를 토대로 내일의 작전을 짜는 거지. 경우에 따라서는 고객에게 연락하는 경우도 있고. 타임 이즈 머니."

그때 고교생처럼 보이는 여직원이 커피를 가져왔다.

"젊은 직원이 많네."

여직원의 뒷모습을 바라보며 말했다.

"대부분 올해 졸업한 사람들이야."

선뜻 대답하는 구라모치의 얼굴을 나는 새삼 바라보았다.

"경력자는 없어?"

"두 명은 전에 있던 회사에서 데려왔어. 나머지는 모두 신입이고."

"그건 좀……."

"괜찮아."

구라모치 커피 잔을 한 손에 쥔 채 키들키들 웃었다.

"초보자도 충분히 할 수 있는 일이야. 노하우랑 테크닉만 가르치면 말이야."

그리고 그는 자신의 책상 서랍을 열어 소책자 하나를 꺼냈다.

"이거 한번 봐."

그건 '월간 찬스 메이크'라는 제목의 잡지로 지난달 호였다. 내용을 읽어 보니 앞으로 어떤 회사의 주식이 오르는가에 관한 예측 기사가 그래프나 도표 등과 함께 실려 있었다.

"우리가 발간하는 출판물이야. 꽤 잘 만들었지? 컨설팅 계약을 맺을 때 사용하는 무기야. 우선은 이 책을 정기 구독하도록 만들지."

"하지만 예측이 정확해야 할 텐데."

"그야 물론이지. 그래서 고객들에게 이것도 함께 보여 줘."

구라모치가 이번에는 스크랩한 신문 기사를 꺼냈다. 경제 신문에서 오려 낸 것 같았다.

'트로닉스 주가 급상승'이라는 제목의 기사였다. 트로닉스는 반도체 회사로, 기존의 절반 이하 비용으로 태양 전지를 제조할 수 있는 기술을 개발해 주가가 급상승하고 있다는 내용이었다.

"그럼 이번에는 아까 그 잡지의 기사를 한번 볼까."

구라모치가 『월간 찬스 메이크』를 펼쳤다.

"아, 여기 있다."

구라모치가 가리키는 페이지를 본 내 입에서 "아니!" 하는 소리가 나왔다. 태양 전지 제조 기술로 트로닉스가 특허를 신청했다는 정보가 입수됐다는 내용이었다.

"대단하다. 이런 정보를 어떻게 파악한 거야?"

감탄하며 그에게 물었다.

"그건 비밀. 어쨌든 이 두 개의 기사를 보여 주면 대개의 고객은 한번 구독해 볼까 하고 생각해."

구라모치가 히죽 웃으며 담배에 불을 붙였다.

"그럴 만도 하네."

"있잖아 너, 나 좀 도와줄래?"

구라모치가 담배 연기를 내뿜으며 말했다.

"나는 어떻게 해서든 이곳을 기반으로 천하를 손에 쥐고 싶어. 그러려면 든든한 지원군이 필요한데 지금으로서는 불완전해. 만일 네가 와 준다면 완전하다고 할 정도는 아니더라도 그에 가까운 상태가 될 것 같아. 나는 말이야, 일국의 제왕이 될 거야."

"말도 안 되는 소리 마. 나 따위 없어도 너는 충분히 제왕이 될 수 있어. 이미 이렇게 멋진 성도 지었잖아."

내 말에 구라모치는 담배를 손가락에 끼운 채 얼굴 앞에서 손을 가로저었다.

"모르겠어? 성이라는 건물만 있다고 되는 게 아니야. 내용이 갖춰져야지. 성이 있고 군대가 있고 무기가 있다면 그다음엔 뭐가 필요할까?"

내가 고개를 젓자 구라모치가 말했다.

"뛰어난 가신이야. 브레인이라고 해도 좋고. 그런 것들이 갖춰져야 비로소 제왕이 되는 거야."

구라모치에 따르면 이 사무실은 성이고 20명에 가까운 직원들은 병사, 돈을 모으는 기술은 무기라는 것이다.

"나 같은 문외한이 네 브레인일 수는 없어."

"가능하다니까 그러네. 아까도 말했잖아, 경험 같은 건 없어도 된다고. 방법은 내가 가르쳐 줄 거야."

그의 말에 나는 쓴웃음을 지었다.

"네가 바라는 건 브레인이잖아. 브레인이란 너 대신 생각하고 네게 부족한 부분을 보완하는 사람이야. 그런데 네가 가르쳐야 하는 사람이 어떻게 그런 역할을 하겠어? 너 이상의 지혜는 반드시 있어야 해."

"물론 계약을 따 오는 노하우는 네게 없을지 모르지. 하지만 경영자에게 필요한 건 그런 게 전부가 아니야. 예를 들어 직원들을 장악하고 일치단결시키는 지혜 같은 건 업종과 관계없이 인간적인 경험이 필요해."

"그건 사실이지만 나는 지금 회사에서도 그저 평사원이야. 뿐만 아니라 한 번도 부하 직원을 거느려 본 적이 없어. 그런 내가 경영자의 오른팔이 될 수 있겠어?"

"그렇지 않아. 내가 된다고 하면 된다니까. 너와 나는 지금까지 여러 가지 일을 함께 해 온 친구잖아. 너는 내가 제일 잘 알아. 어떤 의미에서는 너 이상으로 말이지."

구라모치가 자신만만하게 말했다.

"나는 자신 없어. 지금 다니는 회사를 그만둘 용기도 없고."

"하하! 우리 회사가 망할지도 모른다고 의심하는구나."

"솔직히 말하자면 그런 것도 있지. 물론 네가 장사에 재능이 있다는 건 인정하지만 말이야."

절반은 비꼬는 말이었지만 절반은 진심이기도 했다.

"알았어. 그럼 이렇게 하자. 일단 임원 명단에 이름이라도 올려 줘. 매달 한 번 있는 임원 회의에도 참석하고. 회의는 네 일에 지장이 없는 날 할게. 그럼 어떻겠어?"

"도대체 왜 그렇게 하면서까지 내가 필요하지?"

그러자 구라모치가 얼굴을 찡그리며 의자를 내 쪽으로 끌어당겼다. 그리고 직원들에게 들리지 않도록 입가에 손을 대고 말했다.

"솔직히 말해서 어른이 필요해."

"어른이 필요하다니?"

"너도 아까 말했지만, 직원이라고 해야 전부 대학을 갓 졸업한 애송이들뿐이야. 아직은 졸병들만 필요하니까 그 정도로 충분하지만 한 방이 필요한 순간에는 역시 어른이 나서야 해. 그럴 때는 나 혼자로는 부족하단 말이야. 고객에게 얕보이면 이 사업은 끝장이거든. 의사나 변호사랑 비슷하지. 고객에게 의지가 되어야 한다 이 말이야. 그래서 어른이 필요한 거야. 이해하겠어?"

구라모치가 하고 싶은 말이 무엇인지 모르는 바는 아니었다. 하지만 역시 그런 목적으로 내 이름을 사용한다는 게 석연치 않았다.

그런 내 생각을 꿰뚫어 보기라도 한 것처럼 구라모치가 물었다.

"아 참, 그건 어떻게 할 작정이야? 내 입으로 말하긴 좀 그렇지만 말이야."

"그거라니?"

"그러니까."

구라모치는 입술을 거의 움직이지 않고 말했다.

"빌려간 돈 말이야."

"아……."

나는 또 고개를 떨어뜨렸다.

"가능한 한 빨리 어떻게든 하려고 생각하고 있어."

"하지만 갚을 전망이 없어 보이는데. 미하루에게 생활비도 보내 줘야 하잖아."

"그건, 글쎄……."

"그런 것까지 다 생각해서 제안한 거야. 우리 회사 임원이 되면 임원 보수도 지급해 줄 수 있어. 그걸로 빚을 갚으면 되지 않을까?"

나는 구라모치를 잠깐 올려다보았다가 다시 눈을 내리떴다.

"너한테 그런 신세까지 질 수는 없어."

"새삼스럽게 왜 그래. 미안하면 임원이 돼서 열심히 일해 주면 되잖아. 그럼 내게도 도움이 되고 회사로서도 이익이고, 꿩 먹고 알 먹고지."

그의 이야기를 들으며 나는 살짝 혼란에 빠졌다. 지금 내 처지를 생각하면 그의 제안은 너무도 고마웠다. 아무리 친한 친구라도 이렇게까지 해 주기는 힘들 것이다. 하지만 그런 그를 나는 증오하고 있다. 죽이고 싶었던 적도 한두 번이 아니다.

나는 고개를 들고 구라모치의 얼굴을 똑바로 봤다.

"왜 그래?"

구라모치가 물었다.

"나한테 왜 이렇게 잘해 주지? 내세울 임원이 필요하다면 얼마든지 구할 수 있을 텐데. 꼭 내가 아니라도 말이야."

구라모치가 옅은 미소를 지으며 귓속을 긁적거렸다.

"전에도 너한테 말한 적이 있지만, 우리 부부가 소개한 여자와 결혼하는 바람에 네가 엄청나게 고생했잖아. 그걸 어떤 형태로든 보상하고 싶은 거야."

"아무리 그래도……."

"물론 그게 전부는 아니지."

그가 계속해서 말했다.

"단지 그런 마음 때문에 중요한 역할을 맡겼다간 회사가 곧 망하고 말겠지. 아까 가신이라는 표현을 썼는데, 일본 통일의 기반을 닦은 오다 노부나가를 살해한 아케치 미쓰히데 역시 한때는 노부나가의 가신이었어. 아무리 의지가 되더라도 언제 자신의 목을 따러 올지 모르는 사람을 가신으로 삼을 수는 없단 말이지. 그 어떤 경우라도 믿을 수 있는 사람, 그런 사람을 찾다 보니 아무래도 내 옆에는 너밖에 없더라."

의외의 대답에 나는 아무 말도 못하고 눈만 껌뻑거렸다. 그 내용도 그렇지만 말하는 구라모치의 얼굴에 이제까지 본 적 없는 수줍음 같은 것이 어려 있었다.

"어때, 도와줄래? 너한테도 나쁜 얘기는 아닐 것 같은데."

"글쎄, 그렇긴 한데……."

며칠 생각할 시간을 달라고 하고 그날은 구라모치의 사무실을 나왔다. 그러나 그 시점에 이미 나는 마음을 굳혔다고 할 수 있었다.

그다음 주부터 매주 한 번씩 구라모치의 회사에 임원 자격으로 나가게 되었다. 내 주된 업무는 돈과 사람을 관리하는 것이었다. 직원들의 업무를 평가해 급여에 반영하는 것이 그 핵심이었다.

구라모치는 정작 주식 거래에 대해서는 거의 아무것도 가르쳐주지 않았다. 나는 말하자면 금고지기라 그런 내용은 몰라도 된다는 것이 그의 설명이었다.

"너희 회사도 그렇잖아. 중역이 커튼 원단이나 책장 부품에 대해 잘 알아? 우리는 오케스트라의 지휘자야. 지휘자가 악기를 직접 연주할 필요는 없어."

입금 현황만 보면 구라모치의 회사는 크게 성공을 거두고 있는 것처럼 보였다. 아직 앳된 티가 남아 있는, 대학을 갓 졸업한 직원들이 몇백만 또는 몇천만 단위의 돈을 속속 입금했다. 주식을 사려는 고객들이 회사에 맡긴 돈이다. 이해할 수 없었던 점은 그런 돈들이 거의 주식에 투자되지 않는다는 사실이었다.

"고객이 요구하는 대로 사고팔고 해서는 컨설팅 회사로서 존재 의미가 없지. 사는 타이밍과 파는 타이밍은 우리가 결정해.

돈이 움직이지 않는 건 아직 타이밍이 안 되었기 때문이야."

내 의문에 구라모치는 그렇게 답했다.

"하지만 그 돈을 다른 곳에 운용하잖아. 막상 타이밍이 왔을 때 돈이 손에 없다면 문제 아니야?"

"그럴 때는 다른 곳에서 돈을 들여오면 돼. 일단 회사에 들어온 돈은 어떤 돈이나 마찬가지야."

"그래도 혼란이 일어날 텐데."

"그러니까,"

구라모치가 내 어깨를 두드렸다.

"네가 금고지기로 있는 거 아니야."

하지만 사실 그때 나는 이미 혼란에 빠져 있었다. 일주일에 한 번 입출금 상황을 조사하는 것만으로는 뭐가 어떻게 돌아가는지 전혀 파악할 수 없었다. 게다가 말이 금고지기지 통장과 인감은 늘 구라모치가 보관했다. 내게는 관리 책임자라는 직책만 주어졌을 뿐이었다.

어느 날의 일이었다. 가구 매장이 쉬는 날이어서 처음으로 오전 중에 구라모치의 회사에 나갔다. 구라모치는 출근 전이었고, 그가 전에 있던 회사에서 데려왔다는 나카가미라는 직원이 사무실 안쪽에 있는 회의 테이블에서 신입 사원들을 교육하고 있었다. 다른 직원들은 대부분 외근 중이었다. 나는 평소처럼 내 자리에 앉아 숫자가 나열된 서류를 훑어봤다.

"요컨대, 먼저 어떤 사람인지 파악하라 이 말이야. 그게 첫 번

째야."

 나카가미가 큰 소리로 말했다. 나도 모르게 그의 말에 귀를 기울였다.

 "사업에서 성공한 사람은 냄새를 잘 맡는 법이야. 감언이설에 넘어가지 않는다 이 말이야. 어설프면 의심받으니까 그런 상대에게는 현실성 있는 얘기를 해야 해. 증권 회사에서 흘러나오는 얘기를 섞으면 설득력이 높아지지. 하지만 그러면 상대는 따분한 얼굴을 할 거야. 좀 더 큰 걸 터뜨릴 방법을 찾는 중일 테니까. 그럴 때 이렇게 말하는 거야. 세상에 쉽게 되는 일은 없습니다. 선생님도 지금의 지위에 쉽게 오르지 않았잖습니까. 그 말에 상대는 우리를 믿게 되는 거야."

 어쩐지 내용이 수상쩍었다. 나는 서류에서 고개를 들었다.

 나카가미의 강의가 계속됐다.

 "토지나 재산 분할이나 퇴직금 등으로 인해 목돈이 생긴 사람들에게는 아주 어렵게 설명해야만 해. 설명하는 요령은 아까 나눠 준 문서를 참고하도록. 이미 여러 번 말했지만 우선은 동호회에 가입시켜야 해. 그럴 때의 요령은 서두르도록 만드는 거야. 서두르지 않으면 관심주가 하락할 거라거나 특별 서비스 기간이 끝난다든가, 하여간 뭐라도 좋으니까 상대를 초조하게 만들란 말이야. 그래서 상대가 동호회에 가입하면 고문료를 받는데, 중요한 건 처음부터 적게 부르면 안 된다는 점이야. 우선 백만 엔 정도 부르도록. 상대가 난색을 보이면 조금씩 깎아 주는 거야. 다만 그럴 때마다 회사에 전화해서 상사와 협의하는 것처럼 보여야 해. 당신만 특별히 깎아 준다, 그런 인상을 주란 말이야. 하지만 10만 엔 이하로는 절대 내려가면 안 돼. 그 정도 푼돈을 아깝게 여기는 사람은 상대하지 말아야 해. 그리고 아까도 말했지만 '입회해 주십시오.' '부탁드립니다.' 따위의 표현은 금물이야. 우리가 갑이고 상대를 얕보는 것처럼 말해야 해. 손해 볼 일 없을 테니 입회하세요, 그 정도면 충분해. 막상 주식 매매를 의뢰받을 경우에는, 이게 제일 중요한데, 절대로 잊어서는 안 되는 점이야."

여기서 나카가미는 일단 말을 끊었다. 나는 그의 다음 말에 온 신경을 집중했다. 나카가미가 신입들을 한 번 둘러본 뒤 내뱉었다.

"일단 고객이 맡긴 돈은 절대 돌려줘서는 안 돼. 그게 철칙이야."

35

구라모치가 출근하자 나는 그를 데리고 회사 밖 찻집으로 갔다. 그리고 커피를 주문하자마자 회사를 그만두고 싶다는 말을 꺼냈다. 제 아무리 구라모치라도 그 말에는 당황한 듯했다.

"대체 왜 그러는데? 무슨 일 있었어? 아니면 보수가 너무 적어서 그러나?"

"그게 아니라 사기 행각에 관여하고 싶지 않아서 그래."

"사기 행각이라니, 말이 좀 심하잖아."

나는 나카가미가 신입 사원을 교육하면서 했던 말을 구라모치에게 전했다. 듣고 있던 구라모치의 표정이 점점 어두워졌다. 그는 내 얘기가 끝난 후에도 한동안 입을 열지 않았다. 종업원이 날라 온 커피를 한 모금 마신 후에도 그는 여전히 침묵했다.

"설명을 해 봐. 네가 사장이잖아. 혹시 나카가미가 제멋대로 지껄이는 거라고 말하고 싶은 거야?"

"아니, 그건 아니야."

"그럼 뭔데?"

"자, 자, 들어 봐."

구라모치가 나를 달래듯 손바닥을 펼쳐서 흔들어 보이며 말했다.

"네가 불쾌해하는 것도 무리는 아니야. 호즈미 사건도 있었고 동서 상사 건으로 서로 힘들어하기도 했지. 다시는 그런 전철을 되풀이하고 싶지 않을 거야. 그건 나도 마찬가지야. 특히 지금은 내가 경영자니까 무슨 일이 생겼을 때 경찰에 쫓기는 신세가 되는 사람은 다른 누구도 아닌 바로 나 자신이야. 그런데 내가 그렇게 위험한 짓을 할 리 있겠어?"

"하지만 나카가미가······."

"고객을 어떻게 다뤄야 하는지 지도한 것뿐이야. 우리 같은 사업은 마냥 친절하게만 대해서는 생존하기 힘들거든. 어느 정도는 허세가 필요해. 게다가 상대에 따라 태도를 바꾸는 건 세일즈의 기본이야. 동서 상사에서도 귀에 못이 박힐 정도로 들었잖아."

"그 회사 얘기는 꺼내지도 마. 말도 안 되는 회사였어."

"동서 상사가 아니어도 마찬가지야. 다들 하는 짓이란 말이지. 특히 증권 컨설팅은 고객을 능수능란하게 다루지 못하면 살아남을 수 없어. 경쟁이 치열해서 페어플레이만으로는 상대를 이길 수 없어."

"나카가미 말이 일단 고객이 맡긴 돈은 절대 돌려주지 말라고 하던데."

나는 구라모치를 노려보며 따졌다.

"심지어 그게 철칙이라고 했어. 고객이 맡긴 돈을 돌려주지 않는다는 건 이상하잖아."

그러자 구라모치는 눈썹을 찌푸리며 한숨을 푹 내쉬었다. 잠시 후 그는 커피를 한 모금 마신 뒤 표정을 누그러뜨렸다.

"별로 이상할 것도 없어. 그건 말 그대로 철칙이야."

"뭐라고?"

"아니, 오해하지는 마. 고객의 돈을 슬쩍하라는 뜻이 아니야. 고객이 돈을 돌려 달라고 하지 않도록 만들라는 뜻이지. 예를 들어 고객에게 A라는 종목을 사도록 해서 그 종목이 올랐을 경우, A를 판 돈을 전부 고객에게 내주는 얼빠진 짓을 하지 말라는 얘기야. A를 파는 건 상관없지만 그 돈으로 다시 B라는 종목을 사도록 만들라는 거지. 즉, 돈을 이동시키라는 거야. 그래야 고객과 우리의 연결 고리가 끊어지지 않잖아. 그런 식으로 하지 않으면 고객이 늘지 않아. 이해되지?"

구라모치는 아직도 이상한 점이 있느냐고 묻는 듯한 표정을 지어 보였다.

물론 이치에 닿지 않는 말은 아니었다. 하지만 여전히 석연치는 않았다.

"나카가미 말의 뉘앙스는 그런 게 아니었어."

"그 녀석은 너무 열중하다가 도를 넘는 적이 가끔 있어. 그래서 지나친 표현이 나온 거지. 내가 주의를 줄게. 그렇지만 내가 방금 말한 것 이상의 의미는 절대 아니니까 걱정하지 마."

"고객이 무조건 돈을 돌려 달라고 하면 그때는 어떻게 할 거야?"

"그럴 때는 돌려 줘야지. 당연한 거 아니야? 물론 고객이 그러지 않도록 만드는 게 우리 일이지만 말이지."

거기까지 말한 뒤 구라모치는 손목시계를 내려다봤다.

"아이고, 시간이 벌써 이렇게 됐네. 이렇게 빈둥거리다간 벌어들인 돈도 다 날아가겠다."

그가 테이블 위에 놓여 있던 계산서를 집어 들었다.

"잠깐만. 하나만 더 묻자."

"또 뭔데?"

"주식을 거래하려면 자격이 필요하잖아. 너, 자격증 있어?"

일순 구라모치의 표정이 험악해졌다고 느꼈다. 하지만 그것은 아주 짧은 순간에 지나지 않았다. 그는 이내 여유 있는 미소를 되찾았다.

"당연하지. 쓸데없는 일에 신경 좀 쓰지 마."

"그럼 다음에 보여 줘."

"알았어."

그러고서 그는 다시 한 번 시계를 봤다.

"자, 서둘러야겠다."

그가 계산대로 향했다. 유리문을 열고 나가는 구라모치를 바라보던 나는 회사를 그만두겠다던 생각이 나도 모르는 사이 사라졌음을 깨달았다.

물론 구라모치의 말을 곧이곧대로 믿은 건 아니다. 하지만 그와 벌이는 논쟁은 항상 이런 식으로 끝났다. 그는 언제나 나보다 한두 걸음 앞서 대답을 준비했고 그런 그에게 나는 아무런 응수도 하지 못했다. 결국 남는 것은 불완전 연소된 것 같은 찜찜함이었다.

그러나 이번만은 결코 속지 않으리라고 다짐했다. 구라모치가 아무리 미꾸라지같이 빠져나가도 조금만 파헤쳐 보면 회사가 저지르는 부정을 파악할 수 있을 것이라고 생각했다. 나카가미를 비롯한 간부급은 입을 쉽게 열지 않을 테니 젊은 사원들에게 캐묻기로 했다.

그런데 그렇게 결심한 것도 잠시, 매우 중대한 사건이 내게 닥쳤다.

본업인 가구 매장 근무를 하고 있을 때였다. 후배가 다가오더니 내 귀에 대고 속삭였다.

"어제 다지마 선배의 고객을 봤어요."

왠지 그의 말투가 의미심장하게 느껴졌다.

고개를 돌려 그를 바라보며 물었다.

"내 고객 누구?"

"이름은 모르겠어요. 1년 전쯤 혼자 왔던 여자예요. 꽤 미인이긴 하지만 물장사 분위기가 풍겨서 다들 호스티스 같다고 수군거렸는데…… 기억 안 나세요?"

나는 눈을 화들짝 떴다. 혼자 오는 여성 고객은 그리 많지 않다. 더구나 물장사 분위기를 풍기는 여자라면 떠오르는 건 한 사람이었다. 심장 박동이 빨라지기 시작했다.

"데라오카 리에코…… 말이야?"

후배는 고개를 갸우뚱하더니 "아, 맞아요. 그런 이름이었던 것 같아요."라고 대답했다.

"어디서 봤어? 술집에서 본 거야?"

약간 히죽거리던 후배는 내가 서슬이 퍼레지자 얼굴에서 웃음기를 거두고 머뭇거렸다.

"그게…… 롯폰기예요. 롯폰기 대로에서 조금 들어간 곳에 있는 술집에서. 아, 맞다. 명함이 어디 있을 텐데……."

그가 지갑을 뒤져 명함을 꺼냈다.

"여기예요. 뒤에 약도도 있어요."

명함에는 '큐리어스/마쓰무라 하즈키'라고 적혀 있었다.

"이 하즈키라는 사람이 그 여자야?"

"아니에요. 그 여자는 다른 자리에 앉아 있었어요. 등이 다 드러나 보이는 붉은색 드레스를 입었는데, 분위기가 그때와 조금 다르긴 했지만 아마 맞을 거예요. 그 여자가 처음 우리 매장에 왔을 때 제가 회원 가입을 도와줬거든요. 그래서 기억해요."

"저쪽도 널 알아봤어?"

"못 알아봤을 거예요. 제가 말을 걸지도 않았고."

"이 명함 좀 빌려줄 수 있어?"

"네. 혹시 선배가 가고 싶으시다면 제가 안내해 드릴 수도 있는데……."

후배의 얼굴에는 뭔가를 넘겨짚은 듯한 웃음기가 배어 있었다. 호기심과 함께 공짜 술까지 얻어 마실 수 있을 거라고 생각했는지도 모른다.

"아니, 그럴 일은 아니고 그냥 연락할 일이 좀 있어서 그래. 그런데 거기 비싼 술집 아니야?"

"별로 그렇지도 않아요. 우리가 드나들 정도니까요. 여자들도 그저 그래요. 하즈키라는 여자도 솔직히 말해서 별로였어요."

"그렇군. 하여간 가려는 건 아니야."

"그래요? 그래도 혹시 가실 거면 저도 데려가세요."

후배의 말에는 반쯤 진지함이 섞여 있었다.

그날 일이 끝나자 나는 적당히 저녁을 때우고 서둘러 롯폰기로 향했다. 하지만 리에코가 일한다는 술집으로 들어갈 생각은 아니었다. 주위에 다른 손님들이 있는 상황에서는 차분히 얘기를 할 수도 없지만 애초에 리에코가 나와 자리를 함께해 줄 거라고는 기대하기 어려웠다. 오히려 나를 보면 행방을 감춰 버릴 가능성도 있었다.

목표는 그 술집이 어디 있는지, 그리고 리에코가 정말로 그곳에 근무하는지 확인하는 것이었다. 오늘은 그 두 가지만 달성하자고 마음먹었다.

명함 뒷면에 그려진 약도 덕분에 '큐리어스'를 쉽게 찾을 수 있었다. 검은 바탕에 흰 글자가 새겨진 간판이 달려 있는, 흰색 건물 3층이었다.

문제는 리에코가 그 술집에 있는지 없는지 무슨 수로 확인하느냐는 것이었다. 건물 입구를 지켜보고 있자니 사람들이 쉴 새 없이 드나들었고 그중에는 호스티스로 보이는 여자들도 있었지만 그 여자들이 '큐리어스'에서 일하는지 어떤지는 알 도리가 없었다. 아무나 붙들고 '큐리어스'에서 근무하는지 확인한 다음 데라오카 리에코라는 여자가 그곳에서 일하는지 물어볼까도 생각했지만 그런 사실이 리에코의 귀에 들어가기라도 하면 그녀가 경계심을 가질 것이므로 결국 약간 떨어진 곳에서 지켜보기로 했다.

하지만 길가에 한동안 서 있다 보니 이대로 마냥 있을 수만은 없다는 생각이 들었다. 술집 문을 닫으려면 아직 한참 있어야 할 시간이었다. 계획을 바꾸어 일단 돌아갔다가 다시 오기로 했다.

자리를 뜨려는데 건물에서 두 사람이 나왔다. 한눈에도 손님과 호스티스임을 알 수 있었다. 고급 양복을 입은 40대 중반 정도의 남자가 가볍게 손을 흔들며 말했다.

"하즈키 짱, 그럼 다음에 봐."

"안녕히 가세요. 다음에는 프렌치 레스토랑에 가는 거예요."

알았어, 알았어, 하며 남자가 멀어져 갔다. 하즈키라고 불린 여자는 남자가 사라질 때까지 그 모습을 지켜보다가 발길을 돌렸다.

"저기, 잠깐만요."

내가 등 뒤에서 그녀를 불렀다.

뒤돌아본 그녀가 즉시 영업용 미소를 지었다.

"아, 네."

"오늘 리에 짱 나왔어요?"

"리에 짱이오?"

그녀의 표정을 보고 그런 이름을 사용하는 호스티스는 없나 보다고 짐작했다. 생각해 보니 데라오카 리에코 역시 본명이라는 보장이 없었다.

"이름을 착각했는지도 모르겠군요. 어제 큐리어스에서 봤는데, 등이 깊이 파인 붉은색 드레스를 입었던데요."

하즈키는 나를 보며 고개를 갸웃거렸다. 어제 이 손님이 왔었는지 생각해 보는 듯했다. 동시에 붉은색 드레스를 입은 여자에 대해 기억을 더듬고 있을 것이다.

"아아, 기미카인가 봐요. 지금 있어요. 들어가세요."

그녀가 미소를 지으며 나를 엘리베이터로 안내하려고 했다.

"아니, 지금은 어딜 좀 가야 해서요. 나중에 다시 오겠습니다."

"그럼 11시까지는 오세요. 기미카가 오늘은 일찍 나와서 12시 전에 퇴근할 거예요."

"알았어요. 고맙습니다."

"저, 성함이?"

"아, 나카무라예요. 그렇지만 그 사람이 기억하지 못할 거예요."

"나카무라 씨란 말이죠? 일단 그렇게 전할게요."

하즈키의 인사를 받으며 그곳을 벗어나는데 겨드랑이와 등에서 진땀이 흘렀다.

'기미카라는 이름을 쓰는군.'

기미카가 하즈키의 말을 듣고 수상하다고 생각할 게 분명했다. 하지만 설마 내가 왔으리라고는 상상하지 못할 것이다. 나카무라는 흔한 성이었다. 어떤 손님인지 지금쯤 열심히 기억을 더듬고 있을 거라고 생각했다.

그녀가 퇴근하기까지는 시간이 많이 남았으므로 나는 카페에 들어갔다. 그곳에서 '큐리어스'가 있는 건물의 입구는 보이지 않았지만 건물에서 롯폰기 거리로 나오는 사람은 볼 수 있었다.

창가 테이블에서 커피를 마시며 거리에 시선을 고정시켰다.

문득 기시감 같은 것이 느껴졌다. 전에도 비슷한 일이 있었다는 생각이 들었다. 잠시 기억을 더듬은 끝에 그것이 나 자신의 체험이 아니었다는 사실을 깨달았다. 그 옛날, 이런 식으로 찻집에 앉아 술집에서 나오는 호스티스를 기다리던 사람은 내 아버지였다. 여자에게 빠져 모든 걸 잃은 어리석은 아버지. 아버지는 재산뿐 아니라 고생해서 얻은 치과 의사라는 직업마저 잃고 말았다.

내가 지금 그때의 아버지와 똑같은 짓을 하고 있단 말인가.

고개를 저었다. 단언컨대 그렇지는 않았다. 당시의 아버지는 가정 따위는 안중에도 없고 오직 여자를 차지하려는 마음에 그녀를 기다렸다. 지금의 나는 다르다. 내 가정을 파괴한 장본인의 저의를 알고 싶어 그녀를 기다린다.

그러나 내 마음 깊은 곳에서 그와는 전혀 다른 속삭임이 들려왔다. 결국은 마찬가지 아니야? 너도 여자한테 홀려 모든 걸 잃었잖아. 아버지와 뭐가 다르지? 다를 게 하나도 없잖아. 완전히 똑같은 길을 가고 있어.

자기혐오가 물밀듯이 밀려왔다. 쓸데없는 생각을 떨쳐 내려고 안간힘을 썼다. 커피가 한결 쓰게 느껴졌다.

커피 한 잔으로 두 시간 가까이 버티다가 찻집을 나왔다. 11시가 가까웠을 때였다.

'큐리어스' 건물이 한눈에 보이는 곳까지 걸어간 나는 노상에 주차된 벤츠 뒤에 몸을 숨겼다. 아까보다 손님들의 출입이 빈번했다. 엇비슷한 차림의 호스티스가 많아 리에코, 아니 기미카를 놓치지 않으려고 눈을 부릅뜨고 바라봤다.

시간이 11시 반을 지나 12시가 가까워지고 있었다. 한곳에 계속 있으면 사람들이 이상하게 여길 것 같아 장소를 몇 번 옮겼다. 그리고 다시 원래 있던 벤츠 뒤로 돌아가려 했을 때 마침내 건물 입구에 그녀가 나타났다.

데라오카 리에코가 틀림없었다. 화장도 헤어스타일도 그때와 달랐지만 온몸에서 발산하는 분위기가 그때 그대로였다.

롯폰기 거리를 향해 걸어가는 그녀를 미행했다. 말을 걸면 도망칠 것 같았고, 그렇다고 다가가서 도망가지 못하게 잡았다가는 비명을 지를지도 몰랐다.

택시라도 타 버리면 어쩌나 싶었지만 다행히 그녀는 전철 계단을 내려갔다. 나는 그녀를 끝까지 미행해 우선 사는 곳을 알아내기로 했다.

전철 승강장은 혼잡했다. 나는 들킬 위험을 무릅쓰고 그녀 뒤에 섰다. 그녀는 전혀 눈치채지 못하는 것 같았다.

리에코는 나카메구로에서 전철을 내렸다. 몇 미터 정도 뒤처져 그녀를 따라갔다. 그녀가 어느 역에서 내릴지 몰라 여분의 전철 표를 사 둔 덕에 자동 개찰기도 문제없이 통과했다.

그런데 역을 빠져나온 후로는 미행하기가 어려웠다. 젊은 여성은 밤길을 걸을 때 뒤쪽에 신경을 많이 쓰기 때문이다. 나는 가로등 불빛에 얼굴이 드러나지 않도록 고개를 수그리고 걸었다. 그리고 설사 그녀가 갑자기 뛰어서 도망간다 해도 얼떨결에 쫓아가는 멍청한 짓을 해서는 안 된다고 다짐했다. 그녀가 일하는 술집도 알았고 내리는 전철역도 알았으니 서두르지 않아도 언젠가는 사는 곳을 알아낼 수 있을 터였다.

리에코는 내 우려와는 달리 밤길에 불안을 느끼지 않는 듯, 아무런 경계심 없이 걷다가 마침내 어느 맨션 앞에 다다랐다. 창문이 줄지어 있는 5층짜리 건물이었다.

그녀는 뒤돌아보지 않은 채 맨션 정면 현관을 통해 안으로 들어갔다. 잠시 후 자동 유리문이 스르르 닫혔다.

나는 길 건너편으로 가서 맨션을 바라봤다. 불이 들어와 있는 창문과 깜깜한 창문이 반반이었다. 작은 변화 하나라도 놓치지 않으려고 온 신경을 집중했다.

얼마 지나지 않아 4층 오른쪽에서 두 번째 창문에 불이 들어왔다.

다음 날 일을 마친 뒤 나는 곧장 나카메구로로 향했다. 저녁 8시를 조금 넘겼을 때였다.

맨션에 도착하자 전날 확인해 둔 창문을 길 건너편에서 올려다봤다. 불이 꺼져 있었다. 나는 되도록 사람들 눈에 띄지 않도록 조심하면서 맨션에 다가갔다. 유리문 바로 안쪽 왼편에 우편함이 있었다. 관리실이 있었지만 경비원이 없을 시각인지 창에

커튼이 드리워져 있었다.

주위에 사람이 없는 것을 확인하고서 자동 유리문을 통과해 우편함 앞에 섰다. 창문 배치를 감안할 때 데라오카 리에코의 집은 402호나 407호 둘 중 하나였다. 우편함의 배치로 보아 402호일 가능성이 높았다.

나는 주머니에서 미리 준비해 온 물건을 꺼냈다. 점심시간에 나가서 사 온 상당히 큰 핀셋이었다.

그 핀셋을 402호 우편함 밑으로 밀어 넣었다. 그리고 우편물을 집어 조심스럽게 꺼냈다. 맨 위에 놓인 것은 화장품 회사의 광고 우편으로 수취인이 '무라오카 기미코'로 되어 있었다. 그녀가 리에코라고 확신했다.

혹시 몰라 407호 우편함에서도 우편물을 꺼내 봤지만 수취인이 남자 이름이었다. 그 우편물들은 우편함에 도로 집어넣었다.

무라오카 기미코의 우편물들을 양복 안주머니에 집어넣고 서둘러 그곳을 떠났다.

집에 돌아온 나는 옷도 갈아입지 않은 채 훔쳐 온 우편물들을 꺼내 봤다. 전부 합해 네 통으로, 그중 두 통은 광고물이고 나머지는 개인전 초대장과 미용실에서 온 안내장이었다.

실망스러웠다. 그것만으로는 그녀의 정체를 확실히 알 수 없었다.

하지만 좌절하기에는 일렀다. 본명을 알아낸 것만으로도 큰 수확이었다. 앞으로도 우편물을 훔쳐 낼 기회는 얼마든지 있었다.

이상하게 들릴지 모르지만 새로운 즐거움을 발견한 듯한 기분이 들었다. 다음 날 나는 다시 무라오카 기미코의 맨션에 가서 새 우편물을 꺼내고 전날 훔쳤던 우편물을 제자리에 돌려놓았다. 이렇게 하면 우편물을 읽는 데 다소의 시간 차는 있을지 모르지만 그녀가 자신의 우편물이 검열당한 사실을 알 리 없었다.

그 당시는 아직 스토커라는 표현이 사용되기 전이었지만 만약 그런 표현이 있었다면 내 행위가 다름 아닌 그것이었다. 매일같이 우편물을 체크해서 무라오카 기미코의 생활상과 그녀를 둘러싼 환경을 유추했다. 봉투를 표 나지 않도록 여는 것이 상당히 어려웠지만, 어려우면 어려울수록 그 안에 든 정보가 가치 있는 것처럼 느껴졌다. 귀찮다는 생각은 하나도 안 들었다. 신용 카드 명세서를 꺼낼 때에는 가슴이 뛰는 것을 진정시키느라 애를 먹었다.

무라오카 기미코는 상당히 호화롭게 생활하고 있었다. 고급 브랜드 카탈로그가 수시로 날아오는 건 그런 물건을 구입한 적이 있어서일 것이다. 전화 요금도 혼자 사는 집치고는 꽤 많이 나왔다. 무엇보다 신용 카드 결제액이 상상을 초월했고 그중 할부 대금도 꽤 되는 듯했다. 그걸 보고 나는 미하루를 떠올렸다.

그런 식으로 해서 정보는 모았지만 내 원래 목적을 달성하는 데는 도움이 되지 않았다. 왜 내게 그런 짓을 했는지, 왜 그 기간에만 다른 집에 있으면서 그곳이 자신의 집인 척했는지, 그 이유는 여전히 오리무중이었다.

기미코가 집에 있을 때 들이닥치는 방법도 생각해 봤다. 하지만 그런다고 해서 그녀가 진실을 말하리라는 보장이 없었다. 자칫하다가는 경찰을 부르는 등 소동만 일으킬 우려가 있었다. 우편물을 훔친 사실을 밝히지 않으면 체포될 염려는 없었지만 향후의 행동에 큰 제약이 따를 것은 확실했다. 그리고 무엇보다 그녀가 다시 행방을 감출 수도 있었다. 그러니 그녀를 직접 만나는 건 움직일 수 없는 증거를 손에 넣은 다음이어야 했다. 그리고 그 증거를 확보하는 방법은 역시 우편물을 훔쳐보는 것이었다.

내가 그런 짓을 하고 있는 동안 세상에는 엄청난 변화가 일어나고 있었다. 주가가 폭락하기 시작한 것이다. 증권 거래에 대해 아무런 지식이 없는 나였지만 구라모치의 회사가 심각한 상황에 처했다는 것 정도는 눈치챌 수 있었다.

걱정이 되어 회사에 전화해 봤지만 구라모치와 연결되지 않았다. 그뿐 아니라 다른 간부들도 자리를 비운 듯했다. 전화를 받은 아르바이트생은 성난 고객들이 몰려와 입장이 난처하다고 불안한 목소리로 호소했다.

구라모치의 집으로 전화를 걸어 보았다. 전화를 받은 유키코는 겁에 질려 있었다. 그녀는 전화한 사람이 나라는 것을 알자 아아, 하고 안도의 한숨을 내쉬었다.

구라모치가 집에 있느냐고 그녀에게 물었다.

"요 며칠 집에 들어오지 않았어요. 밖에서 전화만 하고요."

"어디 있는지는 알아요?"

"그것도 가르쳐 주질 않아요. 금방 돌아오겠다는 말만 했어요."

"다른 사람들은 연락 안 했고요?"

"많이 했죠. 저한테 화를 내는 사람도 있었어요. 남편이 어디 갔는지 모른다고 해도 믿지 않더군요. 그런데 어떻게 우리 집 전화번호를 알았을까요?"

아르바이트생을 협박해서 알아냈을 거라고 추측했지만 유키코에게는 말하지 않았다.

전화를 끊고서 나도 모르게 미소를 지었다. 마침내 구라모치가 궁지에 몰렸다. 지금까지는 제멋대로 살아왔지만 세상은 그렇게 만만치 않다. 그 녀석의 가면이 벗겨지고 사기가 들통나게 된 것이다.

굳이 말할 필요도 없겠지만, 내게는 구라모치를 걱정하는 마음 따위는 티끌만치도 없었다. 빨리 모든 것이 밝혀져서 세상 사람들로부터 손가락질을 받기를 바랐다.

그날도 나는 무라오카 기미코의 맨션으로 향했다. 그리고 늘 그랬듯이 우편물을 훔쳤다. 그 일은 이제 내 하루 일과가 되어 가고 있었다.

그날의 수확은 세 통으로, 그중 두 통은 광고 우편이었다. 그런데 나머지 한 통을 들여다본 순간 가슴이 뛰기 시작했다. 편지, 그것도 개인적 서신으로 보였기 때문이다. 옅은 분홍색 봉투에 무라오카 기미코의 이름이 볼펜으로 적혀 있었다. 나는 봉투를 안주머니에 집어넣고 얼른 그 자리를 빠져나왔다.

봉투의 종류와 거기 적힌 필적으로 보건대 보낸 사람은 여자인 것 같았다. 여자끼리 주고받는 편지에 비밀스런 내용이 많다고 들었는데 마침내 대어를 건진 것이다. 가슴이 뛰었다.

그런데 전철에 타자마자 편지의 발신인을 확인한 나는 머리가 혼란스러웠다. 믿기지 않는 일이 일어났기 때문이다. 발신인이 내가 아는 이름이었다.

세키구치 미하루.

알아도 너무 잘 아는 이름이었다. 왜 이 편지 봉투에 이혼한 내 전처의 이름이 있단 말인가. 미하루가 기미코에게 무슨 볼일이 있을까. 아니 그보다, 미하루가 어떻게 기미코의 주소를 알았을까.

구토가 밀려왔다. 상황이 정확히 이해되지는 않았지만 불길한 무언가 다가오고 있다는 것만은 확실했다.

다음 역에서 내린 나는 거칠게 봉투를 찢었다. 다른 봉투를 뜯었을 때처럼 조심할 여유가 없었다.

안에서 사진 몇 장과 편지가 나왔다. 외국에서 찍은 것으로 보이는 사진에 기미코의 모습이 보였다.

그런데 그중 한 사진에 기미코와 미하루가 함께 있었다. 두 사람이 즐겁게 웃으며 카메라를 바라봤다.

떨리는 손으로 편지를 펼쳤다. 거기에는 다음과 같은 내용이 적혀 있었다.

'스페인에서 찍은 사진이에요. 역시 좀 더 많이 찍을 걸 그랬나 봐요. 다음번엔 어디로 갈까요?'

36

의문투성이 편지와 사진을 앞에 놓고 밤새 생각한 끝에 하나의 가설이 떠올랐다.

그녀들이 쳐 놓은 덫에 걸렸다는 것이었다.

두 사람이 원래 아는 사이였고, 누가 먼저 제안했는지는 모르지만 함께 멍청한 남자를 끌어들여 돈을 가로채자는 계략을 짠 것이다.

방법은 이랬다. 기미코가 남자에게 접근해 유혹한다. 그리고 성공적으로 관계를 가졌을 때 미하루의 역할이 시작된다. 남편이 바람을 피운 것에 격분한 아내를 연기하면서 남편이 이혼하자고 할 때까지 돈을 마구 써 댄다. 이혼 얘기가 궤도에 오르면 자신에게 매우 유리한 조건을 약속받고 헤어진다. 그리고 남자가 기미코를 찾아 나서기 전에 자취를 감춘다.

지금까지 상상도 못한 각본이었다. 미하루가 기미코에게 보낸 편지가 없었다면 도저히 생각해 내지 못했을 것이다. 하지만 편지와 사진을 내 눈으로 직접 보고 난 지금은 오히려 그것 외에는 설명할 길이 없었다.

하지만 미하루가 어떤 여자인가. 이 정도 증거에는 눈 하나 깜짝할 리 없었다. 말솜씨가 뛰어난 그녀는 자신이 이혼한 뒤에 기미코와 친해졌다고 주장할 것이다. 우연히 남편의 불륜 상대와 마주쳤는데 한마디 하고 싶어 얘기를 나누는 동안 의기투합하게 되었다는 식으로 발뺌할 게 뻔했다. 그리고 내가 그녀의 주장을 반박할 증거를 찾아냈을 때는 이미 사라져 버린 후일 것이다.

그런 일이 벌어지는 것을 막기 위해서라도 미하루를 만나기 전에 확증을 잡을 필요가 있었다.

나는 미하루의 친정에 찾아가 보기로 했다. 이혼 뒤 그녀의 부모와는 한 번도 만난 적이 없었다. 아니, 사실은 이혼하기 전에도 거의 얼굴을 마주한 적이 없었다. 애초에 미하루 본인이 친정에 자주 가지 않았고 부모 쪽에서도 연락이 없었다. 기껏해야 1년에 한 번 서로 연하장을 주고받는 정도였다. 그래서 미하루가 이혼할 때 부모에게 뭐라고 설명했는지도 나는 알지 못했다.

사전에 아무런 연락도 없이 그녀의 친정을 찾아갔다. 미하루의 부모가 그녀에게 전화하는 걸 방지하기 위해서였다. 예상대로 그녀의 부모는 당황했다. 딸과 이혼한 남자가 찾아오리라고는 전혀 예상치 못한 듯했다. 나 역시 이런 일이 일어나지 않았다면 영원히 찾아가지 않았을 곳이었다.

곤혹스러워하는 그들에게 나는 폐가 된다는 것을 알지만 긴히 묻고 싶은 것이 있다고 말했다. 양친은 마지못해 나를 안으로 들였다. 전에 파트타임으로 일했던 미하루의 모친은 요즘은 집에 있다고 했다. 그리고 삿포로에 산다던 미하루의 오빠도 마침 집에 와 있었다. 출장길에 들렀다고 했다.

서로의 안부를 묻는 등 이런저런 이야기가 오갔지만 분위기가 좋을 리 만무했고, 대화가 끊길 때마다 숨 막히는 침묵이 흘렀다. 그들은 내가 왜 찾아왔는지 영문을 몰라서 촉각을 곤두세우고 있었다.

"실은 여쭤보고 싶은 일이 있습니다."

내가 말을 꺼내자 양친은 자세를 가다듬었다. 얼굴에 긴장한 빛이 역력했다.

"무라오카 기미코라는 여자를 아십니까?"

"무라오카 씨……라고요?"

모친이 불안한 듯 남편을 바라보았다. 미하루의 부친은 말없이 고개를 가로저었다.

"모르세요?"

"우리는 아무래도……. 그 사람이 무슨 문제라도 일으켰어요?"

"아직은 구체적으로 말씀드리기 어렵지만, 이혼의 원인을 제공한 여자입니다. 그래서 미하루와 어떤 관계인지 알고 싶은 겁니다."

부부는 다시 서로의 얼굴을 마주 보았다. 내 말의 의미를 이해하지 못하는 듯했다. 나는 미하루가 부모에게 이혼한 이유를 설명하지 않았음을 확신했다. 미하루의 오빠는 옆에서 신문을 읽는 척했지만 내 말을 듣고 있을 게 뻔했다.

"미하루가 이혼에 대해 우리한테 구체적인 얘기를 하지 않았어요. 대체 무슨 일이 있었나요?"

미하루 어머니가 물었다.

속 시원히 털어놓을까 하다가 일단은 참기로 했다. 모든 것이 명백해진 다음이라도 늦지 않을 것이다.

"여러 일이 있었습니다. 한마디로 말하자면 성격 차이라고 할 수 있겠지요."

이 정도 설명에 납득할 리 만무했지만 그들은 그 이상 묻지 않았다.

"무라오카 기미코라는 여자에 대해 정말 아무것도 모르십니까?"

미하루 어머니는 고개를 저었다.

"우리는 미하루에 대해 잘 몰라요. 다즈유키 씨도 잘 알겠지만, 집에도 거의 오지 않는걸요."

거짓말 같지는 않았다. 그곳에서 유익한 정보를 얻을 수 있으리라곤 애당초 기대하지 않았었다.

"그럼 미하루와 친한 친구의 연락처는 아십니까?"

"친구…… 말인가요?"

모친의 얼굴에 다시 곤혹스러운 빛이 떠올랐다.

"그야 자네가 더 잘 알지 않겠나?"

지금까지 침묵하던 아버지가 입을 열었다. 기분이 상한 말투였다.

"미하루가 결혼 전 일에 대해서는 제게 전혀 얘기해 주지 않았어요. 그래서 이렇게 여쭤보는 겁니다."

"우리도 아는 게 없네."

그러고서 미하루의 부친은 자리에서 일어나 방을 나가 버렸다.

내가 모친을 바라보며 "아버님이 저 때문에 화가 나신 모양이군요."라고 말하자 모친은 멋쩍게 웃더니 "잠깐 기다려요." 하고 일어섰다.

그러는 내내 미하루의 오빠는 신문만 보고 있었다.

다시 돌아온 모친의 손에 메모지 한 장이 들려 있었다.

"전에 그 아이가 일하던 회사 전화번호예요. 그리 전화해서 한번 물어봐요."

메모지에 적힌 회사 이름을 본 나는 그만 낙담하고 말았다. 구라모치가 전에 일하던 회사였기 때문이다. 그런 정도는 굳이 가르쳐 주지 않아도 알고 있었다. 하지만 그렇게 대답할 수도 없고 해서 고맙다고 인사하고 메모지를 받아 들었다.

세키구치가를 나와 조금 걸었을 때였다. 뒤에서 쫓아오는 발소리가 들렸다. 돌아보니 미하루의 오빠가 심각한 표정으로 다가오고 있었다. 나는 그 자리에 멈춰 서서 그를 기다렸다.

"잠깐 얘기 좀 할 수 있을까?"

나는 고개를 끄덕였다.

우리는 근처 찻집으로 들어갔다. 그는 이름이 요시마사라고 했다. 자리에 앉아 마실 것을 주문하자마자 요시마사는 본론을 꺼냈다.

"자네 부부가 헤어진 이유 말인데, 나도 약간 짐작 가는 바가 있어."

의외의 말에 뭐라고 대답해야 좋을지 몰라 우물쭈물하고 있는데 그가 물었다.

"돈, 때문이지?"

내가 눈을 화들짝 떴다.

"어떻게 그걸……."

"어떻게 아느냐……. 부끄러운 얘기지만 우리는 이런 일이 처음이 아니야."

그리고 요시마사는 얼굴을 찡그렸다.

"그 아이 때문에 이만저만 고생한 게 아니야. 아버지도 어머니도 지긋지긋해하고 계시다네."

"무슨 일이 있었는데요?"

"한두 가지가 아니야. 다 얘기하자면 한이 없지. 우리 집안은 그리 넉넉한 형편이 아닌데 어찌 된 일인지 그 아이만은 사치스럽다고 할까, 화려하다고 할까, 하여튼 낭비가 심했어. 자제할 줄을 모르고 탐나는 물건이 있으면 돈을 빌려서라도 손에 넣으려 했지. 물론 빌린 돈을 갚는다면야 문제가 없겠지만 그렇지 못해서 언제나 주위 사람들에게 피해를 주곤 했네."

종업원이 커피를 가져오자 그는 한 모금 마신 뒤 말을 이었다.

"결혼해서 스스로 살림을 꾸리다 보면 그런 태도가 고쳐질 거라고 기대했는데 역시 실패한 모양이군."

나는 미하루의 친정에 처음 인사 왔을 때를 떠올렸다. 당시 그녀의 부모는 그녀에 관한 추억을 전혀 얘기하지 않았다. 사위에게 당당히 해 줄 얘기가 없었던 것이다.

"그러니 자네한테도 상당히 폐를 끼쳤을 거라고 생각하네."

나는 아무 대답도 하지 않았다. 굳이 쓸데없는 얘기를 할 필요는 없겠다 싶어서였다.

"하지만 말일세,"

요시마사는 그렇게 말하고 나서 손으로 자신의 머리를 만지며 잠깐 뜸을 들였다.

"사는 모양을 봐서 알겠지만 우리는 여유 있는 형편이 아니야. 나 역시 아이들이 커 가는 상황이라 여러 가지로 어렵고 말이지."

요시마사가 무슨 말을 하려는지 감이 잡히지 않아 그의 얼굴을 빤히 바라봤다. 그가 내 눈길을 외면한 채 계속 말했다.

"그러니까, 그, 뭐랄까, 미하루와의 금전적 문제는 둘이서 해결했으면 하네. 우리한테 얘기해 봤자 뾰족한 수가 없을 걸세."

그제야 그가 무슨 말을 하는지 이해할 수 있었다. 요시마사는 나와 미하루 사이에 발생한 금전적 문제의 여파가 자신들에게 미칠까 봐 걱정하고 있었다.

나는 쓴웃음을 지었다.

"그럴 생각은 없습니다."

"그렇다면 다행이고."

요시마사는 안심하는 눈치였다. 그런데 그가 커피를 한 모금 마신 후 뭔가 생각난 듯 고개를 들었다.

"아까 말한 이름 말이야, 무라오카…… 기미코라고 했던가?"

"네. 생각나는 거라도 있습니까?"

"성이 무라오카였는지는 확실치 않지만 미하루의 친구 중에 기미코라는 여자가 있긴 하네."

"어떤 친구였나요?"

그에게 달려들 듯이 물었다.

"뭐라고 해야 하나……."

요시마사가 팔짱을 끼고 고개를 갸우뚱거렸다.

"같이 노는 사이랄까…… 달리 표현할 방법이 없어. 미하루가 젊어서 술집에서 일할 때 거기 자주 드나들던 손님이었다고 들었어."

"미하루가 술집에서 일했어요?"

내가 반문했다.

"그 반대 아닌가요? 술집에서 일한 사람은 기미코라는 친구였고 미하루가 거기 놀러 간 게……."

내 말이 끝나기도 전에 요시마사는 고개를 저었다.

"미하루가 술집에서 일했어. 심야까지 영업하는 술집이었는데 나도 간 적이 있네. 거기서 기미코라는 여자를 만난 거야. 그건 확실해."

그리고 요시마사는 목소리를 낮췄다.

"몸 파는 여자였어. 분위기로 알았지."

나는 턱을 끌어당기며 침을 꿀꺽 삼켰다. 몸 파는 여자라면 경우에 따라서는 친구의 부탁을 받고 그 남편을 유혹할 수도 있을지 모르겠다는 생각이 들었다.

"그게 언제적 일입니까?"

"그러니까…… 오래됐지. 7, 8년쯤 전인 것 같은데."

그런 친구가 있다는 말은 들은 적이 없었다. 뿐만 아니라 미하루의 친구 관계에 대해서는 전혀 들은 기억이 없었다.

"기미코를 본 적이 있다고 하셨죠?"

"응."

나는 안주머니에서 사진 한 장을 꺼냈다. 말할 것도 없이 예의 편지에 들어 있던 사진이었다.

"이 여자 아닌가요?"

사진을 건네받은 요시마사가 미간을 찌푸리며 사진을 들여다보더니 고개를 끄덕였다.

"맞아, 이 여자야. 전에 봤을 때보다 나이는 들어 보이지만 틀림없어."

나는 소리를 지르고 싶은 것을 간신히 참으며 사진을 돌려받았다. 이걸로 증거는 확보됐다. 미하루도 오빠가 증인이라면 다른 말은 못할 것이다.

"아까 얼핏 들으니 그 여자가 자네들의 이혼에 원인을 제공했다고 하는 것 같던데 대체 무슨 일이야? 역시 돈 문제인가?"

요시마사가 물었다.

"그건……"

나는 말끝을 흐렸다.

"미하루가 그 여자한테 돈을 빌려줘서 문제가 된 건가? 전에도 그런 일이 있었거든."

"그건 형님 상상에 맡기겠습니다. 자세한 내용은 묻지 마세요."

"그래, 알았어. 내가 알아봤자 무슨 소용이 있겠나."

요시마사가 머리를 긁적였다.

이것으로 주목적은 달성됐다. 더는 이 남자에게 볼일이 없다고 생각하고 나는 계산서를 집어 들었다.

"미하루도 멍청한 녀석이야. 자네같이 견실한 남자를 만났는데 말이지. 전에 사귀던 남자와의 화려한 생활을 못 잊어서 그러는지……"

그의 말에 나는 동작을 멈췄다.

"어떤 남자를 사귀었습니까?"

"자세한 건 나도 몰라. 만난 적도 없고. 같은 회사에 다니는 남자라고만 들었어."

"생명 보험 회사 말인가요?"

요시마사가 고개를 저었다.

"그 전이야. 뭐라고 했더라……, 주식 매매를 어드바이스하는 회사라고 했던 것 같은데."

"그 회사에서 사내 연애를 했어요?"

"말하자면 그런 셈이지. 결국 헤어졌지만 말이야."

"왜 헤어졌나요?"

"글쎄."

요시마사가 어깨를 으쓱했다.

"거기까지는 몰라. 미하루는 자연 소멸이라던가 뭐라던가, 그렇게 말하던데, 차인 거 아니겠어? 미하루와 헤어진 직후에 남자가 결혼했다니까 말이야. 애초에 남자가 양다리를 걸친 거지. 그래서 미하루는 더 있기 괴로운 나머지 회사를 그만뒀고."

가슴속에 불길한 예감이 번지기 시작했다.

"혹시 그 남자 이름을 아세요?"

"몰라. 그런 남자가 있다는 것만 우연히 미하루에게 들었어. 그래서 그다음 만났을 때 그 남자와 잘 지내느냐고 물었더니 자연 소멸이니 뭐니 하는 거야. 심기가 상당히 불편한 모양이더군."

"부서도 같다고 했나요?"

"부서는……,"

요시마사가 기억을 더듬는 듯했다.

"아, 맞다, 별로 큰 회사가 아니라고 했어. 그리고 상대 남자가 넘버 2라고 했지."

"넘버 2라니요?"

"회사의 2인자 말이야. 사장이 회사를 세웠을 당시 첫 부하 직원이었다고 하더군. 그런 남자라니 오죽 위세가 좋았겠어. 사치를 좋아하는 미하루가 끌릴 만했을 거야. 자네에게 똑같은 걸 기대해서는 안 되는 거였는데……."

거기까지 말한 요시마사가 나를 보며 의아한 표정을 지었다.

"왜 그러나, 기분이 안 좋아 보이는데? 아아, 자네가 능력이 없다는 얘기는 아니야. 미하루가 어떻게 된 거 아니냐, 그런 말을 하고 싶었을 뿐이네."

그가 지적한 대로 내 얼굴이 창백해졌을 것이다. 내가 요시마사에게 뭐라고 대답했는지 기억나지 않는다. 정신을 차려 보니 나는 찻집을 나와 휘청휘청 걷고 있었다.

넘버 2…… 사장이 회사를 세웠을 당시 첫 부하 직원…….

구라모치가 말했었다. 사장이 사무원과 둘이서 회사를 세웠고 그 사무원이 바로 자신이었다고.

머리가 어지러웠다. 어디를 어떻게 걷고 있는지 알 수 없었다. 미하루와의 만남, 교제, 결혼, 그리고 이혼……. 갖가지 일들이 차례차례 떠오르더니 마구 뒤엉켰다. 그것들을 일목요연하게 정리하기란 쉽지 않았다.

"아아, 이런."

나는 길에 멈춰 서서 중얼거렸다.

그 남자는, 그 비열한 냉혈한은 자신이 버린 여자를 나에게 떠넘기고 유키코를 이용해 교묘히 결혼을 유도했다. 결혼식 피로연에서 보았던 구라모치의 얼굴이 떠오르자 비명을 지르고 싶었다. 그는 태연한 표정을 짓고 앉아 속으로 나를 비웃었을 것이다.

이혼을 결정했을 때도 그는 내 옆에 있었다. 그리고 미하루가 가 버린 뒤 이렇게 말했다.

"살다 보면 이런저런 일들이 있기 마련이야. 너무 낙담하지 마."

도대체 무슨 염치로 내게 그런 말을 했을까.

격한 분노가 치밀어 올랐다. 사귀어 봤으니 미하루가 어떤 여자인지 구라모치는 너무도 잘 알았을 것이다. 그럼에도 그녀가 내게 어울리는 여자라고 했단 말인가. 그녀와 결혼하면 내가 행복해질 거라 생각했다는 건가. 그럴 리 없었다. 그 더러운 놈은 자신이 버린 여자와의 관계를 깨끗이 정리하려고 그 여자를 내게 떠넘긴 것뿐이다.

정신을 차려 보니 택시 안에 있었다. 행선지는 구라모치의 집이었다. 그를 만나 뭘 어쩔 작정인지는 나도 알 수 없었다. 그저 분노에 몸을 맡긴 채 행동할 뿐이었다.

미나미 아오야마에 있는 구라모치의 맨션에 도착하자 1층 출입구에서 인터폰을 눌렀다. 그러나 응답이 없었다. 여러 번 눌러 봤지만 마찬가지였다. 그제야 구라모치가 행방을 감췄다는 사실이 떠올랐다. 유키코도 외출한 것 같았다.

혀를 차며 돌아서려 했을 때 등 뒤에서 인기척이 느껴졌다. 돌아보니 검은 점퍼를 입은 40세가량의 남자가 서 있었다. 몸집이 작고 회색에 가까운 얼굴빛에 눈이 흐리멍덩했다.

"구라모치와 아는 사이요?"

남자가 낮은 음성으로 내게 물었다. 내가 인터폰 누르는 모습을 뒤에 서서 본 듯했다.

구라모치를 안다고 하면 안 된다고 직감적으로 판단했다. 남자의 눈이 적의와 경계심으로 가득한 것을 봤기 때문이다.

"아닙니다. 가구 회사에서 나왔습니다."

그리고 그에게 내 명함을 건넸다.

"신제품이 입하돼서 알려 드리려고 왔습니다. 선생님도 이 맨션에 사십니까?"

남자는 말없이 내게 명함을 돌려줬다. 그런 것에는 관심 없다는 표정이었다.

맨션을 나오면서 알아챈 사실이지만 도로변에 자동차 몇 대가 주차되어 있고 그 안에는 하나같이 인상이 안 좋은 남자들이 앉아 있었다. 그들은 구라모치가 돌아오기를 기다리는 듯했다.

나는 다시 택시를 잡아탔다. 구라모치에게 따지는 건 나중에 해도 될 일이었다. 일단 미하루를 만나야겠다고 생각을 바꿨다. 내가 자신의 친정에 갔다는 사실을 오빠에게 들었을지도 몰랐다. 만일 내가 자신의 계략을 눈치챘다는 사실을 알면 행방을 감출 가능성도 있었다. 그러니 지금 당장 미하루를 만나야 했다.

미하루가 사는 곳에 가 보는 것은 처음이었다. 맨션 앞에 서자 다시금 증오심이 끓어올랐다. 내가 사는 곳보다 훨씬 호화로운 신축 건물이었다.

그곳 역시 출입구에 잠금장치가 있었다. 구라모치의 맨션과 마찬가지로 방문하려는 세대를 인터폰으로 호출해야 했다. 나는 인터폰으로 다가가다 말고 잠시 생각해 보았다. 내가 와 있다는 사실을 알면 미하루가 출입문을 열어 주지 않을지도 몰랐다.

생각을 정리한 후 미하루의 집 호수를 눌렀다.

"네."

미하루의 무뚝뚝한 목소리가 스피커로 들렸다.

"세키구치 씨, 택배 왔습니다."

수건으로 입을 가린 채 대답했다.

"네······."

기운 없는 대답과 함께 찰칵, 잠금장치 풀리는 소리가 났다.

미하루의 집 앞까지 간 나는 도어 스코프에 몸을 바짝 들이댄 채 벨을 눌렀다. 안에서 인기척이 들렸다. 미하루가 도장을 손에 쥔 채 누가 뭘 보냈을까 하고 기대에 차서 현관으로 향하고 있을 것이다.

이윽고 도어 록이 풀리고 문이 열렸다. 그 순간 나는 손잡이를 힘껏 잡아당겼다. 회색 스웨터 차림의 미하루가 놀라서 나를 바라보았다. 순식간에 그녀의 표정이 일그러졌다.

"무슨 일이에요?"

나는 대답하지 않고 문이 열린 사이로 발을 밀어 넣었다. 그 모습을 본 그녀가 필사적으로 문을 닫으려 했다.

"뭐 하는 짓이에요, 대체!"

"할 얘기가 있어."

"난 없어요. 이제 와서 당신이랑 할 얘기가 뭐가 있어요?"

그녀가 나를 노려봤다.

"택배라느니 하면서 사람을 속이다니……"

"일단 좀 들어가지."

"싫다고 했잖아. 그 발 빼지 않으면 소리 지를 거야."

증오를 드러내는 그녀의 얼굴 앞에 나는 예의 사진을 들이밀었다. 그녀의 미간에 잔뜩 잡혀 있던 주름이 순식간에 사라졌다.

"이 사진 본 적 있지?"

"왜 당신이 그걸 갖고 있어요?"

미하루가 눈을 부릅뜨고 물었다.

"알고 싶으면 들여보내 줘. 아니, 그보다 우선 이 사진에 대해 설명을 들어야겠어. 도대체 어떻게 된 거지?"

고개를 돌린 미하루의 턱 양옆이 파들거렸다.

"어떻게 된 일이냐고 묻잖아. 왜 당신이 이 여자랑 같이 있는 거지?"

그녀가 후, 한숨을 쉬었다. 동시에 문을 닫으려고 애쓰던 그녀의 손에서 힘이 빠져나갔다. 나는 그 틈을 노려 현관으로 미끄러지듯이 들어갔다.

"한마디로 설명하기는 어려워요."

그녀가 불퉁스럽게 말했다.

"한마디로 설명할 수 있으리라고 생각도 안 해. 그간의 경위를 얘기해 봐."

미하루가 또 한숨을 쉬며 "안으로 들어와요."라고 내뱉듯이 말했다.

그녀의 집에는 우리가 결혼 생활을 할 당시 사용하던 가구와 전자 제품들이 잔뜩 놓여 있었다. 정리되지 않은 채 어지럽게 흩어져 있기는 그때나 마찬가지였다. 문이 열려 있는 옷장 앞에 유명 브랜드 로고가 찍힌 상자가 여러 개 쌓여 있었다. 그것 역시 그때와 마찬가지였다.

"차? 아니면 커피?"

"됐어. 어서 설명이나 해 봐."

미하루가 짜증스럽다는 표정으로 의자에 앉더니 또 한숨을 푹 내쉬었다.

"그 사진, 어떻게 된 거예요? 왜 당신한테 있죠?"

"그건 나중에 말해 준다고 했잖아. 먼저 물어본 건 나야."

그러나 미하루는 내가 어떻게 그 사진을 손에 넣었는지에 온 신경이 가 있는 듯했다.

"혹시 그 집에 들어가서 훔쳤어요? 그 사진은 내가 보낸 건데?"

그러고 나서 그녀는 나를 힐끗 곁눈질로 보았다.

"설마, 우편함에서 훔친 건 아니겠죠?"

"글쎄 나중에 설명해 준다니까. 우선 이 사진에 대해 해명해 봐. 데라오카 리에코가 같이 찍혔어. 나를 유혹한 그 리에코 말이야. 아니지, 본명은 따로 있지. 무라오카 기미코라던가? 어쨌든 두 사람이 함께 여행을 가다니, 어지간히 친한 사이인 모양이야."

그러자 가면처럼 무표정하던 미하루의 뺨이 움찔했다.

"여행 간 사실까지 알았어요? 역시 편지를 봤군요."

그녀는 천천히 고개를 끄덕이더니 입술을 일그러뜨렸다.

"그렇군요. 어떻게 알아냈는지는 모르겠지만 기미코의 집에 찾아갔군요. 그리고 그녀의 우편물을 훔쳤고요."

"내 질문에 대답이나 하지."

"마음대로 상상해요. 우리는 이혼한 사이예요. 내가 누구랑 여행을 가건 그건 내 자유 아닌가요? 당신과는 아무 상관이 없단 말이죠."

"그 여자는 나를 유혹해서 우리가 이혼하도록 만들었어. 그런 여자와 당신이 어떻게 그렇게 친해졌지?"

"그건 내 자유라고 했잖아요."

"계속 그런 식으로 둘러댈 건가? 미리 말해 두는데, 나랑 이혼한 후에 그 여자와 친해졌다느니 하는 변명은 안 통해. 두 사람이 그전부터 알고 지내던 사이라는 거 다 알고 왔어. 그 여자, 몸 파는 여자였지? 당신이 일하던 술집 단골이었고 말이야."

내가 거기까지 알아냈으리라고는 상상을 못했을 것이다. 미하루는 심통이 난 표정으로 고개를 휙 옆으로 돌렸다. 그러면서도 그녀는 이 상황을 어떻게 돌파할지 궁리하고 있을 것이 분명했다. 미하루는 그런 여자였다.

"대답해 보시지."

"아이, 짜증 나."

미하루가 표정을 일그러뜨렸다.

"지저분하게도 구네, 정말. 당신이 기미코랑 잔 건 사실이잖아. 유혹에 홀랑 넘어간 사람이 누구야, 당신 아니야? 그런데 기어코 기미코 집까지 찾아내서 편지를 훔치다니. 나 참, 창피해서."

피가 거꾸로 솟는 것 같았다. 머리에 열이 올랐다.

"너희가 꾸민 짓이잖아! 나를 함정에 빠뜨려서 이혼할 구실을 만든 거잖아!"

"뭐야, 왜 그렇게 흥분하고 난리야? 멍청한 인간 같으니. 다른 볼일 없으면 나가."

"너도 인정하는 거지? 그건 함정이었다고 인정하지?"

"큰소리치지 마. 당신이 바람피운 건 사실이잖아. 그리고 그건 민사로도 형사로도 사건이 성립되지 않으니까 앞으로도 생활비는 계속 받겠어."

미하루가 이를 드러내며 발악하는 모습을 보며 내 이성은 어디론가 날아가 버렸다. 나는 벌떡 일어서서 그녀에게 덤벼들었다.

37

이른바 격정이라는 것인지도 몰랐다. 혹은 내가 오랫동안 가슴속에 품어 왔던 살의였는지도 모른다. 내 몸속 저 깊은 곳에서 솟구친 증오의 감정은 순식간에 내 육체를 지배했다. 때때로 뉴스 채널 같은 데서 살인 사건을 보도할 때 '격분한 나머지'라는 표현을 쓰곤 하는데 내가 바로 그랬다. 그 순간에는 상대의 숨통을 멈추게 하는 것 외에 그 무엇도 생각나지 않았다. 상대를 죽인 후의 일까지 생각할 겨를이 없었다.

미하루를 밀어 바닥에 쓰러뜨린 후 그녀의 목을 졸랐다. 주변의 물건들이 흩어지며 큰 소리가 나는 것도 개의치 않았다. 오로지 목을 조르는 손가락에 온 힘을 쏟을 뿐이었다.

미하루는 필사적으로 저항했다. 내 손을 뿌리치려다가 마음대로 안 되자 몸을 비틀며 내 배와 사타구니를 걷어찼다. 그래도 나는 그녀의 목에서 손을 놓지 않았다.

그러나 그녀가 내 얼굴을 할퀴고 그 긴 손톱으로 내 눈을 찔렀을 때는 어쩔 수 없이 손에서 힘이 빠져나갔다. 그녀는 그 틈을 타 탈출을 시도했다. 이대로 그녀를 놓치면 모든 것이 수포로 돌아가고 만다고 생각한 나는 있는 힘을 다해 그녀의 팔을 붙들었다.

"이거 놔!"

미하루가 소리를 지르고 나서 숨을 거칠게 몰아쉬었다. 히―, 히―, 하는 숨소리가 내 귀에까지 들렸다.

나는 그저 으르렁거리고 있었던 것 같다. 구체적인 언어가 떠오르지 않았다. 이 여자를 그냥 둘 수 없다, 그런 생각만이 머릿속을 지배했다.

다시 그녀의 목을 조르려 하자 미하루의 얼굴이 공포로 일그러졌다. 내가 진심으로 자신을 죽이려 한다는 사실을 깨달은 것이다.

"내가 아니에요!"

그녀가 소리쳤다.

"내가 생각해 낸 게 아니란 말이에요!"

그녀의 말이 귀에 닿기는 했지만 그 의미를 생각할 여유가 없었다. 그저 목숨을 애걸하는 것으로밖에 느껴지지 않았다. 그때 그녀가 다시 외쳤다.

"사무예요. 사무가 시켰어요. 정말이에요. 정말이라니까!"

그녀의 입에서 나온 생소한 이름이 내 주의를 끌었다. 그 순간 미하루가 있는 힘을 다해 내 손을 뿌리치고 후다닥 기어서 벽 쪽으로 도망갔다. 그리고 나를 향해 돌아선 뒤 마치 목을 숨기기라도 하듯이 양손을 가슴 앞에서 교차시켰다.

"사무? 누구지, 그게?"

"당신도 아는 사람이에요."

"그러니까 누구냐고 묻잖아!"

"구라모치 씨요. 구라모치 오사무. 나는 사무라고 불렀어요."

요시마사에게 들었던 얘기가 떠올라 미하루를 내려다보며 고개를 끄덕였다.

"그래, 당신 오빠한테 들었어. 구라모치와 사귀었다며? 뻔뻔스럽게 그런 사실을 감추고……."

그다음 말이 떠오르지 않았다.

"전부 그 사람이 생각해 낸 거예요. 당신한테 돈을 받아 낼 방법도 그가 생각해 냈고요."

"왜 그 녀석이 그런 걸 생각해 냈지?"

"그건 잘 모르겠어요. 어쨌든 누군가에게 떠넘기려 했어요."

"뭘 말이지?"

"나와의 관계 말이에요. 들통나면 유키코와는 끝장일 테니까요."

나는 미하루에게 조금 더 가까이 갔다. 그녀의 얼굴이 공포로 경련을 일으켰다. 그럴 정도로 험악한 분위기가 내 전신에서 뿜어져 나오고 있었다.

"그 녀석이 자기가 버린 널 내게 떠넘기려 했다는 건 나도 알아. 하지만 넌 뭐야, 그걸 알면서 나랑 결혼한 거야?"

미하루가 내 눈길을 외면한 채 아랫입술을 깨물었다. 나는 그녀의 턱을 잡고 내 쪽으로 세게 끌어당겼다.

"대답 안 해?"

미하루가 적개심이 가득한 눈으로 나를 보다가 한숨을 푹 쉬었다. 나는 그녀의 턱을 손에서 놓았다.

"결혼 따위 아무래도 상관없었어요."

그녀가 내뱉듯이 말했다.

"사무가 나를 누군가에게 떠넘기려 한다는 건 알았어요. 유키코까지 이용해서 말이에요. 솔직히 말하면 처음에는 화가 나고 비참했죠. 그의 계산대로 다 되는구나 싶어서요. 그런데 생각이 바뀌었어요. 이렇게 된 이상 누구랑 결혼해도 상관없다, 그 대신 사무에게서는 절대로 떨어지지 않겠다, 하고 말이죠."

"그럼 나와 결혼한 건 구라모치와의 연결 고리를 유지하기 위해서였단 말인가?"

긍정하는 대신 그녀는 고개를 옆으로 돌리고 후, 숨을 내뱉었다.

이미 피가 흐르는 상처에 소금이 뿌려진 느낌이었다. 그랬다. 우리 결혼은 시작부터 엉터리였던 것이다.

"그런데 왜 구라모치가 나를 함정에 빠뜨리려고 했지?"

내 질문에 미하루는 입을 굳게 다물었다. 말하기 곤란한 무언가가 있음을 직감했다. 나는 다시 그녀의 턱을 잡았다.

"대답하지 않으면 죽여 버리겠어."

실은 그 시점에 내 살의는 상당히 희미해져 있었다. 그러나 내가 진심으로 미하루를 죽이려 했다는 사실이 그녀에 대한 우위를 유지시켜 주었다.

"내가 그 사람에게 이쯤에서 이혼하고 싶다고 했어요. 그랬더니 그 사람이 당신을 불륜에 빠뜨리는 방법을 생각해 냈어요. 정말이에요. 사무가 알려 준 거예요. 제발 믿어 줘요."

"왜 그 녀석이 당신을 위해서 그런 걸 생각해 냈느냔 말이야, 이미 헤어진 여자인데."

"내가 분을 품을까 봐 그랬겠죠. 격분한 나머지 그와의 일을 유키코에게 까발리면 안 되니까 말이에요."

"그 녀석이 도모한 일이라는 증거라도 있어?"

"그 맨션, 기미코가 당신을 유혹한 맨션 말이에요. 그 사람이 마련해 줬어요. 그가 있던 회사에서 부동산도 취급했다는 거 당신도 알잖아요. 회사에서 관리하는 임대 맨션 중에서 입주자가 장기간 집을 비운 곳을 이용하자고 했어요. 나랑 기미코 둘이서 어떻게 그런 생각을 할 수 있겠어요."

미하루의 말에 일리가 있었다. 그 집을 관리하는 회사까지 조사하지 않은 건 내 치명적인 실수였다. 그 회사가 구라모치가 다니던 곳이라는 사실을 알았다면 내 접근 방식도 달라졌을지 모른다.

"그리고 사무가 당신한테서 돈을 긁어내는 방법도 가르쳐 줬어요. 샐러리맨에게 위자료를 받아 봤자 대단한 액수가 안 될 테니 이혼 전에 돈을 최대한 빌린 다음 당신한테 떠넘기라고요."

내 분노의 화살은 이제 구라모치에게로 옮겨 가고 있었다.

"그 말, 사실이겠지?"

그녀가 고개를 빠르게 끄덕였다.

"정말이라니까요. 사무가 꼬드기지 않았다면 그렇게까지 심한 짓은 못했을 거예요. 처음부터 끝까지 그가 지시했어요. 나는 하라는 대로 한 것뿐이고요."

미하루의 말이 핑계에 불과하다는 건 불 보듯 뻔했다. 내게 나쁜 짓을 하고 싶지 않았다면 구라모치의 지시를 듣지 않으면 그만이었다. 하지만 나는 그런 모순 따위에 연연하지 않았다. 구라모치를 향한 증오가 다른 모든 것을 사소하게 만들었다.

내가 자리에서 일어나자 미하루가 몸을 움츠리며 올려다봤다. 그 얼굴에 여전히 공포가 깃들어 있었다.

"더는 당신에게 돈을 빼앗기지 않겠어. 빚은 당신이 갚아."

"하지만……."

"만에 하나 빚쟁이가 나를 찾아오는 일이 생기면 너를 죽이고 나도 죽을 거야. 나는 각오가 되어 있어. 알겠어?"

그녀가 말없이 고개를 끄덕였다.

"구라모치, 지금 어디 있는지 알아?"

"모르겠어요. 최근에는 만난 적이 없어요."

거짓말은 아닌 것 같았다. 나는 잠시 숨을 돌린 후 현관으로 향했다. 문을 열고 미하루의 집을 나서기 전에 다시 뒤를 돌아봤다.

"도망쳐도 소용없어. 끝까지 쫓아갈 테니까. 반드시 찾아내서 죽일 거야."

미하루의 얼굴이 새파래지는 걸 보고서 그 집을 나왔다.

살인자가 되느냐 못 되느냐, 그 둘 사이에 만일 경계선이 존재한다면 당시 내 마음은 그 경계선 주위를 맴돌고 있었을 것이다. 미하루의 입에서 구라모치의 이름이 나오지 않았다면 아마도 그 자리에서 그녀를 죽였을 것이다. 그것이야말로 진정한 살의다. 걸으면서 나는 그렇게 생각했다.

미하루를 향했던 증오는 구라모치에 대한 살의로 옮겨 가고 있었다. 내 인생을 농락한 그를 더는 용서할 수 없었다.

내 발길은 니혼바시 고부타초로 향했다. 이미 날은 저물었지만, 그래서 더욱이 구라모치가 회사에 있을 가능성이 컸다.

그런데 회사 앞까지 간 내 눈에 들어온 것은 처음 보는 남자들이 빌딩에서 종이 박스를 들고 나오는 모습이었다. 남자들은 모두 팔에 완장을 두르고 있었다. 처음에는 나와 무관한 일이라고 생각했지만 그들을 에워싼 사람들 중에 구라모치의 부하 직원이 몇 있는 것을 보고 무슨 일이 일어났음을 직감했다.

나는 나와 몇 번 얘기를 나눈 적이 있는 아르바이트생에게 다가갔다. 그가 나를 알아보고 살짝 놀란 표정을 지었다.

"아, 다지마 선배님."

"무슨 일이야?"

"압수 수색이래요. 느닷없이 들이닥쳐서 우리를 사무실에서 쫓아냈어요. 나카가미 씨를 비롯한 윗분들은 아직 사무실에 계시고요."

"구라모치는?"

아르바이트생이 고개를 저었다.

"요즘 뵌 적이 없어요."

나는 구라모치가 한발 앞서 종적을 감춘 것이라고 생각했다. 호즈미 인터내셔널이나 동서 상사 때도 마찬가지였다. 사건의 주모자가 구라모치 본인이라는 사실만 다를 뿐이었다.

그런 생각을 하고 있는데 양복 차림의 남자가 다가왔다. 그는 내게 가까이 오기 전부터 수첩을 꺼내 손에 들고 있었다.

"경시청 생활과에서 나왔습니다. '찬스 메이크' 직원이시죠?"

"아니요, 저…… 저는 정식 사원이 아닙니다."

"정식 사원이 아니면 뭡니까?"

수사관의 눈이 기분 나쁘게 희번덕거렸다.

"구라모치의 부탁으로 경리 일을 잠깐 도왔을 뿐입니다. 회사 사정은 잘 모릅니다."

수사관은 내 말이 사실인지 아닌지 가늠하려는 듯이 나를 바라보다가 다시 입을 열었다.

"저와 잠깐 얘기 좀 나누실 수 있겠습니까?"

딱히 거절할 이유가 없어 나는 승낙했다. 상황이 어떻게 돌아가고 있는지 직접 확인하고 싶기도 했다.

수사관은 나를 빌딩 안으로 데리고 들어갔다. 사무실에서는 10여 명의 수사관이 종이 박스에 각종 서류와 파일들을 닥치는 대로 집어넣고 있었다. 나카가미 등은 그 모습을 그저 망연히 바라볼 뿐이었다. 나카가미가 내 쪽을 흘깃 보았지만 나를 알은체하지는 않고 그대로 눈을 감았다.

나는 사무실 한쪽으로 가서 수사관에게 질문을 받았다. 회사에 들어오게 된 경위와 지금까지 무슨 일을 했는지 등에 관해서였다. 말투는 정중했지만 위압적인 분위기가 풍겼다. 나는 거짓말할 필요가 없다고 느껴 있는 그대로 얘기했다. 그런데 수사관은 내 말을 곧이곧대로 믿지 않는 듯했다.

"회사의 실태를 하나도 모르면서 일을 거들었다는 겁니까? 정식으로 임명되지는 않았지만 임원 대우를 받은 건 맞지요?"

"그건 구라모치가 멋대로 정한 겁니다. 나는 정말이지 용돈이라도 벌 요량으로……"

"그런데 직책이 자금 담당이었다 이 말입니까?"

"자금 담당이란 건 형식상의 직함일 뿐입니다. 실제로는 구라모치 맘대로 돈을 썼어요. 저는 그저 돈이 들어오고 나가는 상황을 들여다봤을 뿐입니다."

수사관은 납득할 수 없다는 듯 쓴웃음을 지었다. 그런 말도 안 되는 설명을 믿으란 말이냐, 하는 표정이었다.

압수 수색의 목적은 증권 거래법 위반 혐의를 입증하기 위한 자료를 확보하는 데에 있는 듯했다. 수사관 얘기를 듣고서야 나는 구라모치가 면허도 없이 주식을 매매해 왔음을 알았다.

"댁은 구라모치 씨가 무면허란 사실을 알았습니까?"

"전혀요. 언젠가 본인에게 물은 적이 있었는데, 그때는 면허가 있다고 했습니다."

"그 말을 믿었다는 말씀입니까?"

"네."

내 대답에 수사관은 고개를 갸웃했다.

그다음으로 수사관은 구라모치가 숨을 만한 곳이 어딘지를 캐물었다. 그 질문으로 나는 그가 아직도 집에 돌아오지 않았다는 걸 알았다. 물론 나 역시 짐작 가는 곳이 없었다. 그것만은 수사관도 믿는 듯했다.

나는 밤 10시가 넘어서야 그들에게서 풀려났다. 지칠 대로 지쳐 다리를 질질 끌다시피 하며 집으로 돌아왔다. 하루 동안 너무나 많은 일이 일어난 탓에 머릿속이 정리되지 않았다. 만사를 제치고 자고 싶었다.

하지만 막상 침대에 눕자 의식이 오히려 또렷해졌다. 구라모치에 대한 분노와 적개심, 의혹들이 머릿속에서 되살아나고 먼 과거의 일까지 떠오르면서 왜 지금까지 그에게 아무런 응징을 하지 않았는지 후회스러운 마음이 들었다.

몸부림치듯 몸을 뒤척이고 있는데 전화벨이 울렸다. 놀란 나는 수화기를 들려다 말고 먼저 시계를 봤다. 새벽 1시 가까운 시각이었다.

나지막한 소리로 여보세요, 하고 전화를 받았다. 상대가 잠시 뜸을 들였다가 대답했다.

"여보세요. 다지마?"

그 목소리를 들은 순간 다소 멍했던 머리가 단번에 깨어났다.

"구라모치! 너 지금 어디야?"

"공중전화 부스 안이야. 몬젠나카초 근처 후카가와라는 곳에 있어."

"그런 데서 뭘 하는 거야?"

"그냥 지나가던 길이야. 옆에 누구 있어?"

"없어. 너 지금 회사가 어떻게 됐는지 알아?"

"압수 수색이 들어왔겠지."

구라모치의 말투에서 위기감이라고는 조금도 느낄 수 없었다.

"다들 널 찾고 있어."

그리고 나도, 라는 말은 속으로 삼켰다.

구라모치가 수화기 저편에서 흐흐, 하고 웃었다.

"지금 내가 나서면 큰 소동이 벌어질 거야."

"남의 일처럼 말하네."

"하지만 널 좀 만나야겠어. 부탁할 일이 있어."

"경찰에 자수하는 게 어때?"

"농담해? 있잖아, 지금 좀 만나자. 내가 그쪽으로 갈게."

"지금 말이야?"

"밝을 때 만나면 좋겠지만 때가 때이니만큼."

태평한 구라모치의 말투를 듣고 있자니 이 녀석이 정말로 상황의 심각성을 아는지 의심스러웠다.

"알았어. 그럼 이쪽으로 와. 우리 집 위치는 알지?"

"알긴 아는데, 가능하면 다른 데서 만나자. 너희 집도 누군가 감시하고 있을지 모르잖아."

"우리 집을? 누가, 경찰이?"

"경찰도 경찰이지만 다른 사람들도……. 하여간 다른 곳이 좋겠어."

잠시 생각하다가 집 근처 패밀리 레스토랑으로 오라고 했다. 구라모치는 장소와 시간을 확인한 뒤 전화를 끊었다.

침대에서 나와 천천히 옷을 갈아입었다. 머리가 맑아지면서 미하루에게 들은 얘기들이 되살아났다. 더불어 구라모치에 대한 증오심도 팽팽하게 부풀어 올랐다.

그가 무슨 용건으로 날 보자고 했는지는 모르지만, 전화 목소리로 미루어 내게 경계심은 전혀 없는 듯했다.

이런 기회를 놓쳐선 안 된다, 불쑥 그런 생각이 들었다.

부엌으로 가서 부엌칼과 과도 등이 들어 있는 싱크대 서랍을 열었다. 과도를 칼집에서 꺼내 형광등 불빛에 비추자 날카로운 칼날이 번쩍했다.

누군가는 해야 할 일이라고 생각했다. 구라모치 때문에 불행해진 사람이 한둘이 아니다. 그리고 가장 큰 피해를 입은 사람은 말할 것도 없이 나 자신이다. 그러니 내가 하는 것이 최선이다.

겉옷을 걸친 뒤 안주머니에 칼을 넣었다. 그것만으로도 심장이 뛰었다. 체온이 오르는 것 같기도 했다.

약속 시간까지는 여유가 좀 있었지만 나는 심호흡을 한 번 하고서 곧바로 집을 나왔다. 도저히 가만있을 수가 없었다.

밖으로 나서니 밤바람이 매서웠다. 그런데도 칼이 들어 있는 품속만은 묘하게 열기가 느껴졌다. 옷 위로 몇 번이나 칼의 감촉을 확인했다.

패밀리 레스토랑에 들어가 커피를 주문하고 잠시 기다리자 검은 가죽점퍼를 걸친 구라모치가 구부정한 자세로 들어왔다. 나를 발견한 그가 싱글거리며 다가왔다.

"늦은 시간에 미안해."

그는 내 맞은편에 앉은 뒤 여종업원에게 핫초콜릿을 주문했다.

"어디서 지내고 있어?"

"여기저기. 비즈니스호텔에 묵을 때가 제일 많아."

"언제까지 도망 다닐 작정인데?"

"뭐, 상황 봐서 경찰에 출두해야지. 하지만 그 전에 할 일이 있어."

"무슨 할 일?"

"돈도 정리해야 하고…… 기타 등등. 어렵게 번 돈을 몽땅 빼앗길 수는 없잖아."

나는 그의 얼굴을 물끄러미 바라봤다. 동서 상사 때처럼 하지 않을 거라는 말은 역시 거짓이었다. 이 녀석은 자신이 상사로 모셨던 사기꾼들에게 보고 배운 짓을 그대로 되풀이하고 있었다.

구라모치가 점퍼 주머니에서 두꺼운 봉투를 두 개 꺼낸 뒤 포개어 내 앞에 놓았다. 위에 놓인 봉투에는 '유키코에게'라고 적혀 있었다.

"내가 부탁할 일이 있다고 했지? 이거야."

"뭔데, 이게?"

"하나는 유키코한테 전해 줘. 내가 없어서 어려움이 많을 거야. 반드시 돌아갈 테니까 그때까지만 참아 달라고 해."

봉투가 살짝 열려 있어 내용물이 보였다. 만 엔짜리 지폐가 백 장 정도 되는 것 같았다. 도망 다니면서도 돈을 챙긴 모양이었다.

"다른 하나는 네 거야. 너한테 폐를 끼친 거 같아서 말이지. 뭐랄까, 보상금이라고 할까."

그리고 구라모치는 여종업원이 가져온 핫초콜릿을 맛있게 마셨다.

나는 구라모치의 뇌 구조가 궁금했다. 미하루 등을 이용해서 그토록 못된 짓을 저질러 왔으면서 또 한편으로는 마치 의리의 사나이처럼 행동하다니. 그 같은 구라모치의 두 얼굴에 나는 늘 속아 넘어가곤 했다. 더불어 나의 살의는 번번이 무디어졌다.

그러나 오늘 밤만은 절대로 마음이 약해지면 안 된다고 나 자신을 타일렀다.

"나, 너한테 확인하고 싶은 게 있어."

"증권 매매 자격증 말이야? 그 일은 미안해, 거짓말해서. 조만간 얘기하려고 했어."

"그런 게 아니야."

나는 고개를 저었다.

"미하루 말이야."

"미하루가 어쨌는데?"

"그 여자가 네 애인이었다면서?"

구라모치의 얼굴이 입을 반쯤 벌린 상태로 굳어졌다. 이윽고 그는 핫초콜릿을 한 모금 마시고 재떨이를 끌어당겼다.

"들켰네."

미안해하는 기색이라고는 조금도 없었다.

"그런데도 나랑 결혼을 하게 만들다니, 도대체 왜 그런 짓을 한 거지?"

"그럼 '내가 전에 사귀었던 여자다' 그렇게 소개했어야 했나? 그랬다면 더 불쾌했을 텐데. 세상에는 입을 다물고 있는 편이 나은 일도 있어."

"그럼 애초에 소개하지 말았어야지. 내가 네 속셈을 모를 줄 알아? 네가 갖고 놀던 여자를 나한테 떠넘기고 싶었던 거잖아."

"그렇지 않아. 내가 미하루를 너한테 소개한 이유는 순전히 너랑 잘 맞을 것 같았기 때문이야. 정말이야. 너는 나와 달리 성실하고 견실한 인생 계획이 있는 녀석이잖아. 까놓고 말해서 서로 죽이 맞아 결혼한 거 아니야?"

"견실한 인생 계획 좋아하네. 그걸 엉망으로 만든 사람이 누군데?"

"이봐, 다지마. 왜 그렇게 화를 내? 너한테 미하루를 소개한 건 유감이지만, 내가 이미 사과했잖아. 그리고 미안한 마음이 있으니 최대한 너를 돕겠다고도 했고."

"나를 함정에 빠뜨릴 계획을 세운 사람도 너잖아."

"그게 무슨 소리지?"

구라모치가 미간을 찌푸렸다.

"미하루가 나랑 이혼하고 싶은데 어떻게 하면 좋겠냐고 했더니 네가 나를 함정에 빠뜨릴 방법을 알려 줬다면서? 기미코라는 여자를 이용해서 나를 유혹하라고 말이야. 그뿐 아니라 맨션까지 사용하도록 해 줬다던데."

내 얘기를 듣던 구라모치의 얼굴이 점점 일그러졌다. 그는 자신의 뺨에 양손을 대고 고개를 휘휘 저었다.

"그 여자가 그렇게 얘기해?"

"그래."

"내 잘못이 크다. 그 여자 정말 나쁜 여자네. 말도 안 되는 얘기야."

"도대체 뭐라고 지껄이는 거야?"

"내 말을 들어 봐. 이혼하고 싶다면서 내게 하소연한 건 사실이야. 하지만 나는 너를 함정에 빠뜨리자고 제안한 적도 없고 그런 계획도 세우지 않았어. 나는 그 여자한테 다지마가 바람이라도 피우지 않는 한 두 사람이 이혼하기는 힘들 거라고 했어. 아마 미하루가 그 말을 듣고 너를 함정에 빠뜨릴 방법을 생각해 냈을 거야."

"헛소리하지 마. 네가 맨션을 마련해 줬잖아."

"그건 사실이야. 하지만 그런 목적으로 사용할 줄은 꿈에도 몰랐어. 미하루가 딱 하룻밤만 자유롭게 사용할 수 있는 집을 알아봐 달라고 내게 부탁했거든. 그래서 그 집 열쇠를 빌려준 거야. 나중에 네가 그 집에서 유혹에 넘어갔다는 얘기를 듣고 나는 깜짝 놀랐어. 하지만 그 얘기를 차마 너한테 할 수도 없어서 사실 그동안 고민했어."

"거짓말 마."

"거짓말 아니야. 믿어 줘, 제발. 아니, 너 혹시 나보다 그 여자를 더 믿는 거야? 너를 그 모양으로 만든 여자야, 그 여자."

내 얼굴을 지그시 바라보는 구라모치의 까만 눈동자에는 이 세상 누구라도 속아 넘어갈 만한 진지함이 깃들어 있었다. 나 역시 몇 번이나 그런 그의 눈동자에 속아 넘어갔던 것이다.

"나는 너를 친구로 여겼어. 그것도 이 세상에서 유일하게 믿을 수 있는 사람이라고 말이야. 그래서 위험을 무릅쓰고 이렇게 널 만나러 온 거야."

구라모치가 팔을 뻗어 내 손을 잡았다. 그 손의 열기가 내게 전해졌다.

"나를 믿어 줘. 이번 건에 대해서는 언젠가 반드시 제대로 설명할게. 틀림없이 오해가 풀릴 거라고 생각해."

그러고서 그는 손목시계를 내려다보며 눈썹을 찌푸렸다.

"시간이 벌써 이렇게 됐네. 나, 가야겠어."

"잠깐만."

"미안해. 알다시피 나, 지금 쫓기는 몸이잖아. 또 연락할게."

구라모치가 계산서를 들고 일어나서 카운터로 향했다.

나는 혼란스럽기 이를 데 없었다. 늘 그래 온 패턴대로였다. 아무리 그를 몰아세워도 결국은 그에게 설득될 뿐이다.

그가 두고 간 봉투를 집어 들었다. 유키코에게, 라고 적힌 봉투 아래에 있는 봉투가 내 몫인 듯했다. 그 봉투에도 이름이 적혀 있었다. 그걸 본 순간 나는 전율했다.

田島和幸 님에게……

다시 확인해 보니 '田島和幸 님에게'라고 제대로 적혀 있었다. 하지만 순간적으로 내 눈에는 '幸'이 '辛'으로 보인 것이다.

악몽 같았던 과거의 장면들이 영화처럼 눈앞에 펼쳐졌다. 나는 벌떡 일어나서 레스토랑을 뛰쳐나왔다.

구라모치가 주차장으로 걸어가고 있었다. 나는 안주머니에 손을 넣었다. 과도가 손에 잡혔다.

그대로 구라모치의 등을 향해 달려갔다.

바로 그 순간, 옆에서 갑자기 검은 그림자가 나타났다. 그 그림자가 야생 동물처럼 날쌔게 구라모치를 덮쳤다. 구라모치는 비명조차 지르지 못한 채 그 자리에서 쓰러졌다.

나는 소스라치게 놀라 구라모치에게 달려갔다. 그의 목에서 피가 분수처럼 뿜어져 나오고 있었다.

그림자는 이미 사라지고 없었다.

38

무슨 일이 일어난 건지 이해되지 않았다. 퍼뜩 정신이 든 것은 등 뒤에서 비명 소리가 들렸을 때였다. 돌아보니 젊은 여자가 겁에 질려 나를 바라보고 있었다. 그 옆에는 일행인 듯한 남자가 서 있었다.

그 이후의 일은 자세히 기억나지 않는다. 내가 망연히 서 있는 동안 주위에 사람들이 모여들었고, 이어서 경찰이 달려왔을 것이다. 경찰이 내게 질문을 퍼부었지만 제대로 대답했는지 어땠는지는 잘 모르겠다. 아마 무엇 하나 제대로 대답하지 못했을 것이다.

나는 경찰서로 끌려갔다. 그리고 이른바 취조실이라는 곳으로 들여보내졌다.

나중에 알게 된 사실이지만 레스토랑 직원이 나를 신고했다고 한다. 그 직원은 칼에 찔린 남자와 내가 조금 전까지 함께 있었고, 남자를 쫓아 내가 가게를 뛰쳐나갔다고 말했다고 한다. 현장에서 나를 조사한 경찰은 내가 횡설수설하자 충동적으로 남자를 찔러 놓고 당황해서 그러는 것으로 해석하고 현장에서 긴급체포했다.

취조를 맡은 형사는 처음부터 나를 범인으로 단정했고, 자신이 할 일은 그저 조서를 꾸미는 것뿐이라는 태도로 임했다. 그가 그러는 것도 무리는 아니었다. 내 품속에는 과도가 있었고, 실제로 나는 구라모치를 찔러 죽일 작정으로 레스토랑을 뛰쳐나갔던 것이다.

그러나 구라모치를 죽인 사람은 내가 아닌 다른 남자였다. 서서히 평정을 되찾은 나는 그 사실을 형사에게 말했다. 조서만 꾸미면 일이 끝날 줄 알았던 형사는 예상치 못했던 전개에 화가 났는지, 이제 와서 발뺌할 거냐며 소리를 질렀다.

"정말입니다. 믿어 주세요. 그 녀석을 찌른 사람은 제가 아닙니다."

"당신이 찌르지 않았다는 근거라도 있어?"

"조사해 보면 제 칼이 사용되지 않았다는 사실이 밝혀질 겁니다. 제 칼에는 피 한 방울 안 묻었잖습니까."

"그야 곧바로 닦았겠지. 그리고 당신이 말하지 않아도 이미 조사하고 있어. 도대체 칼을 들고 그 남자를 쫓아간 이유가 뭐야?"

"그건……."

나는 그만 입을 다물었다.

"그것 봐, 대답을 못하잖아. 이쯤에서 자백하지 그래."

스포츠형 머리에 얼굴이 네모난 형사는 내게 자백을 받아 내려고 협박을 계속했다. 그런 상황이 몇 시간이나 이어졌다. 나는 피로와 혼란스러움에 몇 번이나 의식이 몽롱해졌지만 필사적으로 범행을 부인했다.

그런데 그런 지옥 같은 상황이 마침내 끝날 때가 왔다. 네모 얼굴 형사가 밖으로 불려 나가더니 잠시 후 다른 형사가 들어왔다. 그는 안경을 낀 덕분인지 아까 그 형사보다 훨씬 품위 있어 보였다.

"오랜 시간 실례가 많았습니다. 선생님의 혐의가 풀렸습니다. 이제 귀가하셔도 됩니다."

말투도 공손했다.

갑작스런 상황 변화에 나는 어리둥절했다.

"어떻게 된 일이죠?"

"확인하는 데 시간이 많이 걸렸습니다. 어쨌든 선생님이 칼을 갖고 계셨던 건 사실이니까요. 그러니 의심을 받으실 수밖에 없잖습니까."

이 형사는 내가 체포된 것을 항의할까 봐 걱정하고 있었다. 그래서 칼 얘기를 꺼내면서 내게도 책임이 있다는 사실을 은근히 내비친 것이다.

하지만 내가 알고 싶은 건 그런 게 아니었다.

"범인이 잡혔습니까?"

형사가 고개를 저었다.

"도망갔습니다. 사건이 일어난 주차장에서 어떤 남자가 달려가는 모습을 목격한 사람이 있었습니다. 달려가던 남자가 길에 칼을 떨어뜨렸는데, 거기 묻은 혈흔을 조사한 결과 피해자의 혈액과 일치했습니다. 참고삼아 말씀드리면, 선생님 칼에서는 혈액이 검출되지 않았습니다."

"구라모치를 찌른 자는 체격이 작은 남자입니다. 얼굴은 자세히 보지 못했습니다만."

"목격자의 증언과도 일치하는군요. 현재 범인으로 추정되는 인물을 뒤쫓고 있습니다."

"용의자의 신원은 파악됐나요?"

"어느 정도는요. 말하자면 피해자가, 뭐랄까…… 여러 의미에서 주목받던 인물이거든요."

"'찬스 메이크'의 피해자가 구라모치에게 앙갚음한 거라는 말씀인가요?"

"그럴 수도 있다고 봅니다."

형사가 시계를 봤다.

"다지마 씨, 혹시 시간이 괜찮으시다면 몇 가지 더 묻고 싶은 게 있는데요."

"칼에 관해서 말입니까?"

"그렇습니다. 왜 그런 걸 갖고 계셨습니까?"

나는 숨을 길게 내쉬며 뭐라고 대답할까 고민했다. 하지만 마음을 정하는 데는 시간이 그리 오래 걸리지 않았다.

"그를…… 구라모치를 죽이려고 그랬습니다."

너무 직설적인 표현이었는지, 형사가 놀라는 표정을 드러내기까지는 몇 초의 시간이 걸렸다.

"이유가 뭐죠?"

"한마디로 설명하긴 힘듭니다. 하여간 굉장히 많은 일이 있었고, 저는 그에게 여러 번 속았습니다. 이번 '찬스 메이크' 건도 마찬가지입니다. 그래서 그가 만나자고 하길래 칼을 준비했던 겁니다."

"그랬는데 다른 사람이 먼저 나섰군요."

"그런 셈이죠."

그리고 나는 고개를 들어 형사를 봤다.

"칼을 가지고 다닌 사실만으로도 죄가 될까요? 살인 미수라든지……."

형사가 쓴웃음을 지었다.

"사안에 따라서는 그렇겠죠. 만일 선생님이 칼을 꺼내 들고 구라모치 씨를 공격했다면 살인 미수 죄가 성립할 겁니다. 하지만 선생님은 거기까지는 가지 않았죠."

"결정적인 순간에 주저하는 성격 덕분이로군요."

그리고 나는 고개를 절레절레 흔들었다.

"범인이 누군지는 모르지만 구라모치를 향한 증오심이 저만큼 깊지는 않을 겁니다. 그런데 행동은 제가 한발 늦었군요."

그 말을 들은 형사의 안경 렌즈가 반짝 빛났다.

"선생님은 마치 범행을 다른 사람에게 가로채여 분하다는 투군요."

"그런 말은 아니지만……."

그러나 형사의 매서운 눈은 이미 진실을 간파한 듯했다. 나는 자신이 살인범이 되지 않았다는 사실에 안도하는 동시에 구라모치를 살해한다는 커다란 목표를 다른 사람에게 빼앗겨 허탈해하고 있었다.

"다지마 씨, 동기가 있다고 반드시 살인으로 이어지는 건 아닙니다."

형사가 가르치듯이 말했다.

"동기도 필요하겠지만 환경이나 타이밍, 그 당시의 기분 같은 것들이 모두 맞아떨어졌을 때 사람은 살인을 저지릅니다."

"그건 저도 압니다."

"그리고,"

형사가 내 말을 자르듯이 말했다.

"어떤 계기가 주어짐으로써 살인이라는 행동을 하는 사람도 있습니다. 선생님의 경우 바로 그 계기가 필요했는지도 모릅니다. 계기가 없으면 살인자가 되는 문을 통과하지 못하죠. 아, 물론 통과하지 못하는 편이 낫지만 말입니다. 그런 문은 영원히 지나가지 않는 게 좋아요."

"살인의 문이라……"

문득 나는 중요한 질문을 하지 않았다는 사실을 깨달았다.

"그런데 구라모치는 어떻게 됐습니까?"

그러자 형사가 등을 쭉 펴고 턱을 끌어당기며 나를 바라보았다.

"목숨은 건진 모양입니다."

"아……"

뜻밖의 대답에 순간 말문이 막혔다. 구라모치가 찔렸을 당시의 상황으로 보아 그가 죽었을 거라고 짐작했기 때문이었다.

"물론 마음을 놓을 만한 상태는 아닙니다. 아직 치료 중이에요."

"유키코…… 아, 그러니까, 구라모치의 부인과는 연락이 닿았습니까?"

"물론입니다. 이미 병원에 가 계실 겁니다. 혹시 원하시면 선생님도 병원까지 모셔다드리지요. 수사에 협조해 주신 답례로 말입니다."

"네, 그럼 부탁드리겠습니다."

 유키코는 병원 대합실에서 고개를 푹 수그리고 있었다. 허둥지둥 달려왔는지 웃옷과 치마의 색이 전혀 어울리지 않았다. 대합실에는 그녀 외에 출입구를 지키고 있는 제복 차림의 여자 경관 한 명밖에 없었다.
 나를 본 유키코는 천천히 고개를 한 번 저었다. 그 행동이 뭘 의미하는지 정확히 알 수는 없지만 여러 의미를 담고 있다는 것만은 분명했다. 이런 일이 일어나다니 믿기지 않는다는 뜻도 포함됐을 것이고 어떻게 해야 좋을지 모르겠다는 호소도 담겨 있으리라고 나는 짐작했다.
 "구라모치는 상태가 어떤가요? 목숨은 건졌다고 들었는데."
 "아직 수술 중이에요. 수술 전까지 의식을 되찾지 못한 것 같아요."
 그리고 유키코는 퍼뜩 깨달은 듯이 나를 올려다봤다.
 "그 사람, 다지마 씨를 만나러 갔었나요?"
 "네, 연락이 왔더군요. 그래서 우리 집 근처 패밀리 레스토랑에서 만났어요."
 "저한테도 알려 주셨으면 좋았을 텐데……."
 유키코가 원망스럽다는 듯이 말했다.
 "유키코 씨도 감시당하고 있을지 몰라서요."
 "그야 다지마 씨도 마찬가지 아닌가요? 그러니까 범인이 다지마 씨를 뒤따라가 레스토랑 주차장에서 기다렸던 거겠죠."

사실이 그랬다. 달리 변명할 말이 없었다.

"구라모치가 유키코 씨한테는 알리지 않았으면 하는 것 같았어요."

"그럴지는 모르겠지만……."

유키코는 고개를 옆으로 돌리고 훌쩍거리며 손수건으로 눈물을 닦았다.

"구라모치가 유키코 씨에게 이 말을 전해 달라고 하더군요. 상황이 정리되면 반드시 돌아갈 테니 그때까지만 참아 달라고요. 실은 상당한 액수의 유키코 씨 생활비를 제게 맡겼는데 경찰에게 압수당했어요. 사건과 무관한 돈으로 판명되면 돌려주겠다면서요."

"돈 같은 건 상관없어요. 그이가 살아나기만 한다면요."

그리고 그녀는 오열했다.

이런 상황에서도 여전히 유키코의 사랑을 잃지 않는 구라모치에게 나는 새삼 질투심을 느꼈다. 그리고 기필코 구라모치의 실체를 까발려야겠다고 마음먹었다.

복도 쪽에서 웅성거리는 소리가 들리는가 싶더니 잠시 후 간호사가 다가왔다.

"부인, 담당 의사가 드릴 말씀이 있답니다."

"수술은 끝났나요?"

"네, 일단은요. 그래서 설명해 드리려는 겁니다."

"어떻게 됐어요? 수술은 잘됐나요? 그 사람, 살아났어요?"

유키코가 잇달아 질문을 해 댔다.

"담당 의사가 말씀드릴 거예요. 일단 같이 가시죠."

환자의 상태를 함부로 언급하는 것이 금지되어 있다는 건 알지만, 그럼에도 간호사의 태도는 어딘가 이상했다. 생명에 이상이 없다는 것 정도는 말해 줘도 괜찮을 텐데 싶었다.

간호사가 우리를 데려간 곳은 집중 치료실이었다. 안으로 들어서자 의사가 우리에게 다가왔다.

"구라모치 환자의 부인이십니까?"

"네. 이쪽은 제 남편 친구예요."

유키코가 의사에게 나를 소개했다.

의사는 나를 힐끗 보고는 유키코에게 시선을 돌렸다.

"이리 오세요."

우리는 의사를 따라 집중 치료실 안을 걸어갔다. 투명 비닐 막으로 칸막이가 된 곳에 이르자 의사가 걸음을 멈췄다.

"남편 분입니다."

비닐 막 안 침대에 구라모치가 누워 있었다. 그는 마스크를 비롯한 갖가지 기구에 휘감겨 있었다.

"결론부터 말씀드리겠습니다."

의사가 나지막이 말을 꺼냈다.

"남편 분께서는 생명은 건지셨습니다. 하지만…… 의식은 돌아오지 않았습니다. 앞으로도 돌아오지 않으리라고 생각됩니다. 의식을 관장하는 부위가 손상됐기 때문입니다."

"아아."

유키코가 신음했다.

"선생님, 그렇다면, 식물인간 상태가 계속될 거라는 말씀입니까?"

내가 의사에게 물었다.

"그렇습니다."

의사가 고개를 끄덕였다.

느린 화면처럼 유키코가 천천히 무너져 내렸다. 그녀를 지탱하려 했지만 한발 늦고 말았다. 다음 순간, 그녀의 울부짖는 소리가 들렸다.

구라모치를 찌른 범인은 사건 발생으로부터 딱 일주일 후에 체포되었다. 형사가 예상한 대로 '찬스 메이크' 피해자였다. 근무하던 회사에서 작년에 정년퇴직한 범인은 퇴직금을 전부 '찬스 메이크'에 쏟아부었다고 한다. 그 후 어쩐지 수상쩍은 느낌이 들어 투자한 돈을 돌려달라고 했지만 '찬스 메이크'에서는 이런저런 핑계를 대며 계속 시간을 끌었고, 그러다가 결국 이번 사건이 터졌다는 것이다. 돈을 돌려받을 가망이 없다고 판단한 범인은 구라모치를 살해하기로 결심했고, 구라모치의 소재를 파악하기 힘들자 나를 감시하기로 했다. 그건 오로지 직감에 의한 결정이었다고 한다.

이상의 사연을 듣고 나는 살인을 실행하는 것은 동기만으로는 안 된다던 형사의 말을 떠올렸다. 타이밍이나 계기가 갖춰져야 가능하다고 형사는 말했다.

'찬스 메이크' 사건에 대한 수사는 순조롭게 이루어졌다. 서서히 드러난 '찬스 메이크'의 경영 실태에 나는 새삼 놀랐다. 이렇게 허술한 방법으로 잘도 그 많은 돈을 끌어모았구나 싶어 감탄스러울 정도였다.

영업 사원들의 이름도 전부 가명이었다. 그것도 한 사람이 너덧 개의 가명을 사용했다. 고객들에게 설명한 내용도 대부분 거짓이었다. "일단 받아 낸 돈은 무조건 우리 것이다."라는 것이 회사의 지침이었다고 한다.

직원 대부분은 주식에 관한 지식도 없었다. 오로지 거짓말을 얼마나 진실처럼 말하는가가 관건이었다.

앙케트를 빙자해 전화를 걸어서 "퀴즈에 당첨되셨습니다. 당신께만 특별히 대박 종목을 알려 드리겠습니다."라는 말에 넘어간 사람도 적지 않았다. 일단 한 종목을 알려 주고 그 주가의 움직임을 한동안 지켜보도록 한 것이다. 만약 주가가 올라가지 않으면 그대로 놔두고 조금이라도 올라가면 즉시 연락해서 "제가 말씀드린 대로죠? 입회금은 고작 10만 엔입니다. 입회만 하시면 비장의 종목을 알려 드립니다."라고 꼬드겼다고 한다.

영업 사원들에게 할당된 포섭 인원은 월평균 열 명. 영업 사원들은 고객이 납입한 입회금의 10퍼센트를 포상금으로 받았다.

20만 엔 정도의 월급에 포상금을 합하면 매달 30만 엔은 쉽게 넘었을 것이다.

반장을 포함해 직원 대부분은 20세 전후였으며 대학생도 적지 않았다.

"신나게 벌었죠. 돈의 마력에 넘어가 다들 분발했습니다."

대학 재학 중인 직원이 경찰에 불려 가서 한 증언이다.

나도 몇 번인가 경찰에 불려 갔다. 경찰은 구라모치가 돈을 어디에 감췄는지 알고 싶어 했다. 하지만 내가 그런 걸 알 턱이 없었다. 내게서 끌어낼 것이 아무것도 없다고 판단했는지 얼마 후부터는 경찰도 나를 부르지 않았다.

내 본업인 가구점 일은 그만두지 않을 수 없었다. '찬스 메이크'의 정식 사원은 아니라고 해도 그 회사와 관계가 있었던 게 사실이어서 변명 한마디 할 수 없었다. 나는 또다시 구직자 신세가 됐지만 이번엔 낙담하지 않았다. 모든 걸 처음부터 새로 시작하자는 마음가짐이 있었기 때문이다.

내가 그런 마음가짐을 갖게 된 데에는 구라모치의 영향이 컸다.

구라모치는 살아 있었다. 의사가 선고한 대로 그의 의식이 되돌아오는 건 불가능해 보였지만 그의 생체 반응만은 계속되고 있었다.

나는 시간이 나는 대로 구라모치의 병실을 찾았다. 그는 특별 병실에 있었고 대개 유키코가 지키고 있었다. 그녀는 그때까지 살던 맨션을 처분하고 그보다 훨씬 좁은 임대 맨션으로 이사했다. 그리고 그 차액으로 구라모치의 치료비를 충당하고 있었다. 말이 치료지 그저 생명을 유지하고 있을 뿐이었지만.

구라모치는 자는 것처럼 보일 때가 있는가 하면 눈을 뜨고 있을 때도 있었다. 눈동자가 움직이는 걸 본 적도 있다. 그럴 때면 그가 의식이 없다는 건 의사의 착각이 아닐까 싶기도 했다. 유키코는 더더욱 그렇게 생각한 것 같다. 그녀는 때때로 내게 말했다.

"그이에게 틀림없이 제 말이 들릴 거예요. 다른 사람이 말할 때랑은 반응이 다르거든요. 내가 말을 걸면 눈이 움직여요. 아주 미세하지만 말이죠. 내가 몸을 문질러 줘도 마찬가지예요. 그 전까지는 아무 반응이 없다가도 뭔가 반응을 보인다니까요. 그래서 저는 오사무 씨에게 의식이 있다는 걸 확신해요."

이것은 가족이나 사랑하는 사람이 식물인간 상태일 때 그를 간호하는 사람이 공통으로 겪는 현상인 듯했다. 식물인간이기는 하지만 살아 있는 상태이므로 어떤 식으로든 생체 반응을 나타내기 마련이다. 그 반응과 자신의 기대를 합치시켜 그런 착각을 하는 것이다.

하지만 나는 유키코의 착각을 바로잡지 않았다. 구라모치를 간병하는 데는 엄청난 정신력이 필요했다. 착각이 그런 그녀를 지탱해 준다면 그걸로 그만이라고 생각했다.

일부 언론의 보도로 구라모치의 사건이 세간에 널리 알려지는 바람에 면회하러 오는 사람이 줄을 이었다. '찬스 메이크' 피해자가 사건 주모자의 비참한 모습을 보려고 찾아오는 경우가 제일 많았다. 유키코는 면회객들을 철저히 체크해 그런 불순한 의도로 찾아오는 사람은 단호히 거부했다.

하지만 개중에는 순수한 마음으로 구라모치를 찾아오는 사람도 있었다. 미하루도 그중 하나였다.

그녀는 침대 옆에 서서 구라모치의 뺨을 어루만지고 목덜미를 손가락으로 더듬었다. 내가 보고 있는데도 아랑곳하지 않고 그의 입술에 키스를 하기도 했다. 물론 유키코가 자리를 비웠을 때만 그러긴 했지만, 혹시라도 유키코가 돌아와서 보면 어쩌나 하는 마음에 그때마다 조마조마했다.

"그 위세 당당하던 사무가 이렇게 돼 버렸네요. 인생은 참 잔혹해요."

미하루가 지난날의 연인을 내려다보며 지난날의 남편인 내게 말했다.

"이제 와서 이렇게 말하기는 뭐하지만,"

나는 그녀에게 말했다.

"구라모치는 나를 함정에 빠뜨릴 계획을 세운 적이 없다고 하더군. 그리고 맨션을 마련해 준 건 사실이지만 그런 용도로 사용할 줄은 전혀 몰랐대."

"사무가 그래요?"

미하루가 구라모치를 바라보며 되물었다.

"그래, 그렇게 말했어. 누구 말이 맞는 거야? 당신이야, 구라모치야? 사실대로 말해 봐."

그러자 미하루가 고개를 갸웃하고 말했다.

"그가 그렇게 말했다면 그게 사실인 걸로 하면 되죠, 뭐."

"이봐."

"어차피 당신은 나를 미워하잖아요. 그러니까 그냥 그렇게 생각해요. 사무까지는 미워하지 않는 편이 좋을 것 같아요."

"나는 진실을 알고 싶어."

"그러니까 그게 진실이라잖아요, 사무의 말이요."

그러고서 그녀는 그만 가 보겠다며 병실을 나갔다.

미하루 외에도 여자들이 많이 찾아왔다. 대부분 내가 모르는 여자였고, 그중 누가 봐도 물장사를 하는 듯한 여자도 있었다. 구라모치의 변해 버린 모습을 본 그들은 예외 없이 눈물을 흘렸다.

"나 같은 못난이도 구라모치 씨는 차별하지 않고 친절하게 대해 줬어요. 그렇게 좋은 분은 세상에 없을 거예요."

그러면서 엉엉 울어 대는 호스티스도 있었다.

물론 남자 문병객도 있었다. 그들의 반응은 다양했지만 공통점이 하나 있었다. 최소한 한 번은 구라모치에게 당해 인연을 끊은 적이 있다는 점이었다.

"언변이 좋은 남자였어. 이 남자한테 걸리면 형편없는 고철도 금으로 보인다니까. 그 바람에 얼마나 손해를 봤는지 몰라."

구라모치에게 넘어가 1억 엔 가까운 돈을 날렸다는 그 사람은 쓸쓸히 웃으며 덧붙였다.

"그래도 지금 되돌아보면 즐거웠어. 이 사람 덕분에 색다른 꿈을 꿀 수 있었거든. 이렇게 되고 보니 정말 서글프군."

인연을 끊은 적은 있어도 마음 깊이 그를 원망하는 사람은 거의 없었다. 아무리 유키코가 면회를 가려서 받는다 해도 그 점은 실로 의외였다.

그렇게 구라모치가 칼에 찔린 후로 한 달이 지났을 때 한 남자가 병원에 찾아왔다.

39

유키코가 내게 전화해서 모르는 남자가 병문안을 왔는데 왠지 불안하다며 와 줄 수 있겠냐고 했다. 가구 회사에서 잘린 뒤 시간이 넘쳐 났던 나는 근무할 때 입던 양복을 걸치고 그 즉시 집을 나섰다. 하늘은 맑았지만 때때로 가랑비가 부슬부슬 흩날리는, 날씨가 묘한 날이었다.

병원에 도착해 보니 유키코가 병실 앞에 불안한 표정으로 서 있었다. 나를 보고 그녀는 안도의 숨을 내쉬었다.

"그 문병객, 아직도 있어요?"

유키코가 고개를 끄덕이며 병실 쪽을 바라봤다.

출입문이 열려 있어 병실 안이 들여다보였다. 그곳은 구라모치의 개인 병실이었다. 투명 비닐로 둘러싸인 침대 주변에 각종 생명 유지 장치가 설치되어 있었다. 그리고 침대 옆에 남자 하나가 서 있었다.

짙은 갈색 정장 차림의 쉰 전후로 보이는 남자였다. 체구가 그다지 크지는 않지만 가슴을 쫙 펴고 꼿꼿하게 서 있는 모습에는 약간의 위엄이 깃들어 있었다. 깔끔하게 접힌 우산을 지팡이마냥 짚고 있어 모자까지 썼다면 영국 신사처럼 보였을 것이다.

남자는 아무 말 없이 구라모치의 얼굴을 내려다보고 있었다. 말을 한다 해도 구라모치가 알아들을 리 없지만, 문병객 중 다수는 구라모치에게 말을 하려 했다.

"뭐 하는 사람이래요? 말 안 하던가요?"

내가 유키코에게 조그만 소리로 물었다.

그녀는 명함 한 장을 내밀었다.

"이걸 주더군요."

거기에는 '경영 컨설턴트 사쿠라 요헤이'라고 적혀 있었다. 사무실 주소는 미나토구였다.

"그이와 오래전부터 알고 지낸 사이라고 했어요. 이상한 사람은 아닌 것 같고 하도 정중하게 부탁하는 바람에 거절하기 힘들었어요."

나는 이해한다는 듯이 고개를 끄덕였다.

"다지마 씨는 혹시 저 사람을 본 적이 있나요?"

"이렇게 봐서는 잘 모르겠지만 아는 사람 같지는 않아요."

"대체 누구일까요?"

"유키코 씨가 제게 전화한 지 30분이나 됐는데 그때부터 계속 저러고 있는 건가요?"

"네. 거의 움직이지도 않고 그이 얼굴만 들여다보고 있어요. 그런데 어쩐지……."

그녀가 말끝을 흐렸다. 어쩐지 마음에 걸린다는 말을 하고 싶었을 것이다. 나도 동감이었다.

잠시 그를 지켜보며 유키코와 병실 밖에서 기다렸다. 몇 분 후, 마침내 남자가 나왔다. 그는 나를 보더니 고개를 살짝 숙였다.

역시 모르는 사람이군, 하고 생각했다. 하지만 한편으로는 어디선가 본 적이 있는 것 같기도 했다.

"너무 오래 머물러 죄송합니다."

남자가 유키코에게 사과의 말을 했다.

"워낙 오랜만이라서 말이죠."

네, 하며 의례적인 미소를 지어 보이던 유키코가 도움을 청하는 눈빛으로 나를 바라봤다.

남자의 신원을 파악하기에는 유키코가 없는 편이 나을 거라고 판단하고 그녀에게 "구라모치에게 가 보는 게 좋지 않을까요?"라고 말했다.

"아, 그러네요. 그럼 저는 이만 실례하겠습니다."

유키코가 남자에게 인사했다.

"아, 예. 그러십시오."

유키코가 병실로 들어간 후 남자와 나는 천천히 복도를 걸었다.

"사쿠라 씨라고 들었습니다. 경영 컨설턴트시라고요."

걸으면서 내가 남자에게 말을 걸었다.

"네, 그렇습니다. 작은 회사들만 상대하고 있지요."

"구라모치와는 어떻게 아시는 사이입니까?"

내 질문에 남자는 곧바로 대답하지 않고 나지막이 웃음을 흘렸다.

"오래됐어요. 간단히 설명하기 어려운 사이죠."

우리는 엘리베이터 앞에서 멈춰 섰다. 남자는 그 이상 설명할 마음이 없어 보였다. 대신 내게 질문했다.

"실례지만 구라모치와는……?"

"친구입니다."

그리고 순간적인 판단으로 거짓말을 했다.

"에지리라고 합니다. 명함을 드렸으면 좋겠지만 부끄럽게도 실직 상태라서요."

"아아, 괜찮습니다."

남자가 웃으며 가볍게 손을 내저었다. 내게는 관심이 전혀 없는 것 같았다.

내가 본명을 말하지 않은 이유는 그가 '찬스 메이크'의 피해자일지도 모르기 때문이었다. 피해자들 중에는 회계 담당자의 이름이 다지마라는 사실을 아는 사람도 있을 수 있었다.

엘리베이터를 타고 1층으로 내려가는 동안 나는 남자의 옆얼굴을 유심히 봤다. 역시 어디선가 본 기억이 있었다. 어쩌면 유명인이라서 잡지나 텔레비전에서 봤을지도 모른다고 생각했다. 경영 컨설턴트 중에는 종종 매스컴에 등장하는 인물도 있었다.

구라모치도 이 남자를 사업상 만나다가 친해졌을 거라고 짐작했다. 그렇다면 특별히 경계할 상대는 아니었다.

엘리베이터가 1층에 도착하자 남자가 먼저 내렸다. 나도 그를 뒤따라 내렸다. 그가 1층 로비를 빠져나가기 직전에 멈춰 서서 나를 돌아봤다.

"그럼 이만 실례하겠습니다. 구라모치 부인께 기운 잃지 마시라고 전해 주십시오."

"네, 그렇게 전하겠습니다. 그런데, 어디 가서 차 한잔하시면 어떻겠습니까? 구라모치와 관련해서 여쭤보고 싶은 게 있어서요."

"죄송합니다만, 선약이 있습니다. 구라모치에 대해선 다음 기회에 얘기를 나누기로 하죠."

남자가 내 제안을 완곡하게 거절했다. 나는 어쩐지 그가 다시는 여기에 오지 않을 것 같았다.

"그렇군요. 그럼 현관까지 배웅해 드리겠습니다."

"아니요, 괜찮습니다. 그럼 이만."

사쿠라는 한 손을 들어 보인 후 발길을 돌렸다.

그때 바로 옆에서 와르르 동전 쏟아지는 소리가 들렸다. 뚱뚱한 할머니 하나가 당황해하며 바닥에 주저앉아 동전을 줍기 시작했다. 그 할머니 지갑에서 동전이 쏟아진 듯했다.

사쿠라가 자기 발 근처에 굴러온 동전을 주워 할머니에게 다가갔다.

"여기 있습니다."

"아아, 고마워요."

사쿠라가 둘째 손가락과 가운뎃손가락 사이에 끼우고 있던 동전을 할머니 손바닥에 올려놓았다. 할머니가 고개를 꾸벅했다.

그 순간 내 기억이 되살아났다. 아주 오래전 기억이었다.

나는 빠른 걸음으로 사쿠라를 쫓아가 그가 현관 자동문을 빠져나가기 전에 말을 건넸다.

"지금도 오목을 두고 계신가요, 간 선생님?"

사쿠라가 걸음을 멈췄다. 그리고 천천히 내 쪽으로 고개를 돌렸다. 안색이 어두워져 있었다. 그 얼굴을 보며 나는 또 물었다.

"훈수를 두면 벌금 백 엔, 아마 그랬죠?"

그러면서 바둑돌 놓는 시늉을 해 보였다.

우리는 병원 근처 찻집으로 들어갔다. 자리에 앉은 사쿠라가 침착하게 담배를 꺼내 물었다.

"젊었을 때 출입하던 사무실 동료에게 배웠죠. 오목이 아니라 장기로 사기를 치는 녀석도 있었어요. 하지만 오목이 아무래도 승부가 빠르기 때문에 짧은 시간 안에 돈을 벌려고 선택하는 사람이 많았지요. 설마 당시의 일을 아는 사람과 만나게 될 줄은 꿈에도 몰랐어요. 부끄러울 따름입니다."

사쿠라가 옛일을 회상하는 표정으로 말했다.

"그럼 구라모치와는 어떻게 알게 되셨나요?"

내 질문에 사쿠라가 고개를 크게 끄덕거렸다.

"처음에는 그저 손님 중 하나였어요. 그런데 언젠가부터 그 녀석이 친구나 아는 사람을 데려오면서 자신은 오목을 두지 않더군요. 이상한 아이라고 생각했는데 하루는 내게 제안을 하는 겁니다. 손님을 데려올 테니 내가 이길 때마다 백 엔을 달라고 말이죠. 깜짝 놀랐습니다. 초등학생이라고 어수룩하게 봤는데, 머리에 찬물을 뒤집어쓴 느낌이었어요. 물론 나도 그 녀석이 하자는 대로만 할 수는 없었습니다. 까불지 말라고 으름장을 놓고서 50엔으로 깎았지요."

사쿠라가 어깨를 흔들며 웃었다.

"구라모치가 선생님 댁에서 아르바이트한 적도 있다고 들었습니다. 마술 도구를 만들었다던데요."

내 말에 사쿠라가 먼 곳을 바라보듯이 눈을 가늘게 뜨고 두세 번 고개를 끄덕였다.

"그런 일도 있었지요. 그는 달변일 뿐만 아니라 손끝도 야무졌어요. 상당히 도움이 됐지요."

나도 그 현장에 가 본 적이 있다고 하려다 말을 삼켰다.

"구라모치가 선생께 많은 걸 배웠다고 했습니다. 학교 선생보다 훨씬 도움이 됐다고 하더군요."

내 말에 사쿠라는 싫지 않은 듯한 표정을 지으며 담배 연기를 내뿜었다.

"그 녀석이랑은 여러 가지 얘기를 나눴어요. 어린애를 상대로 무슨 얘기냐며 웃으실지 모르지만, 그 무렵 나는 일이 안 풀려 피폐하게 생활하고 있었습니다. 그래서 그때까지 해 왔던 수상쩍은 일들을 푸념과 농담을 섞어 가며 얘기해 줬는데, 그런 얘기를 재미있어했으니 정말로 별종이었죠. 집에서 두부 가게를 한다고 들었는데, 가업에는 전혀 관심이 없는 듯하더군요. 구라모치는 착실하게 한 푼 두 푼 버는 것을 멍청하다고 여기는 아이였습니다."

"사쿠라 씨의 영향을 받아 그런 식으로 생각하게 된 것 아닐까요?"

내 말에 그는 손을 내저었다.

"그는 처음부터 그랬어요. 가난을 몹시 싫어했지요. 태어난 환경에 따라 빈부 격차가 생기는 건 불합리하다고 말한 적도 있습니다."

"태어난 환경……이라고요."

"부잣집에 태어나면 어릴 때부터 사치스럽게 살지만 가난한 집에 태어나면 그게 불가능하다는 얘기였어요. 하지만 그의 집이 특별히 가난한 것 같지는 않았습니다. 그보다는 주위에 부잣집 자식이 있어서 그 아이를 질투한 모양이더군요. 뭐라더라, 그 아이네 집이……."

사쿠라가 기억을 더듬는 듯한 표정을 지었다.

"지역에서도 유명한 부자였다고 했어요. 아버지가 치과 병원을 운영한다고 했던가……."

나는 깜짝 놀라 할 말을 잃었다.

"집 근처에 조금 높은 언덕이 있고 그 일대에 고급 주택들이 줄지어 있었나 봐요. 댁도 어릴 때 그쪽에 살았으면 기억이 날 텐데요. 거기서도 유난히 큰 집이 있었는데 그게 바로 그 치과 집이었답니다."

"그 집 아이를 질투했단 말이죠?"

목이 몹시 말라 왔다. 나는 물 잔으로 손을 뻗었다.

"네, 그 아이에게 열등감이 심했어요. 그 열등감이 구라모치를 자극한 측면도 있지 않을까 싶습니다. 치과 집 아이가 태어나면서부터 부자라면 자신은 쉬운 방법으로 그 아이만큼 부자가 되어야겠다는 의미의 말을 곧잘 했거든요. 착실하게 한 푼 두 푼 버는 짓은 하지 않겠다고 말이죠."

사쿠라의 말 한마디 한마디가 쐐기처럼 내 가슴에 박혔다. 역시 구라모치는 날 증오하고 있었다. 그래서 내게 그토록 가혹한 짓을 했던 것이다.

"그런데 말이죠, 구라모치는 결코 그 소년을 미워하지는 않았어요. 그것이 그의 복잡한 내면이죠. 상대의 환경은 질투했지만 인간성은 그 상대와 따로 떼어 놓고 바라볼 줄 아는 냉정함을 갖췄다는 겁니다. 우정이라고까지는 할 수 없지만 우정 비슷한 감정을 상대에게 느낀 것 같아요. 물론 어디까지나 그건 우정이 아니라 우정 비슷한 감정에 지나지 않았지만 말입니다."

"그게 무슨 뜻입니까?"

"그는 상대가 불행해지길 바라는 것 같았습니다. 자신이 당장 부자가 될 수 없으니까 일단 상대를 추락시키려고 한 거지요."

나는 어릴 적 기억을 더듬었다. 피로 쓴 '살(殺)' 엽서가 뇌리에 떠올랐다. 구라모치는 내 이름을 저주받을 상대 리스트에 올렸었다. 비록 이름의 한자를 잘못 쓰기는 했지만 말이다.

"그 소년은 그 후 어떻게 됐습니까?"

그 답은 나 자신이 가장 잘 알았지만 모른 척하고 물어봤다.

"구라모치의 바람대로 불행해졌나요?"

"불운에 휩싸인 건 사실입니다."

사쿠라가 커피를 한 모금 마셨다.

"두 사람이 중학교에 갓 입학했을 무렵일 겁니다. 집안이 풍비박산 나서 그 큰 집도 남의 손에 넘어가고 그 집 아이는 아버지와 함께 어딘가로 이사를 갔다더군요."

"구라모치의 바람이 이뤄진 거군요. 굉장한 우연입니다."

그러자 사쿠라가 코 밑을 문지르며 생각에 잠긴 듯한 표정을 지었다.

"글쎄요, 그걸 우연이라고 단언할 수 있을지……."

"그게 무슨 말씀이죠? 치과 집 아들이 불행해진 게 단순한 우연이 아니라는 뜻입니까?"

"그 점에 대해서는 내가 뭐라고 말씀드리기 어렵습니다. 다만 말이죠, 이 세상에서 일어나는 일의 대부분은 단지 우연의 산물만은 아니라고 봅니다."

"뭔가 아시는 게 있나 보군요."

사쿠라는 내 말을 가로막듯이 머리를 흔들었다.

"글쎄, 나도 뭐라 말씀드리기 어렵다고 하지 않습니까. 게다가 댁과는 관계없는 일일 테고 말이죠. 내 말이 틀렸나요?"

나는 대답할 말이 없어 양손을 꽉 쥔 채 시선을 테이블로 떨어뜨렸다.

"구라모치의 친구라고 하셨죠?"

사쿠라의 물음에 나는 다시 고개를 들고 말없이 끄덕였다.

"진심으로 그렇게 생각하시나요, 아니면 편의상 또는 체면상 그렇게 말씀하시는 건가요?"

"왜 그런 걸 물으시는지……."

"구라모치가 과연 진정한 친구를 사귈 수 있었을지 궁금해서 말입니다. 그런 식으로 사는 한 진정한 친구를 사귀기 어려울 것 같았거든요."

사쿠라의 본심이 무엇일까 생각하며 나는 커피 잔을 들었다. 하지만 잔을 입에 대기 전에 그가 의미심장하게 미소 짓는 모습을 보고 잔을 도로 내려놨다.

"이거, 내가 실례를 한 것 같군요. 아무래도 정곡을 찔렀나 봅니다. 댁은 구라모치의 친구가 아닐 겁니다. 그를 친구로 여기지 않는 게 틀림없어요. 오히려 그를 증오하고 있습니다. 그렇지 않습니까?"

"왜 그렇게 생각하시죠?"

"그가 살아온 방식이 있으니까요. 처세술이라고 할까요, 그 처세술의 밑바탕을 가르친 사람이 바로 납니다. 그래서 나도 일말의 책임을 느낍니다."

"대체 그에게 뭘 가르치셨습니까?"

"내가 그에게 가르친 건 아주 단순한 진리였습니다. 성공하려면 내버릴 돌이 필요하다, 그것 하나예요."

"내버릴 돌……"

"물론 여기서 내버릴 돌은 사람을 일컫습니다. 하지만 그저 사람을 이용한다는 의미는 아니에요. 누구에게나 승부를 걸어야 할 때가 있습니다. 경우에 따라서는 목숨을 걸어야 할 때도 있고요. 그럴 때 내버릴 돌을 활용하는 것과 활용하지 못하는 것은 결과가 천양지차입니다. 또한 내버릴 돌은 위험으로부터 자신을 보호하는 방파제 역할을 하기도 합니다. 때문에 나는 '버리기에 만만한 인재를 항상 곁에 두어라', 그렇게 가르쳤습니다. 그리고 그 인재란 믿을 수 있는 상대여야 한다고도요."

나는 얼굴이 굳어지는 걸 감출 수 없었다. 사쿠라도 내 상태를 눈치챘을 텐데 내색을 하지 않은 채 느린 동작으로 옆에 두었던 우산을 집어 자신의 앞쪽에 놓고 지팡이를 짚듯이 양손을 얹었다.

"댁도 뭔가 짚이는 바가 있는 모양이군요."

"그런 식으로 사는 것이 과연 행복할까요?"

굳어진 표정을 풀지 않은 채 다시 그에게 물었다.

"나는 그가 나름 충실하게 살아왔다고 봅니다. 댁은 구라모치를 증오하나 본데, 그는 당신을 친구로 여겼을 겁니다."

"내버릴 돌이 아니고요?"

내 물음에 사쿠라는 어깨를 흔들며 소리 없이 웃었다.

"아까도 말했지만 구라모치는 내면이 복잡한 사람이에요. 그는 아무도 믿지 않고 아무에게도 마음을 열지 않지요. 하지만 예외가 있어요. 바로 댁 같은 사람입니다. 아이러니하게도 그가 진심으로 믿는 사람은 내버릴 돌로 발탁된 상대뿐입니다. 그래서 댁이야말로 그의 입장에서 볼 때 친구였던 겁니다. 어디까지나 그의 입장에서 본 거지만 말입니다."

"만일 그 말이 사실이라면 제가 행복해지길 바랐어야죠."

"그는 댁이 행복하길 바랐을 거예요. 다만 거기에는 약간의 조건이 따랐겠지만요."

"조건이라니, 어떤……?"

"버려지는 돌로서 제 역할을 하지 못하면 행복하게 놔둘 수 없다는 거죠."

그 순간 온몸에 소름이 끼쳤다. 사쿠라가 내뱉은 말에는 내 인생을 좌지우지하려 했던 구라모치의 집념이 강하게 배어 있었다. 실제로 나는 조종당하고 있었다. 행복이 손에 닿을 듯한 순간에는 반드시 구라모치가 불길한 바람을 몰고 나타났다.

"내가 말을 너무 많이 한 것 같군요. 구라모치를 만나니 감상적이 되었나 봅니다."

사쿠라가 자리에서 일어서며 지갑을 꺼냈다. 그러나 지갑 안을 들여다본 그는 이내 난감한 표정을 지었다.

"아, 이런……, 잔돈이 없군요."

"괜찮습니다. 제가 내겠습니다."

나는 청구서를 집어 들었다.

"그래요, 그럼 염치없지만."

사쿠라가 고개를 까딱하고 출구로 향했다.

경영 컨설턴트라는 말은 거짓일 거라고 짐작했다. 차림새는 깔끔했지만 그건 여태 구라모치가 도움의 손길을 뻗은 덕분일 것이다. 아무리 20년이 지났기로 그 초라했던 남자가 신사로 변모하리라고는 기대하기 힘들었다.

그리고 그는 내가 다지마 가즈유키라는 사실을 알고 있었다. 구라모치가 질투했던 치과 의사 아들이 나라는 사실을 알면서도 그런 얘기를 늘어놓았던 것이다.

내버릴 돌. 결국 나는 구라모치의 교묘한 수법에 의해 그런 굴욕적인 길을 걸어왔단 말인가.

그런데 사쿠라의 말 중에 납득이 안 가는 것이 하나 있었다.

치과 의사 일가가 불행에 빠진 건 단순한 우연이 아니라는 말이었다.

우연이 아니라면 대체 무엇이었단 말인가.

40

 망설인 끝에 다시 한 번 사쿠라를 만나 보기로 했다. 그 남자는 분명 뭔가를 알고 있었다. 그걸 확인하지 않고서는 인생을 새로 출발하기 힘들다고 판단했다. 구라모치를 뺀 새로운 인생 말이다.
 유키코에게 연락해 사쿠라의 명함에 적힌 주소와 전화번호를 알아냈다.
 지도를 보고 찾아간 곳에는 낡은 5층짜리 건물이 있었다. 사무실 몇 군데가 입주해 있는 것 같았지만 겉으로 봐서는 뭘 하는 곳들인지 전혀 짐작할 수 없었다.
 나는 낡은 엘리베이터를 타고 3층에서 내렸다. 어두컴컴한 복도에서 알 수 없는 냄새가 희미하게 풍겼다. 그 복도 맨 끝에 '사쿠라 컨설팅'이라는 간판이 붙은 문이 있었다. 의외였다. 사쿠라가 정말로 경영 컨설턴트란 말인가.
 L자형 손잡이를 돌리며 문을 잡아당겼다. 문은 잠겨 있지 않았다.
 사무실에는 정면에 책상이 놓여 있고 한가운데에 싸구려 응접 세트가 있었다. 구석에도 사무용 책상이 하나 있고 그 옆에 캐비

넛이 있었다. 사람은 보이지 않았다.

"실례합니다."

소리를 내 보았지만 대답이 없었다. 나는 사무실 안으로 발을 들여놓았다.

정면에 있는 책상으로 다가가 보니 책상 위에 언제 사용했는지 모를 커피 잔이 놓여 있었다. 손가락으로 책상 표면을 문질러 봤다. 먼지가 엷게 덮인 표면에 손가락 자국이 남았다. 사쿠라가 이 책상을 사용한 건 상당히 오래전일 것 같았다. 하지만 문이 잠겨 있지 않은 걸 보면 분명 누군가 드나들 것이라고 생각했다. 기다려 보자고 마음먹고 소파에 앉았을 때 문이 열렸다.

사무실로 들어온 사람은 사쿠라가 아니라 머리를 갈색으로 물들인 중년 여자였다. 그녀는 나를 보고 놀란 표정을 지었다. 사람이 있으리라고 생각지 못한 듯했다.

나 역시 당황해하며 소파에서 일어섰다.

"아, 죄송합니다."

그러자 여자가 가볍게 고개를 숙이고 나서 수상히 여기는 눈초리로 내 전신을 훑었다.

"누구시죠?"

"사쿠라 씨와 만난 적이 있는 사람입니다."

거기까지 말했을 때 내 뇌의 일부가 반응하기 시작했다. 먼 과거의 기억이 급속히 되살아나는 느낌이었다. 사쿠라와 만났을 때 경험했던 바로 그 느낌이었다.

나는 여자의 얼굴을 물끄러미 바라보았다. 만화에 나오는 너구리를 연상시키는 얼굴이었다. 짙은 화장이 그런 분위기를 더욱 부추겼다. 하지만 나는 그 화장 아래의 얼굴이 20년 전에는 어땠을지 상상하고 있었다. 그 모습은 내가 아는 어느 여인의 것과 완전히 일치했다.

"도미 상?"

내가 부르자 여자가 눈을 휘둥그렇게 떴다. 여자의 얼굴에 불안감이 어렸다.

"아, 저……."

여자가 고개를 살짝 갸웃했다. 그리고 눈을 가늘게 뜨며 나를 바라봤다. 잠시 후 그녀의 입이 크게 벌어졌다.

"아! 혹시 다지마 씨 댁의……."

"가즈유키입니다. 다지마 가즈유키요."

그녀는 한동안 입을 다물지 못했다. 잠시 후 한 손을 자신의 입으로 가져가면서도 그녀는 여전히 내 얼굴을 뚫어져라 바라봤다.

"오랜만이군요."

그녀가 내뱉었다. 어떻게 반응해야 좋을지 모르겠다는 당혹감이 그 말투에 배어 있었다.

내 눈앞에 있는 사람은 분명 그 옛날 우리 집에서 일하던 바로 그 도미 상이었다. 본명은 도미에. 할머니를 간병하는 역할로 고용된 여성, 그리고 아버지와 종종 성행위를 했던 여성이다.

"도미 상이 어떻게 여기 있나요?"

"가즈유키 씨야말로 여긴 어떻게……?"

"설명하자면 길어요."

나는 친구가 식물인간이 된 일과, 그를 병문안 왔던 사쿠라를 만나러 이곳에 온 일을 간략히 설명했다.

"식물인간이 되었다는 사람이 혹시 두부 가게의……."

"구라모치입니다."

"역시 그렇군요. 가즈유키 씨는 지금도 그 사람과 왕래하는군요."

"구라모치를 아세요?"

"그건, 그 사람이 자주 얘기하니까요."

"그 사람이란 사쿠라 씨를 말하는 겁니까?"

네, 하며 도미 상이 겸연쩍은 얼굴로 고개를 끄덕였다.

우리 두 사람은 소파에 마주 앉았다. 그녀가 차를 마시겠냐고 물었지만 나는 필요 없다고 대답했다.

"도미 상은 사쿠라 씨와 어떤 관계입니까?"

그러자 그녀가 눈을 내리깔며 우물쭈물했다.

"어떤 관계라고 할까……."

그러는 그녀의 모습에서 나는 그들의 관계를 짐작했다.

"언제부터 만나신 건가요?"

"그게, 그러니까, 20년도 더 됐을 거예요."

"우리 집에서 일할 때부터요?"

도미 상이 고개를 끄덕였다.

그제야 모든 것이 깨달아졌다. 사쿠라는 도미 상의 입을 통해 마을 최고 부잣집의 내부 사정을 들었을 것이다. 그리고 반은 재미 삼아 그 얘기를 구라모치에게 들려주었을 것이다. 그래서 구라모치가 치과 집 아들을 특별히 의식하게 된 것 아닐까.

"전혀 몰랐어요. 도미 상은 연인이 있는데도 그랬던 거군요."

내 말에 그녀가 고개를 들더니 무슨 말이냐는 듯이 미간을 찌푸렸다.

"그랬다니, 뭘요?"

"우리 아버지와의 일 말입니다. 나, 알고 있었어요."

도미 상이 숨을 삼켰다. 하지만 낭패스럽다는 느낌은 없었다. 그녀는 숨을 길게 내뱉고 나서 다소 도전적인 태도로 말했다.

"그때는 여러 가지로 복잡한 사정이 있었어요."

"참 쉽게 말하는군요. 그 일로 우리 부모님이 이혼했는데 말이죠."

"두 분이 이혼한 게 내 탓만은 아니에요. 게다가 먼저 유혹한 사람도 가즈유키 씨 아버지였고요."

그녀의 말이 맞을 것이다. 나는 반박할 말을 찾지 못한 채 그녀에게서 시선을 돌리고 한숨을 내쉬었다.

"다지마 씨 집안에 대한 얘기는 소문을 들어 알고 있었어요. 고생이 많았죠?"

"도미 상은 그동안 내내 사쿠라 씨와 함께 살았나요?"

"결혼은 하지 않았지만 헤어지지도 못한 채 이 나이까지 와 버렸어요. 더러운 게 인연이라더니 말이에요."

그러고서 그녀는 웃었다. 예전 일을 떠올리게 만드는 미소였다. 그녀가 만들어 줬던 카레라이스 냄새가 되살아나는 느낌이었다.

"사쿠라 씨를 만나고 싶은데요."

"오늘은 안 돌아올 거예요. 일이 있어서 니가타에 간다고 했으니까요. 또 누군가를 속여서 돈을 벌 속셈인가 봐요. 하는 일이 늘 그래요, 그 사람."

구라모치의 스승이니 그럴 만도 하지, 라고 나는 마음속으로 중얼거렸다.

"그럼 다음에 다시 오겠습니다. 그때는 전화로 미리 연락드릴게요."

일어서려는 내 어깨에 도미 상이 손을 얹었다.

"모처럼 만났는데 좀 더 있다 가요. 전에는 우리, 친하게 지냈잖아요. 가즈 짱, 술 하죠? 맥주라도 한잔할까요?"

"그건……."

"역시 나한테 화가 나 있군요."

"그런 건 아니에요."

"그럼 조금만 더 있어요. 안 그래도 혼자 적적하던 참이에요."

도미 상이 내 손을 잡고 놓으려 하지 않았다.

"그럼 한 잔만……."

나는 도로 소파에 앉았다. 아닌 게 아니라 그녀를 보며 지난날이 그리워진 것도 사실이었다. 또한 그녀와 사쿠라의 관계에 대해 자세히 들어 보는 것도 나쁘지는 않을 것 같았다.

도미 상이 잠시 나가더니 맥주와 위스키, 간단한 안주를 가져왔다. 사쿠라가 없을 때면 이런 식으로 혼자 마시는구나 싶었다.

그녀의 말에 따르면 간판을 내걸고는 있지만 이 사무실은 사쿠라가 하는 일에 신뢰를 더하기 위한 도구에 불과하며 실제로 일을 맡는 경우는 없다고 했다. 임대료를 누가 내주는지도 모른다는 것이다. 나는 아마도 구라모치가 낼 것이라고 추측했다.

도미 상은 빠른 속도로 술을 마시며 자신의 반생을 얘기했다. 지금까지 내내 사쿠라와 함께 있었던 건 아니고 다른 남자와 행복한 가정을 이뤄 보려고 시도했던 적도 몇 번인가 있다고 했다. 하지만 결국은 잘되지 않아 사쿠라에게 돌아왔다는 것이다.

"그런 남자에게 돌아가 봐야 무슨 좋은 일이 있을까 싶었지만, 어찌 된 영문인지 정신을 차리고 보면 늘 그 사람 옆인 거예요. 끊으려 해도 끊어지지 않는 인연이랄까."

술기운 탓에 부정확한 말투로 그녀가 말했다. 마치 나와 구라모치의 관계랑 비슷하다고 나는 생각했다. 도미 상은 나와 같은 종류의 인간인 것이다.

그녀가 위스키를 스트레이트로 마시기 시작했다. 그렇게 몇 잔 마신 후 그녀는 초점 잃은 눈으로 나를 봤다.

"그런데 가즈 짱, 멋진 남자가 됐네. 결혼은 했어요?"

"한 번 했지만 헤어졌어요."

"어머, 그래요."

도미 상이 내 옆으로 건너와 앉았다.

"그럼 외롭지 않아요?"

"별로 그렇지는 않아요."

"그래요? 하지만 힘이 넘칠 때잖아요. 하고 싶을 때가 있을 텐데. 뭣하면 내가 달래 줄 수도 있어요."

그러면서 그녀가 내 다리 사이로 손을 뻗었다.

"뭐 하는 거예요?"

"왜 그래요, 할머니지만 잘할 수 있단 말이에요."

도미 상이 입고 있는 블라우스가 가슴께까지 풀어 헤쳐져 있었다. 그녀가 허리를 구부리자 깊게 파인 굴곡이 보였다. 피부색이 하얬다.

문득 어떤 광경이 떠올랐다. 하얀 엉덩이가 격렬히 아래위로 움직이는 광경이었다. 엉덩이 아래에 세무사가 있었다. 물론 엉덩이는 도미 상의 것이다.

그 순간 내 그곳에 변화가 일어났다. 그곳을 건드리던 도미 상이 금세 그 사실을 알아차리고 빙그레 웃었다.

"봐요, 벌써 이렇게 됐잖아."

그녀는 마치 마술사와도 같은 솜씨로 순식간에 내 바지의 앞 지퍼를 열고 바지를 벗긴 뒤 성기를 꺼냈다. 그리고 그것을 사랑스럽다는 듯이 쓰다듬다가 천천히 입술로 가져갔다.

가정부였던 도미 상이 내 성기를 빨고 있었다. 아버지와 은밀히 관계를 가졌던 도미 상이. 그런 생각을 하자 도착적인 쾌감이 밀려왔다. 나는 그 쾌감에 몸을 맡겼고, 마침내 그녀의 입속에 사정했다.

휴지로 입가를 닦으며 그녀가 의미심장하게 웃었다.

"맛이 똑같네."

"똑같다니, 뭐가요?"

"아버지랑 같은 맛이에요. 그 아버지에 그 아들이야."

그 맛에도 개인차가 있을까 생각했지만 아무 말 하지 않았다. 허탈한 기분이었다.

도미 상은 입을 가시기라도 하듯이 위스키를 한 모금 마신 후 곁눈으로 나를 봤다.

"가즈 짱은 어떻게 생각할지 모르지만, 내가 보기에는 가즈 짱의 부모님, 헤어지길 잘했다고 생각해요. 아니, 헤어질 수밖에 없었죠."

"왜 그렇게 생각하죠?"

"왜냐면 잘 살 수가 없거든, 그런 부인이랑은."

"그런 부인이라면, 우리 엄마 말이에요?"

도미 상이 고개를 끄덕였다.

"우리 엄마가 어디가 어때서요?"

그러자 그녀는 말하기 곤란하다는 듯이 입술을 일그러뜨렸다가 말했다.

"나 있잖아, 사모님한테 부탁받은 적이 있어요. 굉장히 이상한 걸 말이에요."

"이상한 거라뇨?"

"밥에 백분을 넣으라고 했거든."

"네에?"

무슨 뜻인지 잘 이해되지 않았다.

그러니까 말이지, 라며 그녀가 말을 이었다.

"할머니 밥에 몰래 백분을 넣으라는 거야. 화장할 때 쓰는 그 하얀 가루 말이에요."

"그건 왜요?"

"나도 무슨 이유인지는 잘 몰랐지만, 시키는 대로만 하면 자기 남편과의 일을 눈감아 주겠다고 했어요. 가즈 짱 엄마가 우리 관계를 눈치챘던 거지."

"그래서 시키는 대로 했어요?"

도미 상은 고개를 저었다.

"백분 상자를 받았지만 밥에 넣지는 않았어요. 나중에 알게 된 사실이지만 옛날 백분에는 독이 들어 있었다네요."

또 오래전 기억이 떠올랐다. 엄마의 경대, 그리고 그 경대 서랍에 들어 있던 하얀 가루. 경대는 엄마가 집을 나갈 때 가지고 갔다.

"그러는 와중에 할머니가 돌아가셨어요."

도미 상이 말했다.

"할머니 상태가 갑자기 나빠졌지요. 사모님이 내게 백분을 넣으라고 부탁한 직후였어요."

"하고 싶은 말이 뭐죠? 엄마가 직접 백분을 넣었다는 거예요?"

"그렇게밖에 생각할 수 없지 않나요? 사모님이 내게도 부탁하긴 했지만, 자기 스스로 기회를 봐서 몰래 넣었을 수도 있죠. 그렇지 않다면 할머니 상태가 갑자기 나빠진 걸 어떻게 설명하겠어요?"

나는 도미 상을 노려봤다.

"도미 상, 혹시 그런 얘기를 누구한테 한 적 있어요?"

그러자 그녀가 당황한 표정으로 고개를 저었다.

"그런 적 없어요. 그럴 만한 일이 아니잖아요."

"사쿠라한테도? 그놈한테도 말 안 했어요?"

그녀가 곤혹스러운 듯이 입을 다물더니 고개를 숙이고 움직이지 않았다.

나는 벗어 두었던 상의를 집어 들고 자리에서 일어섰다. 도미 상이 뭐라고 하는 것 같았지만 내 귀에는 들리지 않았다. 그대로 사쿠라의 사무실을 나와 택시를 잡아탔다.

온갖 생각이 머릿속을 오갔다. 지금까지 있었던 일들이 폭포처럼 쏟아져 내렸다.

우연이 아니다. 내가 불행에 빠진 이유는 단순히 운이 나빠서가 아니다. 나는 마침내 그런 결론에 도달했다.

택시가 병원에 도착했다. 나는 야간 출입구를 통해 병원 안으로 들어갔다. 복도는 어둡고 쥐 죽은 듯 고요했다. 그곳을 통과해 곧장 구라모치의 병실로 갔다.

구라모치는 늘 그렇듯 비닐 막 안에 누워 있었다. 그의 생명을 유지해 주는 다양한 장치가 반짝반짝 빛을 내고 있었다.

나는 침대로 다가가 비닐 막을 열어젖혔다. 구라모치의 얼굴이 어둠 속에 어슴푸레하게 떠올라 있었다. 잠든 소년 같은 얼굴이었다.

'구라모치.'

마음속으로 그를 불렀다.

'너지? 그 소문을 퍼뜨린 사람 말이야. 우리 엄마가 할머니를 살해했다고 네가 떠벌리고 다녔지?'

소문이 어디서 시작됐는지는 끝까지 밝혀지지 않았다. 경찰까지 나설 정도로 소동이 벌어졌지만 실상은 초등학교 한구석에서 오간 대화에서 비롯된 소문이었던 것이다.

그 소문이 모든 일의 시작이었다. 다지마 집안이 무너지고 아버지는 추락했다. 나는 구라모치라는 악마에게 일생을 조종당하며 망가졌다.

네 저주의 편지에 멋지게 당했다, 구라모치. 너는 나에게 저주를 걸었던 거야. 나는 거기서 벗어날 수 없었어.

"하지만 이젠 다 끝났어."

구라모치의 얼굴을 내려다보며 나는 소리 내어 말했다.

모든 사실을 알았으니 이제 나는 네 저주에서 해방된 거야. 이제부터는 너 없는 인생을 걸어갈 수 있어. 네가 내 인생을 훼방 놓을 수 없단 말이야.

그의 얼굴에 내 얼굴을 가까이 가져갔다. 숨이 닿을 정도로 다가가서 그의 귀에 대고 속삭였다.

"잘 가, 구라모치."

그때였다. 굳게 닫혀 있던 구라모치의 눈꺼풀이 천천히 열렸다. 그리고 그의 검은 눈동자가 나를 응시했다.

그에게 의식이 있을 리 없었다. 아니, 그는 이미 인간으로서의 사고 능력을 상실한 상태였다. 그러나 그때 그는 분명 나를 보고 있었다. 내 안의 구라모치 오사무는 여전히 살아 있었다. 내가 멋대로 사는 것을 용납하지 않겠다는 듯이 나를 노려보았다.

'네가 과연 그럴 수 있을까?'

구라모치의 목소리가 들려왔다. 내 마음 깊은 곳에서 그가 속삭였다.

순간 머릿속이 텅 비어 버렸다. 그리고 그 공백의 스크린에 어떤 광경이 비쳤다.

할머니 시체였다. 내가 지갑을 훔치려 했을 때 할머니 눈이 움직이는 듯한 느낌을 받았었다. 그때의 공포가 되살아났다. 장례식 때 내가 할머니 시체를 차마 바라보지 못했던 건 내 안의 할머니가 여전히 죽지 않았기 때문이었다.

그때와 똑같았다.

내 입이 내 의지와 상관없이 비명이라고도 고함이라고도 할 수 없는 소리를 질렀다. 동시에 내 손은 제멋대로 움직여 구라모치의 목을 조르기 시작했다.

말할 수 없는 공포가 음습한 바람처럼 내 몸을 휘감았다. 나는 그 공포에서 벗어나려고 팔과 손끝에 더욱 힘을 주었다. 소리를 질렀을 테지만 내 귀에는 그 소리가 들리지 않았다.

얼마나 그러고 있었는지 모른다. 사람들이 달려와 나를 제압하려 했다. 그러나 내 눈에는 구라모치 외에 아무것도 들어오지 않았다.

구라모치의 얼굴이 검푸르게 변하고 그 눈은 허공을 향해 있었다.

누군가 억지로 떼어 놓기 전까지 나는 있는 힘을 다해 구라모치의 목을 졸랐다. 그러면서 혼란스러운 머리로 스스로에게 물었다.

이제 나는 살인의 문을 넘어선 것일까.